W9-DBB-536

Doña Perfecta

Sección: Literatura

Benito Pérez Galdós:
Doña Perfecta

El Libro de Bolsillo
Alianza Editorial
Madrid

Primera edición en «El Libro de Bolsillo»: 1983
Segunda edición en «El Libro de Bolsillo»: 1985

© Herederos de Benito Pérez Galdós
© Alianza Editorial, S. A., Madrid, 1983, 1985
  Calle Milán, 38; ☎ 200 00 45
  ISBN: 84-206-9977-2
  Depósito legal: M. 14.967-1985
  Papel fabricado por Sniace, S. A.
  Impreso en Hijos de E. Minuesa, S. L.
  Ronda de Toledo, 24. 28005 Madrid
  Printed in Spain

1. ¡Villahorrenda!... ¡Cinco minutos!

Cuando el tren mixto descendente número 65 (no es preciso nombrar la línea) se detuvo en la pequeña estación situada entre los kilómetros 171 y 172, casi todos los viajeros de segunda y tercera clase se quedaron durmiendo o bostezando dentro de los coches, porque el frío penetrante de la madrugada no convidaba a pasear por el desamparado andén. El único viajero de primera que en el tren venía bajó apresuradamente, y, dirigiéndose a los empleados, preguntóles si aquel era el apeadero de Villahorrenda. (Este nombre, como otros muchos que después se verán es propiedad del autor.)

—En Villahorrenda estamos—repuso el conductor, cuya voz se confundió con el cacarear de las gallinas que en aquel momento eran subidas al furgón—. Se me había olvidado llamarle a usted, señor de Rey. Creo que ahí le esperan a usted con las caballerías.

—¡Pero hace aquí un frío de tres mil demonios! —dijo el viajero, envolviéndose en su manta—. ¿No hay en el apeadero algún sitio donde descansar y reponerse antes de emprender un viaje a caballo por este país de hielo?

No había concluido de hablar cuando el conductor, llamado por las apremiantes obligaciones de su oficio, marchóse, dejando a nuestro desconocido caballero con la palabra en la boca. Vio éste que se acercaba otro empleado con un farol pendiente de la derecha mano, el cual movíase al compás de la marcha, proyectando geométricas series de ondulaciones luminosas. La luz caía sobre el piso del andén, formando un zig-zag semejante al que describe la lluvia de una regadera.

—¿Hay fonda o dormitorio en la estación de Villahorrenda? —preguntó el viajero al del farol.

—Aquí no hay nada —respondió éste secamente, corriendo hacia los que cargaban y echándoles tal rociada de votos, juramentos, blasfemias y atroces invocaciones, que hasta las gallinas, escandalizadas de tan grosera brutalidad, murmuraron dentro de sus cestas.

—Lo mejor será salir de aquí a toda prisa —dijo el caballero para su capote—. El conductor me anunció que ahí estaban las caballerías.

Esto pensaba, cuando sintió que una sutil y respetuosa mano le tiraba suavemente del abrigo. Volvióse y vio una oscura masa de paño pardo sobre sí misma revuelta y por cuyo principal pliegue asomaba el avellanado rostro astuto de un labriego castellano. Fijóse en la desgarbada estatura que recordaba el chopo entre los vegetales;

vio los sagaces ojos que bajo el ala del ancho sombrero de terciopelo viejo resplandecían; vio la mano morena y acerada que empuñaba una vara verde, y el ancho pie, que, al moverse, hacía sonajear el hierro de la espuela.

—¿Es usted el señor don José de Rey?—preguntó, echando mano al sombrero.

—Sí; y usted —repuso el caballero con alegría— será el criado de doña Perfecta, que viene a buscarme a este apeadero para conducirme a Orbajosa.

—El mismo. Cuando usted guste marchar… La jaca corre como el viento. Me parece que el señor don José ha de ser buen jinete. Verdad es que a quien de casta le viene…

—¿Por dónde se sale? —dijo el viajero con impaciencia—. Vamos, vámonos de aquí, señor… ¿Cómo se llama usted?

—Me llamo Pedro Lucas —respondió el del paño pardo, repitiendo la intención de quitarse el sombrero—; pero me llaman el tío Licurgo. ¿En dónde está el equipaje del señorito?

—Allí bajo el reloj lo veo. Son tres bultos. Dos maletas y un mundo de libros para el señor don Cayetano. Tome usted el talón.

Un momento después, señor y escudero hallábanse a espaldas de la barraca llamada estación, frente a un caminejo que, partiendo de allí, se perdía en las vecinas lomas desnudas, donde confusamente se distinguía el miserable caserío de Villahorrenda. Tres caballerías debían transportar todo: hombres y mundos. Una jaca, de no mala estampa, era destinada al caballero. El tío Licurgo oprimía los lomos de un cuartago venerable, algo

desvencijado, aunque seguro, y el macho, cuyo
freno debía regir un joven zagal de piernas listas
y fogosa sangre, cargaría el equipaje.

Antes de que la caravana se pusiese en movimiento, partió el tren, que se iba escurriendo por
la vía con la parsimoniosa cachaza de un tren
mixto. Sus pasos, retumbando cada vez más lejanos, producían ecos profundos bajo tierra. Al entrar en el túnel del kilómetro 172, lanzó el vapor
por el silbato, y un aullido estrepitoso resonó en
los aires. El túnel, echando por su negra boca un
hálito blanquecino, clamoreaba como una trompeta, y al oír su enorme voz despertaban aldeas,
villas, ciudades, provincias. Aquí cantaba un gallo,
más allá otro. Principiaba a amanecer.

2. Un viaje por el corazón de España

Cuando empezada la caminata dejaron a un lado las casuchas de Villahorrenda, el caballero, que era joven y de muy buen ver, habló de este modo:

—Dígame usted, señor *Solón*...

—Licurgo, para servir a usted...

—Eso es, señor Licurgo. Bien decía yo que era usted un sabio legislador de la antigüedad. Perdone usted la equivocación. Pero vamos al caso. Dígame usted, ¿cómo está mi señora tía?

—Siempre tan guapa —repuso el labriego, adelantando algunos pasos su caballería—. Parece que no pasan años por la señora doña Perfecta. Bien dicen que al bueno, Dios le da larga vida. Así viviera mil años ese ángel del Señor. Si las bendiciones que le echan en la tierra fueran plumas, la señora no necesitaba más alas para subir al cielo.

—¿Y mi prima, la señorita Rosario?

—¡Bien haya quien a los suyos parece! ¿Qué he de decirle de doña Rosarito, sino que es el vivo retrato de su madre? Buena prenda se lleva usted, caballero don José, si es verdad, como dicen, que ha venido para casarse con ella. Tal para cual, y la niña no tiene tampoco por qué quejarse. Poco va de Pedro a Pedro.

—¿Y el señor don Cayetano?

—Siempre metidillo en la faena de sus libros. Tiene una biblioteca más grande que la Catedral, y también escarba la tierra para buscar piedras llenas de unos demonches de garabatos que dicen escribieron los moros.

—¿En cuánto tiempo llegaremos a Orbajosa?

—A las nueve, si Dios quiere. Poco contenta que se va a poner la señora cuando vea a su sobrino... Y la señorita Rosarito, que estaba ayer disponiendo el cuarto en que usted ha de vivir... Como no le han visto nunca, la madre y la hija están que no viven, pensando en cómo será o cómo no será este señor don José. Ya llegó el tiempo en que callen cartas y hablen barbas. La prima verá al primo y todo será fiesta y gloria. Amanecerá Dios y medraremos, como dijo el otro.

—Como mi tía y mi prima no me conocen todavía —dijo, sonriendo, el caballero—, no es prudente hacer proyectos.

—Verdad es; por eso se dijo que uno piensa el bayo y otro el que lo ensilla —repuso el labriego—. Pero la cara no engaña... ¡Qué alhaja se lleva usted! ¡Y qué buen mozo ella!

El caballero no oyó las últimas palabras del tío Licurgo, porque iba distraído y algo meditabundo. Llegaban a un recodo del camino cuando el labriego, torciendo la dirección a las caballerías, dijo:

—Ahora tenemos que echar por esta vereda. El puente está roto y no se puede vadear el río sino por el *Cerrillo de los Lirios.*

—¿El *Cerrillo de los Lirios?* —dijo el caballero, saliendo de su meditación—. ¡Cómo abundan los nombres poéticos en estos sitios tan feos! Desde que viajo por estas tierras me sorprende la horrible ironía de los nombres. Tal sitio que se distingue por su yermo aspecto y la desolada tristeza del negro paisaje se llama *Valleameno.* Tal villorrio de adobes que miserablemente se extiende sobre un llano árido y que de diversos modos pregona su pobreza, tiene la insolencia de nombrarse *Villarrica;* y hay un barranco pedregoso y polvoriento, donde ni los cardos encuentran jugo, y que, sin embargo, se llama *Valdeflores.* ¿Eso que tenemos delante es el *Cerrillo de los Lirios?* Pero ¿dónde están esos lirios, hombre de Dios? Yo no veo más que piedras y hierbas descoloridas. Llamen a eso el *Cerrillo de la Desolación*, y hablarán a derechas. Exceptuando *Villahorrenda*, que parece ha recibido al mismo tiempo el nombre y la hechura, todo aquí es ironía. Palabras hermosas, realidad prosaica y miserable. Los ciegos serían felices en este país, que para la lengua es paraíso y para los ojos infierno.

El señor Licurgo, o no entendió las palabras del caballero Rey, o no hizo caso de ellas. Cuando vadearon el río, que, turbio y revuelto, corría con impaciente precipitación, como si huyera de sus propias orillas, el labriego extendió el brazo hacia

unas tierras, que a la siniestra mano en grande
y desnuda extensión se veían, y dijo:

—Estos son los *Alamillos de Bustamante*.

—¡Mis tierras! —exclamó, con júbilo, el caballero, tendiendo la vista por los tristes campos
que alumbraban las primeras luces de la mañana—. Es la primera vez que veo el patrimonio que
heredé de mi madre. La pobre hacía tales ponde-
raciones de este país y me contaba tantas maravillas de él, que yo, siendo niño, creía que estar
aquí era estar en la gloria. Frutas, flores, caza
mayor y menor, montes, lagos, ríos, poéticos arro-
yos, oteros pastoriles, todo lo había en los *Alamillos de Bustamante*, en esta tierra bendita, la
mejor y más hermosa de todas las tierras... ¡Qué
demonio! La gente de este país vive con la imaginación. Si en mi niñez, y cuando vivía con las
ideas y con el entusiasmo de mi buena madre, me
hubieran traído aquí, también me habrían parecido encantadores estos desnudos cerros, estos
llanos polvorientos o encharcados, estas vetustas
casas de labor, estas norias desvencijadas, cuyos
cangilones lagrimean lo bastante para regar media docena de coles; esta desolación miserable y
perezosa que estoy mirando.

—Es la mejor tierra del país —dijo el señor
Licurgo—, y para el garbanzo es de lo que no hay.

—Pues lo celebro, porque desde que las
heredé no me han producido un cuarto estas célebres tierras.

El sabio legislador espartano se rascó la
oreja y dio un suspiro.

—Pero me han dicho—continuó el caballero— que algunos propietarios colindantes han

metido su arado en estos grandes estados míos, y poco a poco me los van cercenando. Aquí no hay mojones, ni linderos, ni verdadera propiedad, señor Licurgo.

El labriego, después de una pausa, durante la cual parecía ocupar su sutil espíritu en profundas disquisiciones, se expresó de este modo:

—El tío Pasolargo, a quien llamamos *El Filósofo* por su mucha trastienda, metió el arado en los *Alamillos* por encima de la ermita, y, roe que roe, se ha zampado seis fanegadas.

—¡Qué incomparable escuela! —exclamó, riendo, el caballero—. Apostaría a que no ha sido ése el único... filósofo.

—Bien dijo el otro, que quien las sabe las tañe, y si al palomar no le falta cebo, no le faltarán palomas... Pero usted, señor don José, puede decir aquello de que el ojo del amo engorda la vaca, y ahora que está aquí verá de recobrar su finca.

—Quizá no sea tan fácil, señor Licurgo —repuso el caballero, a punto que entraban por una senda a cuyos lados se veían hermosos trigos que con su lozanía y temprana madurez recreaban la vista—. Este campo parece mejor cultivado. Veo que no todo es tristeza y miseria en los *Alamillos*.

El labriego puso cara de lástima, y afectando cierto desdén hacia los campos elogiados por el viajero, dijo en tono humildísimo:

—Señor, esto es mío.

—Perdone usted —replicó vivamente el caballero—: ya quería yo meter mi hoz en los estados de usted. Por lo visto, la filosofía aquí es contagiosa.

Bajaron inmediatamente a una cañada, que era lecho de pobre y estancado arroyo, y, pasado éste, entraron en un campo lleno de piedras, sin la más ligera muestra de vegetación.

—Esta tierra es muy mala —dijo el caballero, volviendo el rostro para mirar a su guía y compañero, que se había quedado un poco atrás—. Difícilmente podrá usted sacar partido de ella, porque es todo fango y arena.

Licurgo, lleno de mansedumbre, contestó:

—Esto... es de usted.

—Veo que aquí todo lo malo es mío —afirmó el caballero, riendo jovialmente.

Cuando esto hablaban, tomaron de nuevo el camino real. Ya la luz del día, entrando en alegre irrupción por todas las ventanas y claraboyas del hispano horizonte, inundó de esplendorosa claridad los campos. El inmenso cielo sin nubes parecía agrandarse más y alejarse de la tierra para verla y en su contemplación recrearse desde más alto. La desolada tierra sin árboles, pajiza a trechos, a trechos de color gredoso, dividida toda en triángulos y cuadriláteros amarillos o negruzcos, pardos o ligeramente verdegueados, semejaban en cierto modo a la capa del harapiento que se pone al sol. Sobre aquella capa miserable, el cristianismo y el islamismo habían trabado épicas batallas. Gloriosos campos, sí; pero los combates de antaño les habían dejado horribles.

—Me parece que hoy picará el sol, señor Licurgo —dijo el caballero, desembarazándose un poco del abrigo en que se envolvía—. ¡Qué triste camino! No se ve ni un solo árbol en todo lo que alcanza la vista. Aquí todo es al revés. La ironía no cesa. ¿Por qué, si no hay aquí álamos grandes ni chicos, se ha de llamar a esto los *Alamillos?*

El tío Licurgo no contestó a la pregunta, porque con toda su alma atendía a ciertos lejanos ruidos que de improviso se oyeron, y con ademán intranquilo detuvo su cabalgadura, mientras exploraba el camino y los cerros lejanos con sombría mirada.

—¿Qué hay? —preguntó el viajero, deteniéndose también.

—¿Trae usted armas, don José?

—Un revólver... ¡Ah!, ya comprendo. ¿Hay ladrones?

—Puede... —repuso el labriego con mucho recelo—. Me parece que sonó un tiro.

—Allá lo veremos..., ¡adelante! —dijo el caballero picando su jaca—. ¡No serán tan temibles!

—¡Calma, señor don José! —exclamó el aldeano deteniéndole—. Esa gente es más mala que Satanás. El otro día asesinaron a dos caballeros que iban a tomar el tren... Dejémonos de fiestas. Gasparón el Fuerte, Pepito Chispillas, Merengue y Ahorca-Suegras no me verán la cara en mis días. Echemos por la vereda.

—Adelante, señor Licurgo.

—Atrás, señor don José —replicó el labriego con afligido acento—. Usted no sabe bien qué gente es ésa. Ellos fueron los que el mes pasado robaron de la iglesia del Carmen el copón, la corona de la Virgen y dos candelabros; ellos fueron los que hace dos años robaron el tren que iba para Madrid.

Don José, al oír tan lamentables antecedentes, sintió que aflojaba un poco su intrepidez.

—¿Ve usted aquel cerro grande y empinado que hay allá lejos? Pues allí se esconden esos pícaros en unas cuevas que llaman la *Estancia de los Caballeros*.

—¡De los Caballeros!

—Sí, señor. Bajan al camino real cuando la Guardia civil se descuida, y roban lo que pueden. ¿No ve usted más allá de la vuelta del camino una cruz, que se puso en memoria de la muerte que dieron al alcalde de Villahorrenda cuando las elecciones?

—Sí, veo la cruz.

—Allí hay una casa vieja, en la cual se esconden para aguardar a los trajineros. Aquel sitio se llama las *Delicias*.

—¡Las Delicias!

—Si todos los que han sido muertos y robados al pasar por ahí resucitaran, podría formarse con ellos un ejército.

Cuando esto decían, oyéronse más de cerca los tiros, lo que turbó un poco el esforzado corazón de los viajantes, pero no el del zagalillo, que, retozando de alegría, pidió al señor Licurgo licencia para adelantarse y ver la batalla que tan de cerca se había trabado. Observando la decisión del muchacho, avergonzóse don José de haber sentido miedo, o, cuando menos, un poco de respeto a los ladrones, y exclamó, espoleando la jaca:

—Pues allá iremos todos. Quizá podamos prestar auxilio a los infelices viajeros que en tan gran aprieto se ven, y poner las peras a cuarto a los *caballeros*.

Esforzábase Licurgo en convencer al joven de la temeridad de sus propósitos, así como de lo inútil de su generosa idea, porque los robados, robados estaban, y quizá muertos, y en situación de no necesitar auxilio de nadie. Insistía el señor, a pesar de estas sesudas advertencias; contestaba el aldeano, poniendo la más viva resistencia, cuando la presencia de dos o tres carromatos, que por el camino abajo tranquilamente venían conduciendo una galera, puso fin a la cuestión. No debía de ser grande el peligro cuando tan sin cuidado venían aquéllos, cantando alegres coplas; y así fue, en efecto, porque los tiros, según dijeron, no eran disparados por los ladrones, sino por la Guardia civil, que de este modo quería cortar el vuelo a media docena de cacos que, ensartados, conducía a la cárcel de la villa.

—Ya, ya sé lo que ha sido —dijo Licurgo, señalando la leve humareda que a mano derecha del camino y a regular distancia se descubría—. Allí les han escabechado. Esto pasa un día sí y otro no.

El caballero no comprendía.

—Yo le aseguro al señor don José —añadió con energía el legislador lacedemonio— que está muy requetebién hecho, porque de nada sirve formar causa a esos pillos. El juez les marea un poco y después les suelta. Si al cabo de seis años de causa alguno va a presidio, a lo mejor se escapan o le indultan, y vuelve a la *Estancia de los Caballeros*. Lo mejor es esto: ¡fuego!, y adivina quien te dio. Se les lleva a la cárcel, y cuando se pasa por un lugar a propósito...: «¡Ah!, perro, que te quieres escapar... pum, pum...» Ya está hecha la sumaria, requeridos los testigos, celebrada la vista, dada la sentencia... Todo en un minuto. Bien dicen que si mucho sabe la zorra, más sabe el que la toma.

—Pues adelante, y apretemos el paso, que este camino, a más de largo, no tiene nada de ameno.

Al pasar junto a las *Delicias* vieron a poca distancia del camino a los guardias que minutos antes habían ejecutado la extraña sentencia, que el lector sabe. Mucha pena causó al zagalillo que no le permitieran ir a contemplar de cerca los palpitantes cadáveres de los ladrones, que en horroroso grupo se distinguían a lo lejos, y siguieron todos adelante. Pero no habían andado veinte pasos cuando sintieron el galopar de un caballo que tras ellos venía con tanta rapidez que por momentos les alcanzaba. Volvióse nuestro viajero y vio un hombre, mejor dicho, un centauro, pues no podía concebirse más perfecta armonía entre caballo y jinete, el cual era de complexión recia y sanguínea, ojos grandes, ardientes, cabeza ruda, negros bigotes, mediana edad y el especto, en general, brusco y provocativo, con indicios de fuerza en toda su persona. Montaba un soberbio caballo de pecho carnoso, semejante a los del Paternón, enjaezado según el modo pintoresco del país, y sobre la grupa llevaba una gran valija de cuero, en cuya tapa se veía en letras gordas la palabra «Correo».

—Hola, buenos días, señor Caballuco —dijo Licurgo, saludando al jinete cuando estuvo cerca—. ¡Cómo le hemos tomado la delantera! Pero usted llegará antes si se pone a ello.

—Descansemos un poco —repuso el señor Caballuco, poniendo su cabalgadura al paso de la de nuestros viajeros, y observando atentamente al más principal de los tres—. Puesto que hay tan buena compaña...

—El señor —dijo Licurgo, sonriendo— es el sobrino de doña Perfecta.

—¡Ah!..., por muchos años..., muy señor mío y mi dueño...

Ambos personajes se saludaron, siendo de notar que Caballuco hizo sus urbanidades con una expresión de altanería y superioridad que revelaba, cuando menos, la conciencia de un gran valer o de una alta posición en la comarca. Cuando el orgulloso jinete se apartó y por breves momentos se detuvo hablando con dos guardias civiles que llegaron al camino, el viajero preguntó a su guía:

—¿Quién es este pájaro?

—¿Quién ha de ser? Caballuco.

—¿Y quién es Caballuco?

—¡Toma!... ¿Pero no le ha oído usted nombrar? —dijo el labriego, asombrado de la ignorancia supina del sobrino de doña Perfecta—. Es un hombre muy valiente, gran jinete y el primer caballista de todas estas tierras a la redonda. En Orbajosa le queremos mucho, pues él es..., dicho sea en verdad..., tan bueno como la bendición de Dios... Ahí donde le ve, es un cacique tremendo, y el gobernador de la provincia se le quita el sombrero.

—Cuando hay elecciones...

—Y el Gobierno de Madrid le escribe oficios con mucha vuecencia en el *rétulo*... Tira a la barra como un San Cristóbal, y todas las armas

las maneja como manejamos nosotros nuestros
propios dedos. Cuando había fielato no podían
con él, y todas las noches sonaban tiros en las
puertas de la ciudad... Tiene una gente que vale
cualquier dinero, porque lo mismo es para un fre-
gado que para un barrido... Favorece a los pobres,
y el que venga de fuera y se atreva a tentar el pelo
de la ropa a un hijo de Orbajosa, ya puede verse
con él... Aquí no vienen casi nunca los soldados
de los Madriles. Cuando han estado, todos los días
corría la sangre, porque Caballuco los buscaba
camorra por un no y por un sí. Ahora parece que
vive en la pobreza y se ha quedado con la conducción del correo; pero está metiendo fuego en el
Ayuntamiento para que haya otra vez fielato y
rematarlo él. No sé cómo no le ha oído usted nombrar en Madrid, porque es hijo de un famoso
Caballuco que estuvo en la facción, el cual Caballuco padre era hijo de otro Caballuco abuelo, que
también estuvo en la facción de más allá... Y como ahora andan diciendo que vuelve a haber facción, porque todo está torcido y revuelto, teme-
mos que Caballuco se nos vaya también a ella,
poniendo fin de esta manera a las hazañas de su
padre y abuelo, que por gloria nuestra nacieron
en esta ciudad.

   Sorprendido quedó nuestro viajero al ver
la especie de caballería andante que aún subsistía
en los lugares que visitaba; pero no tuvo ocasión
de hacer nuevas preguntas, porque el mismo que
era objeto de ellas se les incorporó, diciendo de
mal talante:

   —La Guardia civil ha despachado a tres. Ya
le he dicho al cabo que se ande con cuidado.

Mañana hablaremos el gobernador de la provincia y yo...

—¿Va usted a X?...

—No; que el gobernador viene acá, señor Licurgo; sepa usted que nos van a meter en Orbajosa un par de regimientos.

—Sí —dijo vivamente Pepe Rey, sonriendo—. En Madrid oí decir que había temor de que se levantaran en este país algunas partidas... Bueno es prevenirse.

—En Madrid no dicen más que desatinos... —manifestó violentamente el Centauro, acompañando su afirmación de una retahíla de vocablos de esos que levantan ampolla—. En Madrid no hay más que pillería... ¿A qué nos mandan soldados? ¿Para sacarnos más contribuciones y un par de quintas seguidas? ¡Por vida de!..., que si no hay facción debería haberla. ¿Conque usted —añadió, mirando socarronamente al caballero—, conque usted es el sobrino de doña Perfecta?

Esta salida de tono y el insolente mirar del bravo enfadaron al joven.

—Sí, señor. ¿Se le ofrece a usted algo?

—Soy amigo de la señora y la quiero como a las niñas de mis ojos —dijo Caballuco—. Puesto que usted va a Orbajosa, allá nos veremos.

Y sin decir más, picó espuelas a su corcel, el cual, partiendo a escape, desapareció entre una nube de polvo.

Después de media hora de camino, durante la cual el señor don José no se mostró muy comunicativo, ni el señor Licurgo tampoco, apareció a los ojos de entrambos apiñado y viejo caserío asentado en una loma, y del cual se destacaban algunas negras torres y la ruinosa fábrica de un despedazado castillo en lo más alto. Un amasijo de paredes deformes, de casuchas de tierra, pardas y polvorosas como el suelo que formaba la base, con algunos fragmentos de almenadas murallas, a cuyo amparo mil chozas humildes alzaban sus miserables frontispicios de adobes, semejantes a caras anémicas y hambrientas que pedían una limosna al pasajero. Pobrísimo río ceñía, como un cinturón de hojalata, el pueblo, refrescando al pasar algunas huertas, única frondosidad que alegraba la vista. Entraba y salía la gente en caballerías o a pie, y el movimiento humano, aunque pequeño, daba cierta apariencia vital a aquella gran morada, cuyo aspecto arquitectónico era más bien de ruina y muerte que de progreso y vida. Los innumerables y repugnantes mendigos que se arrastraban a un lado y otro del camino, pidiendo el óbolo del pasajero, ofrecían lastimoso espectáculo. No podían verse existencias que mejor encajaran en las grietas de aquel sepulcro, donde una ciudad estaba no sólo enterrada, sino también podrida. Cuando nuestros viajeros se acercaban, algunas campanas, tocando desacordemente, indicaban con su expresivo son que aquella momia tenía todavía un alma.

Llamábase Orbajosa, ciudad que no en Geografía caldea o copta, sino en la de España, figura con 7.324 habitantes, Ayuntamiento, sede episcopal, Juzgado, Seminario, Depósito de caballos sementales, Instituto de segunda enseñanza y otras prerrogativas oficiales.

—Están tocando a misa mayor en la Catedral —dijo el tío Licurgo—. Llegamos antes de lo que pensé.

—El aspecto de su patria de usted —dijo el caballero, examinando el panorama que delante tenía— no puede ser más desagradable. La histórica ciudad de Orbajosa (*), cuyo nombre es, sin duda, corrupción de *Urbs augusta*, parece un gran muladar.

—Es que de aquí no se ven más que los arrabales —afirmó con disgusto el guía—. Cuando entre usted en la calle Real y en la del Condestable, verá fábricas tan hermosas como la de la Catedral.

—No quiero hablar mal de Orbajosa antes de conocerla —declaró el caballero—. Lo que he dicho no es tampoco señal de desprecio; que humilde y miserable, lo mismo que hermosa y soberbia, esa ciudad será siempre para mí muy querida no sólo por ser patria de mi madre, sino porque en ella viven personas a quienes amo ya sin conocerlas. Entremos, pues, en la ciudad *augusta*.

Subían ya por una calzada próxima a las primeras calles, e iban tocando las tapias de las huertas.

—¿Ve usted aquella gran casa que está al final de esta gran huerta por cuyo bardal pasamos ahora? —dijo el tío Licurgo, señalando el enorme paredón de la única vivienda que tenía aspecto de habitabilidad cómoda y alegre.

—Ya..., ¿aquélla es la vivienda de mi tía?

_____

(*) Ya se ha dicho que todo los nombres locales son imaginarios.

—Justo y cabal. Lo que vemos es la parte trasera de la casa. El frontis da a la calle del Condestable, y tiene cinco balcones de hierro que parecen cinco castillos. Esta hermosa huerta que hay tras la tapia es la de la casa, y si usted se alza sobre los estribos, la verá toda desde aquí.

—Pues estamos ya en casa —dijo el caballero—. ¿No se puede entrar por aquí?

—Hay una puertecilla; pero la señora la mandó tapiar.

Alzóse el caballero sobre los estribos, y, alargando cuanto pudo la cabeza, miró por encima de las bardas.

—Veo la huerta toda —indicó—. Allí, bajo aquellos árboles, está una mujer, una chiquilla..., una señorita...

—Es la señorita Rosario —repuso Licurgo.

Y al instante se alzó también sobre los estribos para mirar.

—¡Eh, señorita Rosario! —gritó, haciendo con la derecha mano gestos muy significativos—. Ya estamos aquí... Aquí le traigo a su primo.

—Nos ha visto —dijo el caballero, estirando do el pescuezo hasta el último grado—. Pero, si no me engaño, al lado de ella está un clérigo..., un señor sacerdote.

—Es el señor penitenciario —repuso con naturalidad el labriego.

—Mi prima nos ve..., deja solo al clérigo y echa a correr hacia la casa... Es bonita...

—Como un sol.

—Se ha puesto más encarnada que una cereza. Vamos, vamos, señor Licurgo.

A NTES de pasar adelante conviene decir quién era Pepe Rey y qué asuntos le llevaban a Orbajosa.

Cuando el brigadier Rey murió, en 1841, sus dos hijos, Juan y Perfecta, acababan de casarse: ésta con el más rico propietario de Orbajosa; aquél, con una joven de la misma ciudad. Llamábase el esposo de Perfecta don Manuel María José de Polentinos, y la mujer de Juan, María Polentinos; pero a pesar de la igualdad de apellidos, su parentesco era un poco lejano y de aquellos que no coge un galgo. Juan Rey era insigne jurisconsulto graduado en Sevilla, y ejerció la abogacía en esta misma ciudad durante treinta años, con tanta gloria como provecho. En 1845 era ya viudo y tenía un hijo que empezaba a hacer diabluras: solía tener por entretenimiento el construir con tierra, en el patio de la casa, viaductos, malecones, estanques, presas, acequias, soltando después el

agua para que entre aquellas frágiles obras co-
rriese. El padre le dejaba hacer y decía: «Tú serás
ingeniero.»

Perfecta y Juan dejaron de verse desde que
uno y otro se casaron, porque ella se fue a vivir
a Madrid con el opulentísimo Polentinos, que tenía tanta hacienda como buena mano para gas-
tarla. El juego y las mujeres cautivavan de tal
modo el corazón de Manuel María José, que habría
dado en tierra con toda su fortuna si más pronto
que él para derrocharla no estuviera la muerte
para llevársele a él. En una noche de orgía acabaron de súbito los días de aquel ricacho provin-
ciano, tan vorazmente chupado por las sanguijue-
las de la corte y por el insaciable vampiro del
juego. Su única heredera era una niña de pocos
meses. Con la muerte del esposo de Perfecta se
acabaron los sustos en la familia, pero empezó el
gran conflicto. La casa de Polentinos estaba arrui-
nada; las fincas, en peligro de ser arrebatada por
los prestamistas; todo en desorden; enormes deudas, lamentable administración en Orbajosa, des-
crédito y ruina en Madrid.

Perfecta llamó a su hermano, el cual, acu-
diendo en auxilio de la pobre viuda, mostró tanta
diligencia y tino, que al poco tiempo la mayor
parte de los peligros habían desaparecido. Prin-
cipió por obligar a su hermana a residir en Orbajosa, administrando por sí misma sus vastas
tierras, mientras él hacía frente en Madrid al formidable empuje de los acreedores. Poco a poco
fue descargándose la casa del enorme fardo de
sus deudas, porque el bueno de don Juan Rey,
que tenía la mejor mano del mundo para tales

asuntos, lidió con la curia, hizo contratos con los principales acreedores, estableció plazos para el pago, resultando de este hábil trabajo que el riquísimo patrimonio de Polentinos saliese a flote y pudiera seguir dando por luengos años esplendor y gloria a la ilustre familia.

La gratitud de Perfecta era tan viva, que al escribir a su hermano desde Orbajosa, donde resolvió residir hasta que creciera su hija, le decía, entre otras ternezas: «Has sido más que hermano »para mí, y para mi hija más que su propio padre. »¿Cómo te pagaremos ella y yo tan grandes benefi- »cios? ¡Ay, querido hermano! Desde que mi hija »sepa discurrir y pronunciar un nombre, yo le »enseñaré a bendecir el tuyo. Mi agradecimiento »durará toda mi vida. Tu hermana indigna siente »no encontrar ocasión de mostrarte lo mucho que »te ama y de recompensarte de un modo apro- »piado a la grandeza de tu alma y a la inmensa »bondad de tu corazón.»

Cuando esto se escribía, Rosarito tenía dos años. Pepe Rey, encerrado en un colegio de Sevilla, hacía rayas en un papel, ocupándose en probar que *la suma de los ángulos interiores de un polígono vale tantas veces dos rectos como lados tiene, menos dos*. Estas enfadosas perogrulladas le traían muy atareado. Pasaron años y más años. El muchacho crecía y no cesaba de hacer rayas. Por último, hizo una que se llama *de Tarragona a Montblanch*. Su primer juguete formal fue el puente de 120 metros sobre el río Francolí.

Durante mucho tiempo doña Perfecta siguió viviendo en Orbajosa. Como su hermano no salió de Sevilla, pasaron unos pocos años sin que

uno y otro se vieran. Una carta trimestral, tan
puntualmente escrita como puntualmente contes-
tada, ponía en comunicación aquellos dos corazones, cuya ternura ni el tiempo ni la distancia
podían enfriar. En 1870, cuando don Juan Rey,
satisfecho de haber desempeñado bien su misión
en la sociedad, se retiró a vivir en su hermosa
casa de Puerto Real, Pepe, que ya había trabajado
algunos años en las obras de varias poderosas
compañías constructoras, emprendió un viaje de
estudios a Alemania e Inglaterra. La fortuna de
su padre (tan grande como puede serlo en España
la que sólo tiene por origen un honrado bufete) le
permitía librarse en breves períodos del yugo del
trabajo material. Hombre de elevadas ideas y de
inmenso amor a la ciencia, hallaba su más puro
goce en la observación y estudio de los prodigios
con que el genio del siglo sabe cooperar a la cultura y bienestar físico y perfeccionamiento moral
del hombre.

Al regresar del viaje, su padre le anunció
la revelación de un importante proyecto, y como
Pepe creyera que se trataba de un puente, dársena
o cuando menos saneamiento de marismas, sacóle
de tal error don Juan manifestándole su pensamiento con estos términos:

—Estamos en marzo y la carta trimestral
de Perfecta no podía faltar. Querido hijo, léela, y
si estás conforme con lo que en ella manifiesta
esa santa y ejemplar mujer, mi querida hermana,
me darás la mayor felicidad que en mi vejez puedo
desear. Si no te gustase el proyecto, deséchalo sin
reparo, aunque tu negativa me entristezca; que en
él no hay ni sombra de imposición por parte mía.

Sería indigno de mí y de ti que esto se realizase
por coacción de un padre terco. Eres libre de acep-
tar o no, y si hay en tu voluntad la más ligera
resistencia, originada en ley del corazón o en otra
causa, no quiero que te violentes por mí.

Pepe dejó la carta sobre la mesa, después
de pasar la vista por ella, y tranquilamente dijo:

—Mi tía quiere que me case con Rosario.

—Ella contesta aceptando con gozo mi idea
—dijo el padre muy conmovido—. Porque la idea
fue mía..., sí, hace tiempo, hace tiempo que la
concebí...; pero no había querido decirte nada
antes de conocer el pensamiento de mi hermana.
Como ves, Perfecta acoge con júbilo mi plan; dice
que también había pensado en lo mismo, pero que
no se atrevía a manifestármelo, por ser tú..., ¿no
ves lo que dice?, «por ser tú un joven de singula-
rísimo mérito, y su hija, una joven aldeana, edu-
cada sin brillantez ni mundanales atractivos...»
Así mismo lo dice. ¡Pobre hermana mía! ¡Qué buena es!... Veo que no te enfadas; veo que no te
parece absurdo este proyecto mío, algo parecido
a la previsión oficiosa de los padres de antaño,
que casaban a sus hijos sin consultárselo, y las
más veces haciendo uniones disparatadas y pre-
maturas... Dios quiera que ésta sea o prometa ser
de las más felices. Es verdad que no conoces a mi
sobrina; pero tú y yo tenemos noticias de su virtud, de su discreción, de su modestia y noble
sencillez. Para que nada le falte, hasta es bonita...
Mi opinión —añadió festivamente— es que te pongas en camino y pises el suelo de esa recóndita
ciudad episcopal, de esa *Urbs augusta*, y allí, en
presencia de mi hermana y de su graciosa Rosa-

rito, resuelvas si ésta ha de ser algo más que mi
sobrina.

Pepe volvió a tomar la carta y la leyó, con
cuidado. Su semblante no expresaba alegría ni
pesadumbre. Parecía estar examinando un proyecto de empalme de dos vías férreas.

—Por cierto —decía don Juan—, que en
esa remota Orbajosa, donde, entre paréntesis, tienes fincas que puedes examinar ahora, se pasa
la vida con la tranquilidad y dulzura de un idilio.
¡Qué patriarcales costumbres! ¡Qué nobleza en
aquella sencillez! ¡Qué rústica paz virgiliana! Si

en vez de ser matemático fueras latinista, repeti-
rías al entrar allí el *ergo tua rura manebunt.* ¡Qué
admirable lugar para dedicarse a la contemplación de nuestra propia alma y prepararse a las
buenas obras! Allí todo es bondad, honradez; allí
no se conocen la mentira y la farsa, como en
nuestras grandes ciudades; allí renacen las santas
inclinaciones que el bullicio de la moderna vida
ahoga; allí despierta la dormida fe y se siente
vivo impulso indefinible dentro del pecho, al modo de pueril impaciencia, que en el fondo de nuestra alma grita: «¡Quiero vivir!»

Pocos días después de esta conferencia, Pepe salió de Puerto Real. Había rehusado meses
antes una comisión del Gobierno para examinar,
bajo el punto de vista minero, la cuenca del río
Nahara, en el valle de Orbajosa; pero los proyectos a que dio lugar la conferencia referida le
hicieron decir: «Conviene aprovechar el tiempo.
Sabe Dios lo que durará ese noviazgo y el aburrimiento que traerá consigo.» Dirigióse a Madrid,
solicitó la comisión de explorar la cuenca del Na-

hara, se la dieron sin dificultad, a pesar de no pertenecer oficialmente al Cuerpo de Minas; púsose luego en marcha, y después de transbordar un par de veces, el tren mixto número 65 le llevó, como se ha visto, a los amorosos brazos del tío Licurgo.

Frisaba la edad de este excelente joven en los treinta y cuatro años. Era de complexión fuerte y un tanto hercúlea, con rara perfección formado, y tan arrogante, que si llevara uniforme militar ofrecería el más guerrero aspecto y talle que puede imaginarse. Rubios el cabello y la barba, no tenía en su rostro la flemática imperturbabilidad de los sajones, sino, por el contrario, una viveza tal que sus ojos parecían negros sin serlo. Su persona bien podía pasar por un hermoso y acabado símbolo, y si fuera estatua, el escultor habría grabado en el pedestal estas palabras: *inteligencia, fuerza*. Si no en caracteres visibles, llevábalas él expresadas vagamente en la luz de su mirar, en el poderoso atractivo, que era don propio de su persona, y en las simpatías a que su trato cariñosamente convidaba.

No era de los más habladores: sólo los entendimientos de ideas inseguras y de movedizo criterio propenden a la verbosidad. El profundo sentido moral de aquel insigne joven le hacía muy sobrio de palabras en las disputas que constantemente traban sobre diversos asuntos los hombres del día; pero en la conversación urbana sabía mostrar una elocuencia picante y discreta, emanada siempre del buen sentido y de la apreciación mesurada y justa de las cosas del mundo. No admitía falsedades, ni mistificaciones, ni esos retrué-

canos del pensamiento con que se divierten algunas inteligencias impregnadas de gongorismo; y
para volver por los fueros de la realidad, Pepe
Rey solía emplear a veces, no siempre con comedimiento, las armas de la burla. Esto casi era un
defecto a los ojos de gran número de personas
que le estimaban, porque nuestro joven aparecía
un poco irrespetuoso en presencia de multitud de
hechos comunes en el mundo y admitidos por
todos. Fuerza es decirlo, aunque su prestigio se
amengüe: Rey no conocía la dulce tolerancia del
condescendiente siglo que ha inventado singulares velos de lenguaje y de hechos para cubrir lo
que a los vulgares ojos pudiera ser desagradable.

Así, y no de otra manera, por más que digan calumniadoras lenguas, era el hombre a quien
el tío Licurgo introdujo en Orbajosa en la hora
y punto en que la campana de la Catedral tocaba
a misa mayor. Luego que uno y otro, atisbando
por encima de los bardales, vieron a la niña y al
penitenciario y la veloz corrida de aquélla hacia
la casa, picaron sus caballerías para entrar en la
calle Real, donde gran número de vagos se dete-
nían para mirar al viajero como extraño huésped
intruso de la patriarcal ciudad. Torciendo luego
a la derecha, en dirección a la Catedral, cuya corpulenta fábrica dominaba todo el pueblo, tomaron la calle del Condestable, en la cual, por ser
estrecha y empedrada, retumbaban con estridente
sonsonete las herraduras, alarmando al vecindario
que por ventanas y balcones se mostraba para
satisfacer su curiosidad. Abríanse con singular
chasquido las celosías, y caras diversas, casi todas
de hembra, asomaban arriba y abajo. Cuando Pe-

pe Rey llegó al arquitectónico umbral de la casa de Polentinos, ya se habían hecho multitud de comentarios diversos sobre su figura.

4. La llegada del primo

E L señor penitenciario, cuando Rosarito se separó bruscamente de él, miró a los bardales, y viendo las cabezas del tío Licurgo y de su compañero de viaje, dijo para sí: «Vamos, ya está ahí ese prodigio.»

Quedóse un rato meditabundo, sosteniendo el manteo con ambas manos cruzadas sobre el abdomen, fija la vista en el suelo, con los anteojos de oro deslizándose suavemente hacia la punta de la nariz, saliente y húmedo el labio inferior, y un poco fruncidas las blanquinegras cejas. Era un santo varón piadoso y de no común saber, de intachables costumbres clericales, algo más de sexagenario, de afable trato, fino y comedido, gran repartidor de consejos y advertencias a hombres y mujeres. Desde luengos años era maestro de latinidad y retórica en el Instituto, cuya noble profesión dióle gran caudal de citas horacianas y de floridos tropos, que empleaba con gracia y oportunidad. Nada más conviene añadir acerca de este personaje, sino que cuando sintió el trote largo de las cabalgaduras que corrían hacia la calle del Condestable, se arregló el manteo, enderezó el sombrero, que no estaba del todo bien puesto, en su venerable cabeza y, marchando hacia la casa, murmuró:

—Vamos a conocer a ese prodigio.

En tanto, Pepe bajaba de la jaca, y en el mismo portal le recibía en sus amantes brazos doña Perfecta, anegado en lágrimas el rostro y sin poder pronunciar sino palabras breves y balbucientes, expresión sincera de su cariño.

—¡Pepe..., pero qué grande estás!..., y con barbas... Me parece que fue ayer cuando te ponía sobre mis rodillas... Ya estás hecho un hombre, todo un hombre... ¡Cómo pasan los años!... ¡Jesús! Aquí tienes a mi hija Rosario.

Diciendo esto, habían llegado a la sala baja, ordinariamente destinada a recibir, y doña Perfecta presentóle a su hija.

Era Rosarito una muchacha de apariencia delicada y débil, que anunciaba inclinaciones a lo que los portugueses llaman *saudades*. En su rostro fino y puro se observaba algo de la pastosidad nacarada, que la mayor parte de los novelistas atribuyen a sus heroínas, y sin cuyo barniz sentimental parece que ninguna Enriqueta y ninguna Julia pueden ser interesantes. Pero lo principal en Rosario era que tenía tal expresión de dulzura y modestia, que al verla no se echaban de menos las perfecciones de que carecía. No es esto decir que era fea; más también es cierto que habría pasado por hiperbólico el que la llamara hermosa, dando a esta palabra su riguroso sentido. La hermosura real de la niña de doña Perfecta consistía en una especie de transparencia, prescindiendo del nácar, del alabastro, del marfil y demás materias usadas en la composición descriptiva de los rostros humanos; una especie de transparencia, digo, por la cual todas las honduras de su alma se veían claramente; honduras no cavernosas y horribles como las del mar, sino como las de un manso y claro río. Pero allí faltaba materia para que la persona fuese completa; faltaba cauce, faltaban orillas. El vasto caudal de su espíritu se desbordaba, amenazando devorar las estrechas riberas. Al ser saludada por su primo se puso como la grana, y sólo pronunció algunas palabras torpes.

—Estarás desmayado —dijo doña Perfecta a su sobrino—. Ahora mismo te daremos de almorzar.

—Con permiso de usted —repuso el viajero—, voy a quitarme el polvo del camino.

—Muy bien pensado. Rosario, lleva a tu primo al cuarto que le hemos preparado. Despáchate pronto, sobrino. Voy a dar mis órdenes.

Rosario llevó a su primo a una hermosa habitación situada en el piso bajo. Desde que puso pie dentro de ella, Pepe reconoció en todos los detalles de la vivienda la mano diligente y cariñosa de una mujer. Todo estaba puesto con arte singular, y el aseo y frescura de cuanto allí había convidaban a reposar en tan hermoso nido. El huésped reparó en minuciosidades que le hicieron reír.

—Aquí tienes la campanilla —dijo Rosarito, tomando el cordón de ella, cuya borla caía sobre la cabecera del lecho—. No tienes más que alargar la mano. La mesa de escribir está puesta de modo que recibas la luz por la izquierda... Mira: en esa cesta echarás los papeles rotos... ¿Fumas?

—Tengo esa desgracia —repuso Pepe Rey.

—Pues aquí puedes echar las puntas de cigarro —dijo ella, tocando con la punta del pie un mueble de latón dorado lleno de arena—. No hay cosa más fea que ver el suelo lleno de colillas de cigarro... Mira el lavabo... Para la ropa tienes un ropero y una cómoda... Creo que la relojera está mal aquí y se te debe poner junto a la cama... Si te molesta la luz no tienes más que correr el transparente tirando de la cuerda... ¿ves?..., risch...

El ingeniero estaba encantado.

Rosarito abrió una ventana.

—Mira —dijo—, esta ventana da a la huerta. Por aquí entra el sol de la tarde. Aquí tenemos colgada la jaula de un canario, que canta como un loco. Si te molesta le quitaremos.

Abrió otra ventana del testero opuesto.

—Esta otra ventana —añadió— da a la calle. Mira, de aquí se ve la Catedral, que es muy hermosa y está llena de preciosidades. Vienen muchos ingleses a verla. No abras las dos ventanas a un tiempo, porque las corrientes de aire son muy malas.

—Querida prima —dijo Pepe, con el alma inundada de inexplicable gozo—, en todo lo que está delante de mis ojos veo una mano de ángel, que no puede ser sino la tuya. ¡Qué hermoso

cuarto es éste! Me parece que he vivido en él toda
mi vida. Está convidando a la paz.

Rosarito no contestó nada a estas cariñosas expresiones, y, sonriendo, salió.

—No tardes —dijo desde la puerta—. El
comedor está también abajo..., en el centro de
esta galería.

Entró el tío Licurgo con el equipaje. Pepe
le recompensó con una largueza a que el labriego
no estaba acostumbrado, y éste, después de dar
las gracias con humildad, llevóse la mano a la
cabeza, como quien ni se pone ni se quita el sombrero, y en tono embarazoso, mascando las palabras, como quien no dice ni deja de decir las
cosas, se expresó de este modo:

—¿Cuándo será la mejor hora para hablar
al señor don José de un... de un asuntillo.

—¿De un asuntillo? Ahora mismo —repuso
Pepe, abriendo un baúl.

—No es oportunidad —dijo el labriego—.
Descanse el señor don José, que tiempo tenemos.
Más días hay que longanizas, como dijo el otro,
y un día viene tras otro día... Que usted descanse,
señor don José... Cuando quiera dar un paseo...
La jaca no es mala... Con que buenos días, señor
don José. Que viva usted mil años... ¡Ah!, se me
olvidaba —añadió, volviendo a entrar después de
algunos segundos de ausencia—. Si quiere usted
algo para el señor juez municipal... Ahora voy
allá a hablarle de nuestro asuntillo...

—Dele usted expresiones —dijo festivamente, no encontrando mejor fórmula para sacudirse
de encima al legislador espartano.

—Pues quede con Dios el señor don José.

—Abur.

El ingeniero no había sacado su ropa, cuando aparecieron por tercera vez en la puerta los sagaces ojuelos y la marrullera fisonomía del tío Licurgo.

—Perdone el señor don José —dijo, mostrando en afectada risa sus blanquísimos dientes—. Pero... quería decirle que si usted desea que esto se arregle por amigables componedores... Aunque, como dijo el otro, pon lo tuyo en consejo y unos dirán que es blanco y otros que es negro...

—Hombre, ¿quiere usted irse de aquí?

—Dígolo porque a mí me carga la justicia. No quiero nada con justicia. Del lobo, un pelo, y ése, de la frente. Con que..., con Dios, señor don José. Dios le conserve sus días para favorecer a los pobres...

—Adiós, hombre, adiós.

Pepe echó la llave a la puerta, y dijo para sí:

—La gente de este pueblo parece ser muy pleitista.

5. ¿Habrá desavenencia?

Poco después, Pepe se presentaba en el comedor.

—Si almuerzas fuerte —le dijo doña Perfecta con cariñoso acento—, se te va a quitar la gana de comer. Aquí comemos a la una. Las modas del campo no te gustarán.

—Me encantarán, señora tía.

—Pues di lo que prefieres: ¿almorzar fuerte ahora o tomar una cosita ligera para que resistas hasta la hora de comer?

—Escojo la cosa ligera para tener el gusto de comer con ustedes; y si en Villahorrenda hubiera encontrado algún alimento, nada tomaría a esta hora.

—Por supuesto, no necesito decirte que nos trates con toda franqueza. Aquí puedes mandar como si estuvieras en tu casa.

—Gracias, tía.

—¡Pero cómo te pareces a tu padre! —añadió la señora, contemplando con verdadero arrobamiento al joven mientras éste comía—. Me parece que estoy mirando a mi querido hermano Juan. Se sentaba como te sientas tú y comía lo mismo que tú. En el modo de mirar, sobre todo, sois como dos gotas de agua.

Pepe la emprendió con el frugal desayuno. Las expresiones, así como la actitud y las miradas de su tía y prima, le infundían tal confianza, que se creía ya en su propia casa.

—¿Sabes lo que me decía Rosarito esta mañana? —indicó doña Perfecta, fija la vista en su sobrino—. Pues me decía que tú, como hombre hecho a las pompas y etiquetas de la corte y a las modas del extranjero, no podrás soportar esta sencillez un poco rústica con que vivimos y esta falta de buen tono, pues aquí todo es a la pata la llana.

—¡Qué error! —repuso Pepe, mirando a su prima—. Nadie aborrece más que yo las falsedades y comedias de lo que llaman alta sociedad. Crean ustedes que hace tiempo deseo darme, como decía no sé quién, un baño de cuerpo entero en la Naturaleza; vivir lejos del bullicio, en la soledad y sosiego del campo. Anhelo la tranquilidad de una vida sin luchas, sin afanes, ni envidioso ni envidiado, como dijo el poeta. Durante mucho tiempo, mis estudios primero y mis trabajos después, me han impedido el descanso que necesito y que reclaman mi espíritu y mi cuerpo; pero desde que entré en esta casa, querida tía, querida prima, me he sentido rodeado de la atmósfera de paz que deseo. No hay que hablarme, pues, de sociedades altas ni bajas, ni de mundos grandes ni chicos, porque de buen grado los cambio todos por este rincón.

Esto decía, cuando los cristales de la puerta que comunicaban el comedor con la huerta se oscurecieron por la superposición de una larga opacidad negra. Los vidrios de unos espejuelos despidieron, heridos por la luz del sol, fugitivo rayo; rechinó el picaporte, abrióse la puerta, y el señor penitenciario penetró con gravedad en la estancia. Saludó y se inclinó, quitándose la canaleja hasta tocar con el ala de ella el suelo.

—Es el señor penitenciario de esta Santa Catedral —dijo doña Perfecta—, persona a quien estimamos mucho y de quien espero serás amigo. Siéntese usted, señor don Inocencio.

Pepe estrechó la mano del venerable canónigo, y ambos se sentaron.

—Pepe, si acostumbras a fumar después de comer, no dejes de hacerlo —manifestó benévolamente doña Perfecta—, ni el señor penitenciario tampoco.

A la sazón, el buen don Inocencio sacaba de debajo de la sotana una gran petaca de cuero, marcada con irrecusables señales de antiquísimo uso, y la abrió, desenvainando de ella dos largos pitillos, uno de los cuales ofreció a nuestro amigo. De un cartoncejo que irónicamente llaman los españoles *wagón*, sacó Rosario un fósforo, y bien pronto ingeniero y canónigo echaban su humo el uno sobre el otro.

—¿Y qué le parece al señor don José nuestra querida ciudad de Orbajosa? —preguntó el canónigo, cerrando fuertemente el ojo izquierdo, según su costumbre mientras fumaba.

—Todavía no he podido formar idea de este pueblo —dijo Pepe—. Por lo poco que he visto, me parece que no le vendrían mal a Orbajosa media docena de grandes capitales dispuestos a emplearse aquí, un par de cabezas inteligentes que dirigieran la renovación de este país y algunos miles de manos activas. Desde la entrada del pueblo hasta la puerta de esta casa he visto más de cien mendigos. La mayor parte son hombres sanos y aún robustos. Es un ejército lastimoso, cuya vista oprime el corazón.

—Para eso está la caridad —afirmó don Inocencio—. Por lo demás, Orbajosa no es un pueblo miserable. Ya sabe usted que aquí se producen los primeros ajos de toda España. Pasan de veinte las familias ricas que viven entre nosotros.

—Verdad es —indicó doña Perfecta— que los últimos años han sido detestables a causa de la seca; pero aun así las paneras no están vacías, y se han llevado últimamente al mercado muchos miles de ristras de ajos.

—En tantos años que llevo de residencia en Orbajosa —dijo el clérigo, frunciendo el ceño— he visto llegar aquí innumerables personajes de la corte, traídos unos por la gresca electoral, otros por visitar algún abandonado terruño o ver las antigüedades de la Catedral, y todos entran hablándonos de arados ingleses, de trilladoras mecánicas, de saltos de agua, de Bancos y qué sé yo cuántas majaderías. El estribillo es que esto es muy malo y que podía ser mejor. Váyanse con mil demonios, que aquí estamos muy bien sin oír ese continuo clamoreo de nuestra pobreza y de las grandezas y maravillas de otras partes. Más sabe el loco en su casa que el cuerdo en la ajena, ¿no es verdad, señor don José? Por supuesto, no se crea ni remotamente que lo digo por usted. De ninguna manera. Pues no faltaba más. Ya sé que tenemos delante a uno de los jóvenes más eminentes de la España moderna, a un hombre que sería capaz de transformar en riquísimas comarcas nuestras áridas estepas... Ni me incomodo porque usted me cante la vieja canción de los arados ingleses, y la arboricultura, y la selvicultura... Nada de eso; a hombres de tanto, de tantísimo talento, se les puede dispensar el desprecio que muestran hacia nuestra humildad. Nada, amigo mío, nada, señor don José; está usted autorizado para todo, incluso para decirnos que somos poco menos que cafres.

Esta filípica, terminada con marcado tono de ironía y harto impertinente toda ella, no agradó al joven; pero se abstuvo de manifestar el más ligero disgusto y siguió la conversación, procurando en lo posible huir de los puntos en que el susceptible patriotismo del señor canónigo hallase fácil motivo de discordia. Este se levantó, en el momento en que la señora hablaba con su sobrino de asuntos de familia, y dio algunos pasos por la estancia.

Era ésta vasta y clara, cubierta de antiguo papel, cuyas flores y ramos, aunque descoloridos, conservaban su primitivo dibujo, gracias al aseo que reinaba en todas y cada una de las partes de la vivienda. El reloj, de cuya caja colgaban al descubierto, al parecer, las inmóviles pesas y el voluble péndulo, diciendo perpetuamente que *no*,

ocupaba con su abigarrado horario el lugar pre-
eminente entre los sólidos muebles del comedor,
completando el ornato de las paredes una serie de
láminas francesas que representaban las hazañas
del conquistador de Méjico, con prolijas expli-
caciones al pie, en las que se hablaba de un *Ferdinand Cortez* y de una *Donna Marine*, tan in-
verosímiles como las figuras dibujadas por el
ignorante artista. Entre las dos puertas vidrieras
que comunicaban con la huerta había un aparato
de latón, que no es preciso describir desde que
se diga que servía de sustentáculo a un loro, el
cual se mantenía allí con la seriedad y la circunspección propias de estos animalejos, observándolo
todo. La fisonomía irónica y dura de los loros, su
casaca verde, su garrote encarnado, sus botas
amarillas y, por último, las roncas palabras bur-
lescas que suelen pronunciar, les dan un aspecto
extraño y repulsivo entre serio y ridículo. Tienen
no sé qué rígido empaque de diplomáticos. A veces parecen bufones, y siempre se asemejan a
ciertos finchados sujetos que, por querer parecer
muy superiores, tiran a la caricatura.

Era el penitenciario muy amigo del loro.
Cuando dejó a la señora y a Rosario en coloquio
con el viajero, llegóse a él, y dejándose morder
con la mayor complacencia el dedo índice, le dijo:

—Tunante, bribón, ¿por qué no hablas?
Poco valdrías si no fueras charlatán. De charlata-
nes está lleno el mundo de los hombres y el de
los pájaros.

Luego cogió con su propia venerable mano algunos garbanzos del cercano cazuelillo y se los dio a comer. El animal empezó a llamar a la criada, pidiéndole chocolate, y sus palabras distrajeron a las dos damas y al caballero de una conversación que no debía de ser muy importante.

6. Donde se ve que puede surgir la desavenencia donde menos se espera

DE súbito se presentó el señor don Cayetano Polentinos, hermano político de doña Perfecta, el cual entró con los brazos abiertos, gritando:

—Venga acá, señor don José de mi alma.

Y se abrazaron cordialmente. Don Cayetano y Pepe se conocían, porque el distinguido erudito y bibliófilo solía hacer excursiones a Madrid cuando se anunciaba almoneda de libros procedentes de la testamentaría de algún *buquinista*. Era don Cayetano alto y flaco, de edad mediana, si bien el continuo estudio o los padecimientos le habían desmejorado mucho; expresábase con una corrección alambicada que le sentaba a las mil maravillas, y era cariñoso y amable, a veces con exageración. Respecto de su vasto saber, ¿qué puede decirse sino que era un verdadero prodigio? En Madrid, su nombre no se pronunciaba sin respeto, y si don Cayetano residiera

en la capital, no se escapara sin pertenecer, a
pesar de su modestia, a todas las Academias exis-
tentes y por existir. Pero él gustaba del tranquilo
aislamiento, y el lugar que en el alma de otros
tiene la vanidad, teníalo en el suyo la pasión pura
de los libros, el amor al estudio solitario y reco-
gido, sin otra ulterior mira y aliciente que los
propios libros y el estudio mismo.

Había formado en Orbajosa una de las más
ricas bibliotecas que en toda la redondez de España se encuentran, y dentro de ella pasaba largas
horas del día y de la noche, compilando, clasifi-
cando, tomando apuntes y entresacando diversas
suertes de noticias preciosísimas, o realizando,
quizá, algún inaudito y jamás soñado trabajo,
digno de tan gran cabeza. Sus costumbres eran
patriarcales: comía poco, bebía menos, y sus úni-
cas calaveradas consistían en alguna merienda en
los Alamillos en días muy sonados y paseos dia-
rios a un lugar llamado Mundogrande, donde a
menudo eran desenterradas del fango de veinte
siglos medallas romanas y pedazos de arquitrabe,
extraños plintos de desconocida arquitectura y tal
o cual ánfora o cubicularia de inestimable precio.

Vivían don Cayetano y doña Perfecta en
una armonía tal, que la paz del Paraíso no se le
igualara. Jamás riñeron. Es verdad que él no se
mezclaba para nada en los asuntos de la casa,
ni ella en los de la biblioteca más que para hacerla
barrer y limpiar todos los sábados, respetando
con religiosa admiración los libros y papeles que
sobre la mesa y en diversos parajes estaban de
servicio.

Después de las preguntas y respuestas propias del caso, don Cayetano dijo:

—Ya he visto la caja. Siento mucho que no me trajeras la edición del mil quinientos veintisiete. Tendré que hacer yo mismo un viaje a Madrid... ¿Vas a estar aquí mucho tiempo? Mientras más, mejor, querido Pepe. ¡Cuánto me alegro de tenerte aquí! Entre los dos vamos a arreglar parte de mi biblioteca y a hacer un índice de escritores de la Gineta. No siempre se encuentra a mano un hombre de tanto talento como tú... Verás mi biblioteca... Podrás darte en ella buenos atracones de lectura... Todo lo que quieras. Verás maravillas, verdaderas maravillas, tesoros inapreciables, rarezas que sólo yo poseo, sólo yo... Pero, en fin, me parece que ya es hora de comer, ¿no es verdad, José? ¿No es verdad, Perfecta? ¿No es verdad, Rosarito? ¿No es verdad, señor don Inocencio?... Hoy es usted dos veces penitenciario; dígolo porque nos acompañará usted a hacer penitencia.

El canónigo se inclinó, y, sonriendo, mostraba simpáticamente su aquiescencia. La comida fue cordial, y en todos los manjares se advertía la abundancia desproporcionada de los banquetes de pueblo, realizada a costa de la variedad. Habría para atracarse doble número de personas que las allí reunidas. La conversación recayó en asuntos diversos.

—Es preciso que visite usted cuanto antes nuestra Catedral —dijo el canónigo—. ¡Como ésta hay pocas, señor don José!... Verdad es que usted, que tantas maravillas ha visto en el extranjero, no encontrará nada notable en nuestra vieja iglesia... Nosotros, los pobres patanes de Orbajosa, la encontramos divina. El maestro López de Berganza, racionero de ella, la llamaba en el siglo XVI *pulchra augustana*... Sin embargo, para hombres de tanto saber como usted, quizá no tenga ningún mérito, y cualquier mercado de hierro será más bello.

Cada vez disgustaba más a Pepe Rey el lenguaje irónico del sagaz canónigo; pero, resuelto a contener y disimular su enfado, no contestó sino con palabras vagas. Doña Perfecta tomó en seguida la palabra y, jovialmente, se expresó así:

—Cuidado, Pepito; te advierto que si hablas mal de nuestra santa iglesia, perderemos las amistades. Tú sabes mucho y eres un hombre eminente que de todo entiendes; pero si has de descubrir que esa gran fábrica no es la octava maravilla, guárdate en buena hora tu sabiduría y no nos saques de bobos...

—Lejos de creer que este edificio no es bello —repuso Pepe—, lo poco que de su exterior he visto me ha parecido de imponente hermosura. De modo, señora tía, que no hay para qué asustarse; ni yo soy sabio, ni mucho menos.

—Poco a poco —dijo el canónigo extendiendo la mano y dando paz a la boca por breve rato para que, hablando, descansase del mascar—. Alto allá; no venga usted aquí haciéndose el modesto, señor don José, que harto estamos de saber lo muchísimo que usted vale, la gran fama de que goza y el papel importantísimo que desempeñará dondequiera que se presente. No se ven hombres así todos los días. Pero ya que de este modo ensalzo los méritos de usted...

Detúvose para seguir comiendo, y luego que la sin hueso quedó libre, continuó así:

—Ya que de este modo ensalzo los méritos de usted, permítaseme expresar otra opinión con la franqueza que es propia de mi carácter. Sí, señor don José; sí, señor don Cayetano; sí, señora y niña mías; la ciencia, tal como la estudian y la propagan los modernos, es la muerte del sentimiento y de las dulces ilusiones. Con ella la vida del espíritu se amengua; todo se reduce a reglas fijas, y los mismos encantos sublimes de la naturaleza desaparecen. Con la ciencia destrúyese lo maravilloso en las artes, así como la fe en el alma. La ciencia dice que todo es mentira y todo lo quiere poner en guarismos y rayas, no sólo *maria ac terras*, donde estamos nosotros, sino también *coelumque profundum*, donde está Dios... Los admirables sueños del alma, su arrobamiento místico, la inspiración misma de los poetas, mentira. El corazón es una esponja; el cerebro, una gusanera.

Todos rompieron a reír, mientras él daba paso a un trago de vino.

—Vamos, ¿me negará el señor don José —añadió el sacerdote— que la ciencia, tal como se enseña y se propaga hoy, va derecha a hacer del mundo y del género humano una gran máquina?

—Eso, según y conforme —dijo don Cayetano—. Todas las cosas tienen su pro y su contra.

—Tome usted más ensalada, señor penitenciario —dijo doña Perfecta—. Está cargadita de mostaza, como a usted le gusta.

Pepe Rey no gustaba de entablar vanas disputas, ni era pedante, ni alardeaba de erudito, mucho menos ante mujeres y en reuniones de confianza; pero la importuna verbosidad agresiva del canónigo necesitaba, según él, un correctivo. Para dárselo le pareció mal sistema exponer ideas que, concordando con las del canónigo, halagasen a éste, y decidió manifestar las opiniones que más contrariaran y más acerbamente mortificasen al mordaz penitenciario. «Quieres divertirte conmigo —dijo para sí—. Verás qué mal rato te voy a dar.»

Y luego añadió en voz alta:

—Cierto es todo lo que el señor penitenciario ha dicho en tono de broma. Pero no es culpa nuestra que la ciencia esté derribando a martillazos, un día y otro, tanto ídolo vano, la superstición, el sofisma, las mil mentiras de lo pasado, bellas las unas, ridículas las otras, pues de todo hay en la viña del Señor. El mundo de las ilusiones, que es como si dijéramos un segundo mundo, se viene abajo con estrépito. El misticismo en religión, la rutina en la ciencia, el amaneramiento en las artes, caen como cayeron los dioses paganos, entre burlas. Adiós, sueños torpes; el género humano despierta y sus ojos ven la claridad. El sentimentalismo vano, el misticismo, la fiebre, la alucinación, el delirio desaparecen, y el que antes era enfermo, hoy está sano y se goza con placer indecible en la justa apreciación de las cosas. La fantasía, la terrible loca, que era el alma de la casa, pasa a ser criada... Dirija usted la vista a todos lados, señor penitenciario, y verá el admirable conjunto de realidad que ha sustituido a la

fábula. El cielo no es una bóveda, las estrellas no
son farolillos, la Luna no es una cazadora traviesa,
sino un pedrusco opaco; el Sol no es un cochero
emperejilado y vagabundo, sino un incendio fijo.]
Las sirtes no son ninfas, sino dos escollos; las
sirenas son focas; y en el orden de las personas,
Mercurio es Manzanedo; Marte es un viejo barbi-
lampiño, el conde de Moltke; Néstor puede ser un
señor de gabán que se llama monsieur Thiers;
Orfeo es Verdi; Vulcano es Krupp; Apolo es cualquier poeta. ¿Quiere usted más? Pues Júpiter, un
dios digno de ir a presidio si viviera aún, no des-
carga el rayo, sino que el rayo cae cuando a la
electricidad le da la gana. No hay Parnaso, no
hay Olimpo; no hay laguna Estigia, ni otros Campos Elíseos que los de París. No hay ya más bajada
al Infierno que las de la geología, y este viajero,
siempre que vuelve, dice que no hay condenados
en el centro de la Tierra. No hay más subidas al
cielo que las de la Astronomía, y ésta, a su regreso,
asegura no haber visto los seis o siete pisos de
que hablan el Dante y los místicos y soñadores
de la Edad Media. No encuentra sino astros y dis-
tancias, líneas, enormidades de espacio y nada
más. Ya no hay falsos cómputos de la edad del
mundo, porque la Paleontología y la Prehistoria
han contado los dientes de esta calavera en que
vivimos y averiguado su verdadera edad. La fábula, llámese paganismo o idealismo cristiano, ya
no existe, y la imaginación está de cuerpo presente. Todos los milagros posibles se reducen a
los que yo hago cuando se me antoja en mi gabi-
nete con una pila de Bunsen, un hilo inductor y
una aguja imantada. Ya no hay más multiplica-

ciones de panes y peces que las que hace la industria con sus moldes y máquinas y las de la Im-
prenta, que imita a la Naturaleza, sacando de un
solo tipo millones de ejemplares. En suma, señor
canónigo del alma, se han corrido las órdenes
para dejar cesantes a todos los absurdos, falsedades, ilusiones, ensueños, sensiblerías y preocupa-
ciones que ofuscan el entendimiento del hombre.
Celebremos el suceso.

Cuando concluyó de hablar, en los labios
del canónigo retozaba una sonrisilla, y sus ojos
habían tomado animación extraordinaria. Don
Cayetano se ocupaba en dar diversas formas, ora
romboidales, ora prismáticas, a una bolita de pan.
Pero doña Perfecta estaba pálida y fijaba sus ojos
en el canónigo con insistencia observadora. Rosarito contemplaba llena de estupor a su primo.
Este se inclinó hacia ella, y al oído le dijo disimu-
ladamente, en voz muy baja:

—No me hagas caso, primita. Digo estos
disparates para sulfurar al señor canónigo.

PUEDE que creas —indicó doña Perfecta con ligero acento de vanidad— que el señor don Inocencio se va a quedar callado sin contestarte a todos y cada uno de esos puntos.

—¡Oh, no! —exclamó el canónigo arqueando las cejas—. No mediré yo mis escasas fuerzas con adalid tan valiente y al mismo tiempo tan bien armado. El señor don José lo sabe todo, es decir, tiene a su disposición todo el arsenal de las ciencias exactas. Bien sé que la doctrina que sustenta es falsa; pero yo no tengo talento ni elocuencia para combatirla. Emplearía yo las armas del sentimiento; emplearía argumentos teológicos, sacados de la revelación de la fe, de la palabra divina; pero, ¡ay!, el señor don José, que es un sabio eminente, se reiría de la teología, de la fe, de la revelación de los santos profetas, del Evangelio... Un pobre clérigo ignorante, un desdichado que no sabe matemáticas, ni filosofía alemana, en

que hay aquello de *yo* y *no yo;* un pobre dómine
que no sabe más que la ciencia de Dios y algo de
poetas latinos, no puede entrar en combate con
estos bravos corifeos.

Pepe Rey prorrumpió en francas risas.

—Veo que el señor don Inocencio —di-
jo— ha tomado por lo serio estas majaderías que
he dicho... Vaya, señor canónigo, vuélvanse cañas
las lanzas y todo se acabó. Seguro estoy de que
mis verdaderas ideas y las de usted no están en
desacuerdo. Usted es un varón piadoso e instruido.
Aquí el ignorante soy yo. Si he querido bromear,
dispénsenme todos; yo soy así.

—Gracias —repuso el presbítero visiblemente contrariado—. ¿Ahora salimos con ésa?
Bien sé yo, bien sabemos todos que las ideas que
usted ha sustentado son las suyas. No podía ser
de otra manera. Usted es el hombre del siglo. No
puede negarse que su entendimiento es prodigioso, verdaderamente prodigioso. Mientras usted hablaba, yo, lo confieso ingenuamente, al mismo
tiempo que en mi interior deploraba error tan
grande, no podía menos de admirar lo sublime de
la expresión, la prodigiosa facundia, el método
sorprendente de su raciocinio, la fuerza de los
argumentos... ¡Qué cabeza, señora doña Perfecta,
qué cabeza la de este joven sobrino de usted!
Cuando estuve en Madrid y me llevaron al Ateneo,
confieso que me quedé absorto al ver el asombroso ingenio que Dios ha dado a los ateos y protestantes.

—Señor don Inocencio —dijo doña Perfecta, mirando alternativamente a su sobrino y a su
amigo—, creo que usted, al juzgar a este chico,

traspasa los límites de la benevolencia... No te
enfades, Pepe, ni hagas caso de lo que digo, porque yo ni soy sabia, ni filósofa, ni teóloga; pero
me parece que el señor don Inocencio acaba de
dar una prueba de su gran modestia y caridad
cristiana, negándose a apabullarte, como podía
hacerlo, si hubiese querido...

—¡Señora, por Dios! —murmuró el ecle-
siástico.

—El es así —añadió la señora—. Siempre
haciéndose la mosquita muerta... Y sabe más que
los siete doctores. ¡Ay, señor don Inocencio, qué
bien le sienta a usted el nombre que tiene! Pero
no se nos venga acá con humildades importunas.
Mi sobrino no tiene pretensiones... ¡Si él sabe lo
que le han enseñado y nada más...! Si ha apren-
dido el error, ¿qué más puede desear sino que
usted le ilustre y le saque del infierno de sus fal-
sas doctrinas?

—Justamente, no deseo otra cosa, sino que
el señor penitenciario me saque... —murmuró Pepe, comprendiendo que, sin quererlo, se había
metido en un laberinto.

—Yo soy un pobre clérigo que no sabe más
que la ciencia antigua —repuso don Inocencio—.
Reconozco el inmenso valor científico mundano
del señor don José, y ante tan brillante oráculo,
callo y me postro.

Diciendo esto, el canónigo cruzaba ambas
manos sobre el pecho e inclinaba la cabeza. Pepe
Rey estaba un si es no es turbado a causa del giro
que diera su tía a una vana disputa festiva, en
la que tomó parte tan sólo por acalorar un poco
la conversación. Creyó lo más prudente poner

punto en tan religioso tratado, y con este fin dirigió una pregunta al señor don Cayetano, cuando éste, despertando del vaporoso letargo que tras los postres le sobrevino, ofrecía a los comensales los indispensables palillos clavados en un pavo de porcelana que hacía la rueda.

—Ayer he descubierto una mano empuñando el asa de un ánfora, en el cual hay varios signos hieráticos. Te la enseñaré —dijo don Cayetano, gozoso de plantear un tema de su predilección.

—Supongo que el señor de Rey será también muy experto en cosas de arqueología —dijo el canónigo, que, siempre implacable, corría tras su víctima, siguiéndola hasta su más escondido refugio.

—Por supuesto —dijo doña Perfecta—. ¿De qué no entenderán estos despabilados niños del día? Todas las ciencias las llevan en las puntas de los dedos. Las Universidades y las Academias les instruyen de todo en un periquete, dándoles patentes de sabiduría.

—¡Oh!, eso es injusto —repuso el canónigo, observando la penosa impresión que manifestaba el semblante del ingeniero.

—Mi tía tiene razón —afirmó Pepe—. Hoy aprendemos un poco de todo, y salimos de las escuelas con rudimentos de diferentes estudios.

—Decía —añadió el canónigo— que será usted un gran arqueólogo.

—No sé una palabra de esa ciencia —repuso el joven—. Las ruinas son ruinas, y nunca me ha gustado empolvarme en ellas.

Don Cayetano hizo una mueca muy expresiva.

—No es esto condenar la Arqueología —dijo vivamente el sobrino de doña Perfecta, advirtiendo con dolor que no pronunciaba una palabra sin herir a alguien—. Bien sé que del polvo sale la Historia. Esos estudios son preciosos y utilísimos.

—Usted —dijo el penitenciario, metiéndose el palillo en la última muela— se inclinará más a los estudios de controversia. Ahora se me ocurre una excelente idea. Señor don José: usted debiera ser abogado.

—La abogacía es una profesión que aborrezco —replicó Pepe Rey—. Conozco abogados muy respetables, entre ellos a mi padre, que es el mejor de los hombres. A pesar de tan buen ejemplo, en mi vida me hubiera sometido a ejercer una profesión que consiste en defender lo mismo el pro que el contra de las cuestiones. No conozco error, ni preocupación, ni ceguera más grande que el empeño de las familias en inclinar a la mejor parte de la juventud a la abogacía. La primera y más terrible plaga de España es la turbamulta de jóvenes abogados, para cuya existencia es necesario una fabulosa cantidad de pleitos. Las cuestiones se multiplican en proporción de la demanda. Aun así, muchísimos se quedan sin trabajo, y como un señor jurisconsulto no puede tomar el arado ni sentarse al telar, de aquí proviene ese brillante escuadrón de holgazanes, llenos de pretensiones, que fomentan la empleomanía, perturban la política, agitan la opinión y engendran las revoluciones. De alguna parte han de comer. Mayor desgracia sería que hubiera pleitos para todos.

—Pepe, por Dios, mira lo que hablas —dijo
doña Perfecta, con marcado tono de severidad—.
Pero dispénsele usted, señor don Inocencio..., porque él ignora que usted tiene un sobrinito, el cual,
aunque recién salido de la Universidad, es un por-
tento en la abogacía.

—Yo hablo en términos generales —manifestó Pepe con firmeza—. Siendo, como soy, hijo
de un abogado ilustre, no puedo desconocer que
algunas personas ejercen esta noble profesión con
verdadera gloria.

—No..., si mi sobrino es un chiquillo todavía —dijo el canónigo, afectando humildad—. Muy
lejos de mi ánimo afirmar que es un prodigio de
saber, como el señor de Rey. Con el tiempo, quién
sabe... Su talento no es brillante ni seductor. Por
supuesto, las ideas de Jacinto son sólidas; su criterio, sano; lo que sabe lo sabe a machamartillo.
No conoce sofisterías ni palabras huecas...

Pepe Rey aparecía cada vez más inquieto.
La idea de que, sin quererlo, estaba en contradicción con las ideas de los amigos de su tía le
mortificaba, y resolvió callar por temor a que él
y don Inocencio concluyeran tirándose los platos
a la cabeza. Felizmente, el esquilón de la Catedral,
llamando a los canónigos a la importante tarea
del coro, le sacó de situación tan penosa. Levantóse el venerable varón y se despidió de todos,
mostrándose con Pepe tan lisonjero, tan amable,
cual si la amistad más íntima desde largo tiempo
les uniera. El canónigo, después de ofrecerse a
él para servirle en todo, le prometió presentarle
a su sobrino, a fin de que le acompañase a ver
la población, y le dijo las expresiones más cariño-

sas, dignándose agraciarle al salir con una palma-
dita en el hombro. Pepe Rey, aceptando con gozo
aquellas fórmulas de concordia, vio, sin embargo,
el cielo abierto cuando el sacerdote salió del comedor y de la casa.

8. A toda prisa

Poco después, la escena había cambiado. Don Cayetano, encontrando descanso a sus sublimes tareas en un dulce sueño que de él se amparó, dormía blandamente en un sillón del comedor. Doña Perfecta andaba en la casa tras sus quehaceres. Rosarito, sentándose junto a una de las vidrieras que a la huerta se abrían, miró a su primo, diciéndole con la muda oratoria de los ojos:

—Primo, siéntate aquí, junto a mí, y dime todo eso que tienes que decirme.

Pepe, aunque matemático, lo comprendió.

—Querida prima —dijo—, ¡cuánto te habrás aburrido hoy con nuestras disputas! Bien sabe Dios que por mi gusto no habría pedanteado como viste; pero el señor canónigo tiene la culpa... ¿Sabes que me parece singular ese señor sacerdote?...

—¡Es una persona excelente!—repuso Rosarito, demostrando el gozo que sentía por verse

en disposición de dar a su primo todos los datos
y noticias que necesitase.

—¡Oh!, sí, una excelente persona. ¡Bien se
conoce!

—Cuando le sigas tratando, conocerás…

—Que no tiene precio. En fin, basta que
sea amigo de tu mamá y tuyo para que también
lo sea mío —afirmó el joven—. ¿Y viene mucho
acá?

—Toditos los días. Nos acompaña mucho
—repuso Rosarito con ingenuidad—. ¡Qué bueno
y qué amable es! ¡Y cómo me quiere!

—Vamos, ya me va gustando ese señor.

—Viene también por las noches a jugar al
tresillo —añadió la joven—, porque a prima noche se reúnen aquí algunas personas: el juez de
primera instancia, el promotor fiscal, el deán, el
secretario del obispo, el alcalde, el recaudador
de contribuciones, el sobrino de don Inocencio…

—¡Ah!, Jacintito, el abogado.

—Ese. Es un pobre chico, más bueno que
el pan. Su tío le adora. Desde que vino de la Universidad, con su borla de doctor…, porque es doctor en un par de Facultades, y sacó nota de sobre-
saliente…, ¿qué crees tú? ¡Vaya!…, pues desde que
vino, su tío le trae aquí muy a menudo. Mamá
también le quiere mucho… Es estudioso y forma-
lito. Se retira temprano con su tío; no va nunca
al Casino por las noches, no juega ni derrocha, y
trabaja en el bufete de don Lorenzo Ruiz, que es
el primer abogado de Orbajosa. Dicen que Jacinto
será un gran defensor de pleitos.

—Su tío no exageraba al elogiarle —dijo
Pepe—. Siento mucho haber dicho aquellas tonte-

rías sobre los abogados... Querida prima, ¿no es verdad que estuve inconveniente?

—Calla; si a mí me parece que tienes mucha razón.

—Pero, ¿de veras no estuve un poco...?

—Nada, nada.

—¡Qué peso me quitas de encima! La verdad es que me encontré, sin saber cómo, en una contradicción constante y penosa con ese venerable sacerdote. Lo siento de veras.

—Lo que yo creo —dijo Rosarito, clavando en él sus ojos llenos de expresión cariñosa— es que tú no eres para nosotros.

—¿Qué significa eso?

—No sé si me explico bien, primo. Quiero decir que no es fácil te acostumbres a la conversación ni a las ideas de la gente de Orbajosa. Se me figura..., es una suposición.

—¡Oh!, no; yo creo que te equivocas.

—Tú vienes de otra parte, de otro mundo, donde las personas son muy listas, muy sabias, y tienen unas maneras finas y un modo de hablar ingenioso, y una figura...; puede ser que no me explique bien. Quiero decir que estás habituado a vivir entre una sociedad escogida; sabes mucho... Aquí no hay lo que tú necesitas; aquí no hay gente sabia, ni grandes finuras. Todo es sencillez, Pepe. Se me figura que te aburrirás, que te aburrirás mucho, y al fin tendrás que marcharte.

La tristeza, que era normal en el semblante de Rosarito, se mostró con tintas y rasgos tan notorios, que Pepe Rey sintió una emoción profunda.

—Estás en un error, querida prima. Ni yo traigo aquí la idea que supones, ni mi carácter ni mi entendimiento está en disonancia con los caracteres y las ideas de aquí. Pero supongamos por un momento que lo estuvieran.

—Vamos a suponerlo...

—En ese caso, tengo la firme convicción de que entre tú y yo, entre nosotros dos, querida Rosario, se establecerá una armonía perfecta. Sobre esto no puedo engañarme. El corazón me dice que no me engaño.

Rosarito se ruborizó; pero, esforzándose en hacer huir su sonrojo con sonrisas y miradas dirigidas aquí y allí, dijo:

—No vengas ahora con artificios. Si lo dices porque yo he de encontrar siempre bien todo lo que piensas, tienes razón.

—Rosario —exclamó el joven—, desde que te vi, mi alma se sintió llena de una alegría muy viva..., he sentido al mismo tiempo un pesar: el de no haber venido antes a Orbajosa.

—Eso sí que no lo he de creer —dijo ella, afectando jovialidad para encubrir medianamente su emoción—. ¿Tan pronto?... No vengas ahora con palabrotas... Mira, Pepe, yo soy una lugareña; yo no sé hablar más que cosas vulgares; yo no sé francés, yo no me visto con elegancia; yo apenas sé tocar el piano; yo...

—¡Oh, Rosario! —exclamó con ardor el caballero—, dudaba que fueses perfecta; ahora ya sé que lo eres.

Entró de súbito la madre. Rosarito, que nada tenía que contestar a las últimas palabras de su primo, conoció, sin embargo, la necesidad de decir algo, y, mirando a su madre, habló así:

—¡Ah!, se me había olvidado poner la comida al loro.

—No te ocupes de eso ahora. ¿Para qué os estáis ahí? Lleva a tu primo a dar un paseo por la huerta.

La señora se sonreía con bondad maternal, señalando a su sobrino la frondosa arboleda que tras los cristales aparecía.

—Vamos allá —dijo Pepe, levantándose.

Rosarito se lanzó, como un pájaro puesto en libertad, hacia la vidriera.

—Pepe, que sabe tanto y ha de entender de árboles —afirmó doña Perfecta—, te enseñará cómo se hacen los injertos. A ver qué opina él de esos peralitos que se van a trasplantar.

—Ven, ven —dijo Rosarito desde fuera.

Llamaba a su primo con impaciencia. Ambos desaparecieron entre el follaje. Doña Perfecta les vio alejarse, y después se ocupó del loro. Mientras le renovaba la comida, dijo en voz muy baja, con ademán pensativo:

—¡Qué despegado es! Ni siquiera le ha hecho una caricia al pobre animalito.

Luego, en voz alta, añadió, creyendo en la posibilidad de ser oída por su cuñado:

—Cayetano, ¿qué te parece el sobrino?... ¡Cayetano!

Sordo gruñido indicó que el anticuario volvía al conocimiento de este miserable mundo.

—Cayetano...

—Eso es... Eso es... —murmuró con torpe voz el sabio—. Ese caballerito sostendrá, como todos, la opinión errónea de que las estatuas de Mundogrande proceden de la primera inmigración fenicia. Yo le convenceré...

—Pero Cayetano...

—Pero Perfecta... ¡Bah! ¿También ahora sostendrás que he dormido?

—No hombre, ¡qué he de sostener yo tal disparate!... ¿Pero no me dices qué te parece ese chico?

Don Cayetano se puso la palma de la mano ante la boca para bostezar más a gusto, y después entabló una larga conversación con la señora. Los que nos han transmitido las noticias necesarias a la composición de esta historia pasan por alto aquel diálogo, sin duda porque fue demasiado secreto. En cuanto a lo que hablaron el ingeniero y Rosarito en la huerta aquella tarde, parece evidente que no es digno de mención.

En la tarde del siguiente día ocurrieron, sí, cosas que no deben pasarse en silencio, por ser de la mayor gravedad. Hallábanse solos ambos primos a hora bastante avanzada de la tarde, después de haber discurrido por distintos parajes de la huerta, atentos el uno al otro y sin tener alma ni sentidos más que para verse y oírse.

—Pepe —decía Rosario—, todo lo que me has dicho es una fantasía, una cantinela de esas que tan bien sabéis hacer los hombres de chispa. Tú piensas que, como soy lugareña, creo cuanto me dicen.

—Si me conocieras como yo creo conocerte a ti, sabrías que jamás digo sino lo que siento. Pero dejémonos de sutilezas tontas y de argucias de amantes, que no conducen sino a falsear los sentimientos. Yo no hablaré contigo más lenguaje que el de la verdad. ¿Eres, acaso, una señorita a quien he conocido en el paseo o en la tertulia y con la cual pienso pasar un rato divertido? No. Eres mi prima. Eres algo más... Rosario, pongamos de una vez las cosas en su verdadero lugar. Fuera rodeos. Yo he venido aquí a casarme contigo.

Rosario sintió que su rostro se abrasaba y que el corazón no le cabía en el pecho.

—Mira, querida prima —añadió el joven—, te juro que si no me hubieras gustado, ya estaría lejos de aquí. Aunque la cortesía y la delicadeza me habrían obligado a hacer esfuerzos, no me hubiera sido fácil disimular mi desengaño. Yo soy así.

—Primo, casi acabas de llegar —dijo lacónicamente Rosarito, esforzándose en reír.

—Acabo de llegar, y ya sé todo lo que tenía que saber; sé que te quiero; que eres la mujer que desde hace tiempo me está anunciando el corazón, diciéndome noche y día...: «Ya viene, ya está cerca; que te quemas.»

Esta frase sirvió de pretexto a Rosario para soltar la risa que en sus labios retozaba. Su espíritu se desvanecía alborozado en una atmósfera de júbilo.

—Tú te empeñas en que no vales nada —continuó Pepe—, y eres una maravilla. Tienes la cualidad admirable de estar a todas horas proyectando sobre cuanto te rodea la divina luz de tu alma. Desde que se te ve, desde que se te mira, los nobles sentimientos y la pureza de tu corazón se manifiestan. Viéndote se ve una vida celeste

que por descuido de Dios está en la tierra; eres
un ángel, y yo te quiero como un tonto.

Al decir esto, parecía haber desempeñado
una grave misión. Rosarito vióse de súbito domi-
nada por tan viva sensibilidad, que la escasa energía de su cuerpo no pudo corresponder a la excitación de su espíritu, y, desfalleciendo, dejóse caer
sobre una piedra que hacía las veces de asiento
en aquellos amenos lugares. Pepe se inclinó hacia
ella. Notó que cerraba los ojos, apoyando la frente
en la palma de la mano. Poco después, la hija de
doña Perfecta Polentinos dirigía a su primo, entre
dulces lágrimas, una mirada tierna, seguida de
estas palabras:

—Te quiero desde antes de conocerte.

Apoyadas sus manos en las del joven, se
levantó, y sus cuerpos desaparecieron entre las
frondosas ramas de un paseo de adelfas. Caía la
tarde, y una dulce sombra se extendía por la parte
baja de la huerta, mientras el último rayo de sol
poniente coronaba de resplandores las cimas de
los árboles. La ruidosa república de pajarillos
armaba espantosa algarabía en las ramas superiores. Era la hora en que, después de corretear por
la alegre inmensidad de los cielos, iban todos a
acostarse, y se disputaban unos a otros la rama
que escogían por alcoba. Su charla parecía a veces
recriminación y disputa, a veces burla y gracejo.
Con su parlero trinar se decían aquellos tunantes
las mayores insolencias, dándose de picotazos y
agitando las alas, así como los oradores agitan los
brazos cuando quieren hacer creer las mentiras
que pronuncian. Pero también sonaban por allí
palabras de amor, que a ello convidaban la apa-

cible hora y el hermoso lugar. Un oído experto
hubiera podido distinguir las siguientes:

—Desde antes de conocerte te quería, y si
no hubieras venido me habría muerto de pena.
Mamá me daba a leer las cartas de tu padre, y
como en ellas había tantas alabanzas de tí, yo
decía: «Este debiera ser mi marido.» Durante mucho tiempo, tu padre no habló de que tú y yo nos
casáramos, lo cual me parecía un descuido muy
grande. Yo no sabía qué pensar de semejante ne-
gligencia... Mi tío Cayetano, siempre que te nom-
braba, decía: «Como ése hay pocos en el mundo.
La mujer que le pesque, ya se puede tener por
dichosa...» Por fin, tu papá dijo lo que no podía
menos de decir... Sí, no podía menos de decirlo:
yo lo esperaba todos los días...

Poco después de estas palabras, la misma
voz añadió con zozobra:

—Alguien viene tras de nosotros.

Saliendo de entre las adelfas, Pepe vio a
dos personas que se acercaban, y tocando las
hojas de un tierno arbolillo que allí había, dijo
en alta voz a su compañera:

—No es conveniente aplicar la primera po-
da a los árboles jóvenes como éste hasta su com-
pleto arraigo. Los árboles recién plantados no tienen vigor para soportar dicha operación. Tú bien
sabes que las raíces no pueden formarse sino por
el influjo de las hojas; así es que si le quitas las
hojas...

—¡Ah!, señor don José —exclamó el penitenciario con franca risa, acercándose a los dos
jóvenes y haciéndoles una reverencia—, ¿está usted dando lecciones de horticultura? *Insere nunc*

Meliboee pyros, pone ordene, vites, que dijo el gran cantor de los trabajos del campo. Injerta los perales, caro Melibeo; arregla las parras... Conque, ¿cómo estamos de salud, señor don José?

El ingeniero y el canónigo se dieron las manos. Luego éste volvióse, y señalando a un jovenzuelo que tras él venía, dijo sonriendo:

—Tengo el gusto de presentar a usted a mi querido Jacintillo..., una buena pieza..., un tarambana, señor don José.

9. La desavenencia sigue creciendo y amenaza convertirse en discordia

Junto a la negra sotana se destacó un sonrosado y fresco rostro. Jacintito saludó a nuestro joven, no sin cierto embarazo.

Era uno de esos chiquillos precoces a quienes la indulgente Universidad lanza antes de tiempo a las arduas luchas del mundo, haciéndoles creer que son hombres porque son doctores. Tenía Jacintito semblante agraciado y carilleno, con mejillas de rosa, como una muchacha, y era rechoncho de cuerpo, de estatura pequeña, tirando un poco a pequeñísima, y sin más pelo de barba que el suave bozo que lo anunciaba. Su edad excedía poco de los veinte años. Habíase educado desde la niñez bajo la dirección de su excelente y discreto tío, con lo cual dicho se está que el tierno arbolito no se torció al crecer. Una moral severa le mantenía constantemente derecho, y en el cumplimiento de sus deberes escolásticos apenas tenía pero. Concluidos los estudios universitarios con aprovechamiento asombroso, pues no hubo clase en que no ganase las más eminentes notas, empezó a trabajar, prometiendo con su aplicación y buen tino para la abogacía perpetuar en el foro el lozano verdor de los laureles del aula.

A veces era travieso como un niño, a veces formal como un hombre. En verdad, en verdad, que si a Jacintito no le gustaran un poco, y aun un mucho las lindas muchachas, su buen tío le creería perfecto. No dejaba de sermonearle a todas horas, apresurándose a cortarle los audaces vuelos; pero ni aun esta inclinación mundana del jovenzuelo lograba enfriar el mucho amor que nuestro buen canónigo tenía al encantador retoño de su cara sobrina María Remedios. En tratándose del abogadillo, todo cedía. Hasta las graves y metódicas prácticas del buen sacerdote se alteraban siempre que se tratase de algún asunto referente a su precoz pupilo. Aquel método, riguroso y fijo como un sistema planetario, solía perder su equilibrio cuando Jacintito estaba enfermo o tenía que hacer un viaje. ¡Inútil celibato el de los clérigos! Si el Concilio de Trento les prohibe tener hijos, Dios, no el demonio, les da sobrinos para que conozcan los dulces afanes de la paternidad.

Examinadas imparcialmente las cualidades de aquel aprovechado niño, era imposible desconocer su mérito. Su carácter era, por lo común, inclinado a la honradez, y las acciones nobles despertaban franca admiración en su alma. Respecto a sus dotes intelectuales y a su saber social, tenía todo lo necesario para ser, con el tiempo, una notabilidad de estas que tanto abundan en España; podía ser lo que a todas horas nos complacemos

en llamar hiperbólicamente un *distinguido patri-
cio* o *un eminente hombre público,* especies que,
por mucha abundancia, apenas son apreciadas en
su justo valor. En aquella tierna edad en que el
grado universitario sirve de soldadura entre la
puericia y la virilidad, pocos jóvenes, mayormen-
te si han sido mimados por sus maestros, están
libres de una pedantería fastidiosa que, si les da
gran prestigio junto al sillón de sus mamás, es
muy risible entre hombres hechos y formales.
Jacintito tenía ese defecto, disculpable no sólo
por sus pocos años, sino porque su buen tío fo-
mentaba aquella vanidad pueril con imprudentes
aplausos.

Luego que los cuatro se reunieron, conti-
nuaron paseando. Jacinto callaba. El canónigo,
volviendo al interrumpido tema de los *pyros* que
se habían de injertar y de las *vites* que se debían
poner en orden, dijo:

—Ya sé que don José es un insigne agrónomo.

—Nada de eso; no sé una palabra —repuso
el joven, viendo con mucho disgusto aquella manía de suponerle instruido en todas las ciencias.

—¡Oh!, sí; un gran agrónomo —añadió el
penitenciario—; pero en asuntos de agronomía no
me citen tratados novísimos. Para mí, toda esa
ciencia, señor de Rey, está condensada en lo que
yo llamo la *Biblia del campo,* en las *Geórgicas* del
inmortal latino. Todo es admirable, desde aquella
gran sentencia *Nec vero terræ ferre omnes omnia
possunt,* es decir, que no todas las tierras sirven
para todos los árboles, señor don José; hasta el
minucioso tratado de las abejas, en que el poeta

explana lo concerniente a estos doctos animalitos,
y define al zángano diciendo:

> *Ille horridus alter*
> *desidia, lactamque trahens inglorius album.*

de figura horrible y perezosa, arrastrando el innoble vientre pesado, señor don José...

—Hace usted bien en traducírmelo —dijo
Pepe—, porque entiendo muy poco el latín.

—¡Oh!, los hombres del día, ¿para qué habían de entretenerse en estudiar antiguallas?
—añadió el canónigo con ironía—. Además, en
latín sólo han escrito los calzonazos, como Virgilio, Cicerón y Tito Livio. Yo, sin embargo, estoy
por lo contrario, y sea testigo mi sobrino, a quien
he enseñado la sublime lengua. El tunante sabe
más que yo. Lo malo es que con las lecturas mo-
dernas lo va olvidando, y el mejor día se encontrará que es un ignorante, sin sospecharlo. Porque, señor don José, a mi sobrino le ha dado por
entretenerse con libros novísimos y teorías extravagantes, y todo es Flammarión arriba y abajo, y
nada más sino que las estrellas están llenas de
gente. Vamos, se me figura que ustedes dos van
a hacer buenas migas. Jacinto, ruégale a este caballero que te enseñe las matemáticas sublimes, que
te instruya en lo concerniente a los filósofos ale-
manes, y ya eres un hombre.

El buen clérigo se reía de sus propias ocu-
rrencias, mientras Jacinto, gozoso de ver la conversación en terreno tan de su gusto, se excusó
con Pepe Rey, y, de buenas a primeras, le descargó
esta pregunta:

—Dígame el señor don José: ¿qué piensa usted del darwinismo?

Sonrió el ingeniero al oír pedantería tan fuera de sazón, y de buena gana excitara al joven a seguir por aquella senda de infantil vanidad; pero creyendo más prudente no intimar mucho con el sobrino ni con el tío, contestó sencillamente:

—No puedo pensar nada de las doctrinas de Darwin, porque apenas las conozco. Los trabajos de mi profesión no me han permitido dedicarme a esos estudios.

—Ya —dijo el canónigo, riendo—. Todo se reduce a que descendemos de los monos... Si lo dijera sólo por ciertas personas que yo conozco, tendría razón.

—La teoría de la selección natural —añadió enfáticamente Jacinto— dicen que tiene muchos partidarios en Alemania.

—No lo dudo —dijo el clérigo—. En Alemania no debe sentirse que esa teoría sea verdadera, por lo que toca a Bismarck.

Doña Perfecta y el señor don Cayetano aparecieron frente a los cuatro.

—¡Qué hermosa está la tarde! —dijo la señora—. ¿Qué tal, sobrino, te aburres mucho?...

—Nada de eso —repuso el joven.

—No me lo niegues. De eso venimos hablando Cayetano y yo. Tú estás aburrido, y te empeñas en disimularlo. No todos los jóvenes de estos tiempos tienen la abnegación de pasar su juventud como Jacinto, en un pueblo donde no hay teatro Real, ni bufos, ni bailarinas, ni filósofos, ni Ateneos, ni papeluchos, ni Congresos, ni otras diversiones y pasatiempos.

—Yo estoy aquí muy bien —replicó Pepe—. Ahora le estaba diciendo a Rosario que esta ciudad y esta casa me son tan agradables, que me gustaría vivir y morir aquí.

Rosario se puso muy encendida y los demás callaron. Sentáronse todos en una glorieta, apresurándose Jacinto a ocupar el lugar a la izquierda de la señorita.

—Mira, sobrino, tengo que advertirte una cosa —dijo doña Perfecta, con aquella risueña expresión de bondad que emanaba de su alma, como de la flor el aroma—. Pero no vayas a creer que te reprendo, ni que te doy lecciones: tú no eres niño y fácilmente comprenderás mis ideas.

—Ríñame usted, querida tía, que sin duda lo mereceré —replicó Pepe, que ya empezaba a acostumbrarse a las bondades de la hermana de su padre.

—No, no es más que una advertencia. Estos señores verán cómo tengo razón.

Rosarito oía con toda su alma.

—Pues no es más —añadió la señora— sino que cuando vuelvas a visitar nuestra hermosa Catedral procures estar en ella con un poco más de recogimiento.

—Pues ¿qué he hecho yo?

—No extraño que tú mismo no conozcas tu 'falta —indicó la señora, con aparente jovialidad—. Es natural: acostumbrado a entrar con la mayor desenvoltura en los Ateneos, Clubs, Academias y Congresos, crees que de la misma manera se puede entrar en un templo donde está la Divina Majestad.

—Pero, señora, dispénseme usted —dijo Pepe con gravedad—. Yo he entrado en la Catedral con la mayor compostura.

—Si no te riño, hombre, si no te riño. No lo tomes así, porque tendré que callarme. Señores, disculpen ustedes a mi sobrino. No es de extrañar un descuidillo, una distracción... ¿Cuántos años hace que no pones los pies en lugar sagrado?

—Señora, yo juro a usted... Pero, en fin, mis ideas religiosas podrán ser lo que se quiera; pero acostumbro guardar compostura dentro de la iglesia.

—Lo que yo aseguro..., vamos, si te has de ofender no sigo... Lo que yo aseguro es que muchas personas lo advirtieron esta mañana. Notáronlo los señores de González, doña Robustiana, Serafinita; en fin..., con decirte que llamaste la atención del señor obispo... Su Ilustrísima me dio las quejas esta tarde en casa de mis primas. Díjome que no te mandó plantar en la calle porque le dijeron que eras sobrino mío.

Rosario contemplaba con angustia el rostro de su primo, procurando adivinar sus contestaciones antes que las diera.

—Sin duda, me han tomado por otro.

—No..., no. Fuiste tú... Pero no vayas a ofenderte, que aquí estamos entre amigos y personas de confianza. Fuiste tú; yo misma te vi.

—¡Usted!

—Justamente. ¿Negarás que te pusiste a examinar las pinturas, pasando por un grupo de

fieles que estaban oyendo misa?... Te juro que
me distraje de tal modo con tus idas y venidas
que..., vamos..., es preciso que no vuelvas a hacerlo. Luego entraste en la capilla de San Gregorio; alzaron en el altar mayor y ni siquiera te
volviste para hacer una demostración de religiosidad. Después atravesaste de largo a largo la iglesia, te acercaste al sepulcro del Adelantado, pusiste las manos sobre el altar, pasaste en seguida
otra vez por entre el grupo de los fieles, llamando
la atención. Todas las muchachas te miraban y tú
parecías satisfecho de perturbar tan lindamente
la devoción y ejemplaridad de aquella buena
gente.

    —¡Dios mío! ¡Cuántas abominaciones!...
—exclamó Pepe, entre enojado y risueño—. Soy
un monstruo y ni siquiera lo sospechaba.

    —No; bien sé que eres un buen muchacho
—dijo doña Perfecta, observando el semblante
afectadamente serio e inmutable del canónigo, que
parecía tener por cara una máscara de cartón—.
Pero, hijo, de pensar las cosas a manifestarlas
así, con cierto desparpajo, hay una distancia que
el hombre prudente y comedido no debe salvar
nunca. Bien sé que tus ideas son..., no te enfades;
si te enfadas, me callo...; digo que una cosa es
tener ideas religiosas y otra manifestarlas... Me
guardaré muy bien de vituperarte porque creas
que no nos creó Dios a su imagen y semejanza,
sino que descendemos de los micos; ni porque
niegues la existencia del alma, asegurando que
ésta es una droga como los papelillos de magnesia
o de ruibarbo que se venden en la botica...

—¡Señora, por Dios!... —exclamó Pepe con disgusto—. Veo que tengo muy mala reputación en Orbajosa.

Los demás seguían guardando silencio.

—Pues decía que no te vituperaré por esas ideas... Además de que no tengo derecho a ello; si me pusiera a disputar contigo, tú, con tu talentazo descomunal, me confundirías mil veces...; no, nada de eso. Lo que digo es que estos pobres y menguados habitantes de Orbajosa son piadosos y buenos cristianos, si bien ninguno de ellos sabe filosofía alemana; por tanto, no debes despreciar públicamente sus creencias.

—Querida tía —dijo el ingeniero con gravedad—, ni yo he despreciado las creencias de nadie, ni tengo las ideas que usted me atribuye. Quizá haya estado un poco irrespetuoso en la iglesia; soy algo distraído. Mi entendimiento y mi atención estaban fijos en la obra arquitectónica y, francamente, no advertí... Pero no era eso motivo para que el señor obispo intentase echarme a la calle, ni para que usted me supusiera capaz de atribuir a un papelillo de la botica las funciones del alma. Puedo tolerar eso como broma, nada más que como broma.

Pepe Rey sentía en su espíritu excitación tan viva, que, a pesar de su mucha prudencia y mesura, no pudo disimularla.

—Vamos, veo que te has enfadado —dijo doña Perfecta, bajando los ojos y cruzando las manos—. ¡Todo sea por Dios! Si hubiera sabido que lo tomabas así, no te habría dicho nada. Pepe, te ruego que me perdones.

Al oír esto y al ver la actitud sumisa de su bondadosa tía, Pepe se sintió avergonzado de la dureza de sus anteriores palabras, y procuró serenarse. Sacóle de su embarazosa situación el venerable penitenciario, que, sonriendo con su habitual benevolencia, habló de este modo:

—Señora doña Perfecta: es preciso tener tolerancia con los artistas... ¡Oh!, yo he conocido muchos. Estos señores, como vean delante de sí una estatua, una armadura mohosa, un cuadro podrido o una pared vieja, se olvidan de todo. El señor don José es artista, y ha visitado nuestra Catedral como la visitan los ingleses, los cuales de buena gana se llevarían a sus museos hasta la última baldosa de ella... Que estaban los fieles rezando; que el sacerdote alzó la Sagrada Hostia; que llegó el instante de la mayor piedad y recogimiento; pues bien..., ¿qué le importa nada de esto a un artista? Es verdad que yo no sé lo que vale el arte, cuando se le disgrega de los sentimientos que expresa...; pero, en fin, hoy es costumbre adorar la forma, no la idea... Líbreme Dios de meterme a discutir este tema con el señor don José, que sabe tanto, y argumentando con la primorosa sutileza de los modernos, confundiría al punto mi espíritu, en el cual no hay más que fe.

—El empeño de ustedes de considerarme como el hombre más sabio de la tierra me mortifica bastante —dijo Pepe, recobrando la dureza de su acento—. Ténganme por tonto, que prefiero la fama de necio a poseer esa ciencia de Satanás que aquí me atribuyen.

Rosarito se echó a reír, y Jacinto creyó llegado el momento más oportuno para hacer ostentación de su erudita personalidad.

—El panteísmo o panenteísmo están condenados por la Iglesia, así como las doctrinas de Schopenhauer y el moderno Hartmann.

—Señores y señoras —manifestó gravemente el canónigo—: los hombres que consagran culto tan fervoroso al arte, aunque sólo sea atendiendo a la forma, merecen el mayor respeto. Más vale ser artista y deleitarse ante la belleza, aunque sólo esté representada en las ninfas desnudas, que ser indiferente y descreído de todo. En espíritu que se consagra a la contemplación de la belleza no entrará completamente el mal. *Est Deus in nobis... Deus*, entiéndase bien. Siga, pues, el señor don José admirando los prodigios de nuestra iglesia, que, por mi parte, le perdonaré de buen grado las irreverencias, salvo la opinión del señor prelado.

—Gracias, señor don Inocencio —dijo Pepe, sintiendo en sí, punzante y revoltoso, el sentimiento de hostilidad hacia el astuto canónigo y no pudiendo dominar el deseo de mortificarle—. Por lo demás, no crean ustedes que absorbían mi atención las bellezas artísticas de que suponen lleno el templo. Esas bellezas, fuera de la imponente arquitectura de una parte del edificio y de los tres sepulcros que hay en las capillas del ábside y de algunas tallas del coro, yo no las veo en ninguna parte. Lo que ocupaba mi entendimiento era la consideración de la deplorable decadencia de las artes religiosas, y no me causaban asombro, sino cólera, las innumerables monstruosidades artísticas de que está llena la Catedral.

El estupor de los circunstantes fue extraordinario.

—No puedo resistir —añadió Pepe— aquellas imágenes charoladas y bermellonadas, tan semejantes, perdóneme Dios la comparación, a las muñecas con que juegan las niñas grandecitas. ¿Qué puedo decir de los vestidos de teatro con que las cubren? Vi un San José con manto, cuya facha no quiero calificar por respeto al Santo Patriarca y a la Iglesia que le adora. En los altares se acumulan imágenes del más deplorable gusto artístico, y la multitud de coronas, ramos, estrellas, lunas y demás adornos de metal o papel dorado forman un aspecto de quincallería que ofende el sentimiento religioso y hace desmayar nuestro espíritu. Lejos de elevarse a la contemplación religiosa, se abate, y la idea de lo cómico le perturba. Las grandes obras de arte, dando formas sensibles a las ideas, a los dogmas, a la fe, a la exaltación mística, realiza misión muy noble. Los mamarrachos y las aberraciones del gusto, las obras grotescas con que una piedad mal entendida llena las iglesias, también cumplen su objeto; pero éste es bastante triste: fomentan la superstición, enfrían el entusiasmo, obligan a los ojos del creyente a apartarse de los altares, y con los ojos se apartan las almas que no tienen fe muy profunda ni muy segura.

—La doctrina de los iconoclastas —dijo Jacintito— también parece que está muy extendida en Alemania.

—Yo no soy iconoclasta, aunque prefiero
la destrucción de todas las imágenes a esta exhi-
bición de chocarrerías de que me ocupo —continuó el joven—. Al ver esto, es lícito defender que
el culto debe recobrar la sencillez augusta de los
antiguos tiempos; pero no: no se renuncie al auxilio admirable que las artes todas, empezando por
la poesía y acabando por la música, prestan a las
relaciones entre el hombre y Dios. Vivan las artes,
despliéguese la mayor pompa en los ritos religiosos. Yo soy partidario de la pompa...

—¡Artista, artista y nada más que artista!
—exclamó el canónigo moviendo la cabeza con
expresión de lástima—. Buenas pinturas, buenas
estatuas, bonita música... Gala de los sentidos, y
el alma que se la lleve el demonio.

—Y a propósito de música —dijo Pepe Rey,
sin advertir el deplorable efecto que sus palabras
producían en la madre y la hija—, figúrense ustedes qué dispuesto estaría mi espíritu a la contemplación religiosa al visitar la Catedral, cuando de
buenas a primeras, y al llegar al ofertorio en la
misa mayor, el señor organista tocó un pasaje de
La Traviatta.

—En eso tiene razón el señor de Rey —dijo
el abogadillo enfáticamente—. El señor organista
tocó el otro día todo el brindis y el vals de la
misma ópera, y después, un rondó de *La Gran
Duquesa*.

—Pero cuando se me cayeron las alas del
corazón —continuó el ingeniero implacablemente— fue cuando vi una imagen de la Virgen que
parece estar en gran veneración, según la mucha
gente que ante ella había y la multitud de velas

que la alumbraban. La han vestido con ahuecado ropón de terciopelo bordado de oro, de tan extraña forma, que supera a las modas más extravagantes del día. Desaparece su cara entre un follaje espeso, compuesto de mil suertes de encajes rizados con tenacillas, y la corona, de media vara de alto, rodeada de rayos de oro, es un diforme catafalco que le han armado sobre la cabeza. De la misma tela y con los mismos bordados son los pantalones del Niño Jesús... No quiero seguir, porque la descripción de cómo están la Madre y el Hijo me llevaría, quizá, a cometer alguna irreverencia. No diré más, sino que me fue imposible tener la risa y que por breve rato contemplé la profanada imagen, exclamando: «¡Madre y Señora mía, cómo te han puesto!»

Concluidas estas palabras, Pepe observó a sus oyentes, y aunque a causa de la sombra crepuscular no se distinguían bien los semblantes, creyó ver en alguno de ellos señales de amarga consternación.

—Pues, señor don José —exclamó vivamente el canónigo, riendo y con expresión de triunfo—, esa imagen que a la filosofía y panteísmo de usted parece tan ridícula, es Nuestra Señora del Socorro, patrona y abogada de Orbajosa, cuyos habitantes la veneran de tal modo que serían capaces de arrastrar por las calles al que hablase mal de ella. Las crónicas y la Historia, señor mío, están llenas de los milagros que ha hecho, y aun hoy día vemos constantemente pruebas irrecusables de su protección. Ha de saber usted también que su señora tía doña Perfecta es camarera mayor de la Santísima Virgen del Socorro, y que ese vestido que a usted le parece tan grotesco..., pues... digo que ese vestido tan grotesco a los impíos ojos de usted salió de esta casa, y que los pantalones del Niño obra son, juntamente, de la maravillosa aguja y de la acendrada piedad de su prima de usted, Rosarito, que nos está oyendo.

Pepe Rey se quedó bastante desconcertado. En el mismo instante levantóse bruscamente doña Perfecta, y sin decir palabra se dirigió hacia la casa, seguida por el señor penitenciario. Levantáronse también los restantes. Disponíase el aturdido joven a pedir perdón a su prima por la irreverencia, cuando observó que Rosarito lloraba. Clavando en su primo una mirada de amistosa y dulce reprensión, exclamó:

—¡Pero qué cosas tienes!...

Oyóse la voz de doña Perfecta, que con alterado acento gritaba:

—¡Rosario, Rosario!

Esta corrió hacia la casa.

10. La existencia de la discordia es evidente

Pepe Rey se encontraba turbado y confuso, furioso contra los demás y contra sí mismo, procurando indagar la causa de aquella pugna entablada a pesar suyo entre su pensamiento y el pensamiento de los amigos de su tía. Pensativo y triste, augurando discordias, permaneció breve rato sentado en el banco de la glorieta con la barba apoyada en el pecho, fruncido el ceño, cruzadas las manos. Se creía solo.

De repente sintió una alegre voz que modulaba entre dientes el estribillo de una canción de zarzuela. Miró y vio a don Jacinto en el rincón opuesto de la glorieta.

—¡Ah!, señor de Rey —dijo de improviso el rapaz—, no se lastiman impunemente los sentimientos religiosos de la inmensa mayoría de una nación... Si no, considere usted lo que pasó en la primera revolución francesa...

Cuando Pepe oyó el zumbido de aquel insecto, su irritación creció. Sin embargo, no había odio en su alma contra el mozalbete doctor. Este le mortificaba como mortificaban las moscas; pero nada más. Rey sintió la molestia que inspiran todos los seres importunos, y como quien ahuyenta un zángano, contestó de este modo:

—¿Qué tiene que ver la revolución francesa con el manto de la Virgen María?

Levantóse para marchar hacia la casa, pero no había dado cuatro pasos cuando oyó de nuevo el zumbar del mosquito, que decía:

—Señor don José, tengo que hablar a usted de un asunto que le interesa mucho y que puede traerle algún conflicto...

—¿Un asunto? —preguntó el joven, retrocediendo—. Veamos qué es eso.

—Usted lo sospechará tal vez —dijo Jacinto, acercándose a Pepe y sonriendo con expresión parecida a los hombres de negocios, cuando se ocupan de alguno muy grave—. Quiero hablar a usted del pleito...

—¿Qué pleito?... Amigo mío, yo no tengo pleitos. Usted, como buen abogado, sueña con litigios y ve papel sellado por todas partes.

—Pero ¿cómo?... ¿No tiene usted noticia de su pleito? —preguntó con asombro el niño.

—¡De mi pleito!... Cabalmente, yo no he pleiteado nunca.

—Pues si no tiene usted noticia, más me alegro de habérselo advertido para que se ponga en guardia... Sí, señor, usted pleiteará.

—¿Y con quién?

—Con el tío Licurgo y otros colindantes del predio llamado *Los Alamillos*.

Pepe Rey se quedó estupefacto.

—Sí, señor —añadió el abogadillo—. Hoy hemos celebrado el señor Licurgo y yo una larga conferencia. Como soy tan amigo de esta casa, no he querido dejar de advertírselo a usted para que, si lo cree conveniente, se apresure a arreglarlo todo.

—¿Pero yo qué tengo que arreglar? ¿Qué pretende de mí esa canalla?

—Parece que unas aguas que nacen en el predio de usted han variado de curso y caen sobre unos tejares del susodicho Licurgo y un molino de otro, ocasionando daños de consideración. Mi cliente..., porque se ha empeñado en que le he de sacar de este mal paso..., mi cliente, digo, pretende que usted restablezca el antiguo cauce de las aguas, para evitar nuevos desperfectos, y que le indemnice de los perjuicios que por indolencia del propietario superior ha sufrido.

—¡Y el propietario superior soy yo!... Si entro en un litigio, ése será el primer fruto que en toda mi vida me han dado los célebres *Alamillos*, que fueron míos y que ahora, según entiendo, son de todo el mundo, porque lo mismo Licurgo que otros labradores de la comarca me han ido cercenando poco a poco, año tras año, pedazos de terreno, y costará mucho restablecer los linderos de mi propiedad.

—Esa es cuestión aparte.

—Esa no es cuestión aparte. Lo que hay —exclamó el ingeniero, sin poder contener su cólera— es que el verdadero pleito será el que yo entable contra tal gentuza, que se propone sin duda aburrirme y desesperarme, para que abandone todo y les deje continuar en posesión de sus latrocinios. Veremos si hay abogados y jueces que apadrinen los torpes manejos de esos aldeanos legistas, que viven pleiteando y son la polilla de la propiedad ajena. Caballerito, doy a usted las gracias por haberme advertido los ruines propósitos de esos palurdos más malos que Caco. Con decirle a usted que ese mismo tejar y ese mismo molino en que Licurgo apoya sus derechos son míos...

—Debe hacerse una revisión de los títulos de propiedad y ver si ha podido haber prescripción en esto —dijo Jacintito.

—¡Qué prescripción ni qué...! Esos infames no se reirán de mí. Supongo que la administración de justicia sea honrada y leal en la ciudad de Orbajosa...

—¡Oh, lo que es eso! —exclamó el letradillo con expresión de alabanza—. El juez es persona excelente. Viene aquí todas las noches... Pero es extraño que usted no tuviera noticias de las pretensiones del señor Licurgo. ¿No le han citado aún para el juicio de conciliación?

—No.

—Será mañana... En fin, yo siento mucho que el apresuramiento del señor Licurgo me haya privado del gusto y de la honra de defenderle a usted; pero cómo ha de ser... Licurgo se ha empeñado en que yo le he de sacar de penas. Estudiaré la materia con el mayor detenimiento. Estas pícaras servidumbres son el gran escollo de la Jurisprudencia.

Pepe entró en el comedor en un estado moral muy lamentable. Vio a doña Perfecta hablando con el penitenciario, y a Rosario sola, con los ojos fijos en la puerta. Esperaba, sin duda, a su primo.

—Ven acá, buena pieza —dijo la señora, sonriendo con muy poca espontaneidad—. Nos has insultado, gran ateo; pero te perdonamos. Ya sé que mi hija y yo somos dos palurdas incapaces de remontarnos a las regiones de las matemáticas, donde tú vives; pero, en fin..., todavía es posible que algún día te pongas de rodillas ante nosotros, rogándonos que te enseñemos la doctrina.

Pepe contestó con frases vagas y fórmulas de cortesía y arrepentimiento.

—Por mi parte —dijo don Inocencio, poniendo en los ojos expresión de modestia y dulzura—, si en el curso de estas vanas disputas he dicho algo que pueda ofender al señor don José, le ruego que me perdone. Aquí todos somos amigos.

—Gracias. No vale la pena...

—A pesar de todo —indicó doña Perfecta, sonriendo ya con más naturalidad—, yo soy siempre la misma para mi querido sobrino, a pesar de sus ideas extravagantes y antirreligiosas... ¿De qué creerás que me pienso ocupar esta noche? Pues de quitarle de la cabeza al tío Licurgo esas terquedades con que te molesta. Le he mandado venir, y en la galería me está esperando. Descuida, que yo lo arreglaré, pues aunque conozco que no le falta razón...

—Gracias, querida tía —repuso el joven, sintiéndose invadido por la onda generosidad que tan fácilmente nacía en su alma.

Pepe Rey dirigió la vista hacia donde estaba su prima, con intención de unirse a ella; pero algunas preguntas sagaces del canónigo le retuvieron al lado de doña Perfecta. Rosario estaba triste, oyendo con indiferencia melancólica las palabras del abogadillo, que, instalándose junto a ella, había comenzado una retahíla de conceptos empalagosos, con importunos chistes sazonada y fatuidades del peor gusto.

—Lo peor para ti —dijo doña Perfecta a su sobrino cuando le sorprendió observando la desacorde pareja que formaban Rosario y Jacinto—, es que has ofendido a la pobre Rosario. Debes hacer todo lo posible por desenojarla. ¡La pobrecita es tan buena...!

—¡Oh!, sí, tan buena —añadió el canónigo—, que no dudo perdonará a su primo.

—Creo que Rosario me ha perdonado ya —afirmó Rey.

—Claro, en corazones angelicales no dura mucho el resentimiento —dijo don Inocencio melífluamente—. Yo tengo gran ascendiente sobre esa niña, y procuraré disipar en su alma generosa toda prevención contra usted. En cuanto yo le diga dos palabras...

Pepe Rey sintió que por su pensamiento pasaba una nube, y dijo con intención:

—Tal vez no sea preciso.

—No le hablo ahora —añadió el capitular—, porque está embelesada oyendo las tonterías de Jacintillo... ¡Demonches de chicos! Cuando pegan la hebra, hay que dejarles.

De pronto, se presentaron en la tertulia el juez de primera instancia, la señora del alcalde y el deán de la Catedral. Todos saludaron al ingeniero, demostrando en sus palabras y actitudes que satisfacían, al verle, la más viva curiosidad. El juez era un mozalbete despabilado, de estos que todos los días aparecen en los criaderos de eminencias, aspirando, recién empollados, a los primeros puestos de la Administración y de la Política. Dábase no poca importancia, y hablando de sí mismo y de su juvenil toga, parecía manifestar enojo porque no le hubieran hecho de golpe y porrazo presidente del Tribunal Supremo. En aquellas manos inexpertas, en aquel cerebro henchido de viento, en aquella presunción ridícula había puesto el Estado las funciones más delicadas y más difíciles de la humana justicia. Sus maneras eran de perfecto cortesano, y revelaba escrupuloso esmero en todo lo concerniente a su persona. Más que costumbre, era en él fea manía estarse quitando y poniendo a cada instante los lentes de oro, y en su conversación frecuentemente indicaba el empeño de ser trasladado pronto a *Madriz* para prestar sus imprescindibles servicios en la Secretaría de Gracia y Justicia.

La señora del alcalde era una dama bonachona, sin otra flaqueza que suponerse muy relacionada en la corte. Dirigió a Pepe Rey diversas preguntas sobre modas, citando establecimientos industriales donde la habían hecho una manteleta o una falda en su último viaje, coetáneo de la guerra de Africa, y también nombró a una docena

de duquesas y marquesas, tratándolas con tanta
familiaridad como a sus amiguitas de escuela.
Dijo también que la condesa de M. (por sus tertu-
lias famosas) era amiga suya, y que el 60 estuvo
a visitarla, y la condesa la convidó a su palco en
el Real, donde vio a Muley-Abbas en traje de moro
acompañado de toda su morería. La alcaldesa hablaba por los codos, como suele decirse, y no
carecía de chiste.

El señor deán era un viejo de edad avanzada, corpulento y encendido, pletórico, apoplé-
tico; un hombre que se salía fuera de sí mismo
por no caber en su propio pellejo, según estaba
de gordo y morcilludo. Procedía de la exclaustra-
ción; no hablaba más que de asuntos religiosos,
y desde el principio mostró hacia Pepe Rey el
desdén más vivo. Este se mostraba cada vez más
inepto para acomodarse a sociedad tan poco de
su gusto. Era su carácter nada maleable, duro y
de muy escasa flexibilidad, y rechazaba las perfi-
dias y acomodamientos de lenguaje para simular
la concordia cuando no existía. Mantúvose, pues,
bastante grave durante el curso de la fastidiosa
tertulia, obligado a resistir el ímpetu oratorio de
la alcaldesa, que, sin ser la Fama, tenía el privi-
legio de fatigar con cien lenguas el oído humano.
Si en el breve respiro que esta señora daba a sus
oyentes, Pepe Rey quería acercarse a su prima,
pegábasele el penitenciario como el molusco a la
roca, y llevándole aparte con ademán misterioso
le proponía un paseo a Mundogrande con el señor
Cayetano, o una partida de pesca en las claras
aguas del Nahara.

Por fin, esto concluyó, porque todo conclu-
ye de tejas abajo. Retiróse el señor deán, dejando
la casa vacía, y bien pronto no quedó de la señora
alcaldesa más que un eco, semejante al zumbido
que recuerda en la humana oreja el reciente paso
de una tempestad. El juez privó también a la tertulia de su presencia, y por fin don Inocencio dió
a su sobrino la señal de partida.

—Vamos, niño; vámonos, que es tarde —le
dijo sonriendo—. ¡Cuánto has mareado a la pobre
Rosarito!... ¿Verdad, niña? Anda, buena pieza; a
casa pronto.

—Es hora de acostarse —dijo doña Perfecta.

—Hora de trabajar —repuso el abogadillo.

—Por más que le digo que despache de día
los negocios —añadió el canónigo—, no hace caso.

—¡Son tantos los negocios..., pero tantos...!

—No; di más bien que esa endiablada obra
en que te has metido... El no lo quiere decir, señor
don José; pero sepa usted que se ha puesto a escribir una obra sobre *La influencia de la mujer
en la sociedad cristiana*, y además una *Ojeada
sobre el movimiento católico en...* no sé dónde.
¿Qué entiendes tú de *ojeadas* ni de *influencias?*...
Estos rapaces del día se atreven a todo. ¡Uf..., qué
chicos!... Conque, vámonos a casa. Buenas noches,
señora doña Perfecta... Buenas noches, señor don
José... Rosarito...

—Yo esperaré el señor don Cayetano —dijo Jacinto—, para que me dé el *Augusto Nicolás*.

—¡Siempre cargando libros..., hombre!...
A veces entras en casa que pareces un burro. Pues
bien, esperemos.

—El señor don Jacinto —dijo Pepe Rey—
no escribe a la ligera y se prepara bien para que
sus obras sean un tesoro de erudición.

—Pero ese niño va a enfermar de la cabeza,
señor don Inocencio —objetó doña Perfecta—.
Por Dios, mucho cuidado. Yo le pondría tasa en
sus lecturas.

—Ya que esperamos —indicó el doctorcillo
con notorio acento de presunción—, me llevaré
también el tercer tomo de *Concilios*. ¿No le parece a usted, tío?...

—Hombre, sí; no dejes eso de la mano. Pues
no faltaba más.

Felizmente llegó pronto el señor don Cayetano (que tertuliaba de ordinario en casa de don
Lorenzo Ruiz), y entregados los libros, marcháronse tío y sobrino.

Rey leyo en el triste semblante de su prima
deseo muy vivo de hablarle. Acercóse a ella mientras doña Perfecta y don Cayetano trataban a
solas de un negocio doméstico.

—Has ofendido a mamá —le dijo Rosario.
Sus facciones indicaban terror.

—Es verdad —repuso el joven—. He ofendido a tu mamá; te he ofendido a ti...

—No; a mí no. Ya se me figuraba a mí que
el Niño Jesús no debe gastar calzones.

—Pero espero que una y otra me perdonarán. Tu mamá me ha manifestado hace poco tanta
bondad...

La voz de doña Perfecta vibró de súbito en
el ámbito del comedor, con tan discorde acento,
que el sobrino se estremeció cual si oyese un grito
de alarma. La voz dijo imperiosamente:

—¡Rosario, vete a acostar!

Turbada y llena de congoja, la muchacha dió varias vueltas por la habitación, haciendo como que buscaba alguna cosa. Con todo disimulo pronunció al pasar por junto a su primo estas vagas palabras...

—Mamá está enojada...

—Pero...

—Está enojada...; no te fíes, no te fíes.

Y se marchó. Siguióle después doña Perfecta, a quien aguardaba el tío Licurgo, y durante un rato, las voces de la señora y del aldeano oyéronse confundidas en familiar conferencia. Quedóse sólo Pepe con don Cayetano, el cual, tomando una luz, habló así:

—Buenas noches, Pepe. No crea usted que voy a dormir; voy a trabajar... Pero ¿por qué está usted tan meditabundo? ¿Qué tiene usted?... Pues, sí, a trabajar. Estoy sacando apuntes para un *Discurso-Memoria* sobre los *Linajes de Orbajosa* He encontrado datos y noticias de grandísimo precio. No hay que darle vueltas. En todas las épocas de nuestra historia los orbajosenses se han distinguido por su hidalguía, por su nobleza, por su valor, por su entendimiento. Díganlo, si no, la conquista de Méjico, las guerras del Emperador, las de Felipe contra herejes... Pero ¿está usted malo? ¿Qué le pasa a usted?... Pues sí, teólogos eminentes, bravos guerreros, conquistadores, santos, obispos, poetas, políticos, toda suerte de hombres esclarecidos florecieron en esta humilde tierra del ajo... No, no hay en la cristiandad pueblo más ilustre que el nuestro. Sus virtudes y sus glorias llenan toda la historia patria y aún sobra algo...

Vamos, veo que lo que usted tiene es sueño: buenas noches… Pues, sí, no cambiaría la gloria de ser hijo de esta noble tierra por todo el oro del mundo. *Augusta* llamáronla los antiguos, *augustísima* la llamo yo ahora, porque ahora, como entonces, la hidalguía, la generosidad, el valor, la nobleza, son patrimonio de ella… Conque, buenas noches, querido Pepe…, se me figura que usted no está bueno. ¿Le ha hecho daño la cena?… Razón tiene Alonso González de Bustamante en su *Floresta amena*, al decir que los habitantes de Orbajosa bastan por sí solos para dar grandeza y honor a su reino. ¿No lo cree usted así?

—¡Oh!, sí, señor, sin duda ninguna —repuso Pepe Rey, dirigiéndose bruscamente a su cuarto.

E<small>N</small> los días sucesivos hizo Rey conocimiento con varias personas de la población, y visitó el Casino, trabando amistades con algunos individuos de los que pasaban la vida en las salas de aquella corporación.

Pero la juventud de Orbajosa no vivía constantemente allí, como podrá suponer la malevolencia. Veíanse por las tardes, en la esquina de la Catedral y en la plazoleta formada por el cruce de las calles del Condestable y la Tripería, algunos caballeros que, gallardamente envueltos en sus capas, estaban como de centinelas viendo pasar la gente. Si el tiempo era bueno, aquellas eminentes lumbreras de la cultura *urbsaugustana* se dirigían, siempre con la indispensable capita, al titulado paseo de las Descalzas, el cual se componía de dos hileras de tísicos olmos y algunas retamas descoloridas. Allí, la brillante pléyade atisbaba a las niñas de don Fulano o de don Perencejo, que

también habían ido a paseo, y la tarde se pasaba
regularmente. Entrada la noche, el Casino se lle-
naba de nuevo, y mientras una parte de los socios
entregaba su alto entendimiento a las delicias del
monte, los otros leían periódicos, y los más discutían en la sala del café sobre asuntos de diversa
índole, como política, caballos, toros o bien sobre
los chismes locales. El resumen de todos los debates era siempre la supremacía de Orbajosa y de
sus habitantes sobre los demás pueblos y gentes
de la tierra.

Eran aquellos varones insignes lo más gra-
nado de la ilustre ciudad, propietarios ricos los
unos, pobrísimos los otros, pero libres de altas as-
piraciones todos. Tenían la imperturbable serenidad del mendigo que nada apetece mientras no le
falte un mendrugo para engañar el hambre y el sol
para calentarse. Lo que principalmente distinguía
a los orbajosenses del Casino era un sentimiento
de viva hostilidad hacia todo lo que de fuera vinie-
se. Y siempre que algún forastero de viso se presentaba en las augustas salas, creíanle venido a
poner en duda la superioridad de la patria del ajo,
o a disputarle por envidia las preeminencias in-
controvertibles que Natura le concediera.

Cuando Pepe Rey se presentó, recibiéronle
con cierto recelo; y como en el Casino abundaba la
gente graciosa, al cuarto de hora de estar allí el
nuevo socio, ya se habían dicho acerca de él toda
suerte de cuchufletas. Cuando a las reiteradas
preguntas de los socios contestó que había venido
a Orbajosa con encargo de explorar la cuenca
hullera del Nahara y estudiar un camino, todos
convinieron en que el señor don José era un fatuo,

que quería darse tono inventando criaderos de carbón y vías férreas. Alguno añadió:

—Pero en buena parte se ha metido. Estos señores sabios creen que aquí somos tontos y que se nos engaña con palabrotas... Ha venido a casarse con la niña de doña Perfecta, y cuanto diga de cuencas hulleras es para echar facha.

—Pues esta mañana —indicó otro, que era un comerciante quebrado— me dijeron en casa de las de Domínguez que ese señor no tiene una peseta, y viene a que su tía le mantenga y a ver si puede pescar a Rosarito.

—Parece que ni es tal ingeniero ni cosa que lo valga —añadió un propietario de olivos, que tenía empeñadas sus fincas por el doble de lo que valían—. Pero ya se ve... Estos hambrientos de Madrid se creen autorizados para engañar a los pobres provincianos, y como creen que aquí andamos con taparrabo, amigo...

—Bien se le conoce que tiene hambre.

—Pues entre bromas y veras nos dijo anoche que somos unos bárbaros holgazanes.

—Que vivimos como los beduínos, tomando el sol.

—Que vivimos con la imaginación.

—Eso es: que vivimos con la imaginación.

—Y que esta ciudad es lo mismito que las de Marruecos.

—Hombre, no hay paciencia para oír eso. ¿Dónde habrá visto él, como no sea en París, una calle semejante a la del Adelantado, que presenta un frente de siete casas alineadas, todas magníficas, desde la de doña Perfecta a la de Nicolasito

Hernández?... Se figuran estos canallas que uno
no ha visto nada, ni ha estado en París...

—También dijo con mucha delicadeza que
Orbajosa era un pueblo de mendigos, y dió a entender que aquí vivíamos en la mayor miseria
sin darnos cuenta de ello.

—¡Válgame Dios! Si me lo llega a decir a
mí, hay un escándalo en el Casino —exclamó el
recaudador de contribuciones—. ¿Por qué no le
dijeron la cantidad de arrobas de aceite que pro-
dujo Orbajosa el año pasado? ¿No sabe ese estúpido que en años buenos Orbajosa da pan para
toda España y aun para toda Europa? Verdad que
ya llevamos no sé cuántos años de mala cosecha;
pero eso no es ley. Pues ¿y la cosecha del ajo?
¿A que no sabe ese señor que los ajos de Orbajosa dejaron bizcos a los señores del Jurado en la
Exposición de Londres?

Estos y otros diálogos se oían en las salas
del Casino por aquellos días. A pesar de estas hablillas, tan comunes en los pueblos pequeños, que
por lo mismo que son enanos suelen ser soberbios,
Rey no dejó de encontrar amigos sinceros en la
docta corporación, pues ni todos eran maldicien-
tes, ni faltaban allí personas de buen sentido.
Pero tenía nuestro joven la desgracia, si desgracia puede llamarse, de manifestar sus impresiones
con inusitada franqueza, y esto le atrajo algunas
antipatías.

Iban pasando días. Además del natural disgusto que las costumbres de la sociedad episcopal
le producían, diversas causas, todas desagradables, empezaban a desarrollar en su ánimo honda
tristeza, siendo de notar principalmente, entre

aquellas causas, la turba de pleiteantes que, cual enjambre voraz, se arrojó sobre él. No era sólo el tío Licurgo, sino otros muchos colindantes, los que le reclamaban daños y perjuicios, o bien le pedían cuentas de tierras administradas por su abuelo. También le presentaron una demanda por no sé qué contrato de aparcería que celebró su madre y no fue, al parecer, cumplido, y asimismo le exigieron el reconocimiento de una hipoteca sobre las tierras de *los Alamillos*, hecha en extraño documento por su tío. Era una inmunda gusanera de pleitos. Había hecho propósito de renunciar a la propiedad de sus fincas; pero entretanto su dignidad le obligaba a no ceder ante las marrullerías de los sagaces palurdos; y como el Ayuntamiento le reclamó también por supuesta confusión de su finca con un inmediato monte de Propios, vióse el desgraciado joven en el caso de tener que disipar las dudas que acerca de su derecho surgían a cada paso. Su honra estaba comprometida, y no había otro remedio que pleitear o morir.

Habíale prometido doña Perfecta, en su magnanimidad, ayudarle a salir de tan torpes líos por medio de un arreglo amistoso; pero pasaban los días, y los buenos oficios de la ejemplar señora no daban resultado alguno. Crecían los pleitos con la amenazadora presteza de una enfermedad fulminante. Pasaba el joven largas horas del día en el Juzgado dando declaraciones, contestando a preguntas y a repreguntas, y cuando a su casa se retiraba, fatigado y colérico, veía aparecer la afilada y grotesca carátula del escribano, que le traía regular porción de papel sellado lleno de horribles fórmulas..., para que fuese estudiando la cuestión.

Se comprende que aquél no era hombre a propósito para sufrir tales reveses, pudiendo evitarlos con la ausencia. Representábase en su imaginación a la noble ciudad de su madre como una horrible bestia que en él clavaba sus feroces uñas y le bebía la sangre. Para librarse de ella bastábale, según su creencia, la fuga; pero un interés profundo, como interés del corazón, le detenía, atándole a la peña de su <u>martirio</u> con lazos muy fuertes. No obstante llegó a sentirse tan fuera de su centro, llegó a verse tan extranjero, digámoslo así, en aquella tenebrosa ciudad de pleitos, de antiguallas, de envidia y de maledicencia, que hizo propósito de abandonarla sin dilación, insistiendo al mismo tiempo en el proyecto que a ella le condujera. Una mañana, encontrando ocasión a propósito, formuló su plan ante doña Perfecta.

—Sobrino mío —repuso la señora, con su acostumbrada dulzura—, no seas arrebatado. Vaya, que pareces de fuego. Lo mismo era tu padre; ¡qué hombre! Eres una centella... Ya te he dicho que con muchísimo gusto te llamaré hijo mío. Aunque no tuvieras las buenas cualidades y el talento que te distinguen, salvo los defectillos, que también los hay; aunque no fueras un excelente joven, basta que esta unión haya sido propuesta por tu padre, a quien tanto debemos mi hija y yo, para que la acepte. Rosario no se opondrá tampoco, queriéndolo yo. ¿Qué falta, pues? Nada; no falta nada más que un poco de tiempo. Nadie se casa con la precipitación que tú deseas, y que daría lugar a interpretaciones, quizá desfavora-

bles a la honra de mi querida hija... Vaya, que tú,
como no piensas más que en máquinas, todo lo
quieres hacer al vapor. Espera, hombre, espera...
¿Qué prisa tienes? Ese aborrecimiento que le has
cogido a nuestra pobre Orbajosa es un capricho.
Ya se ve: no puedes vivir sino entre condes y mar-
queses, entre oradores y diplomáticos... ¡Quieres
casarte y separarme de mi hija para siempre!
—añadió, enjugándose una lágrima—. Ya que así
es, inconsiderado joven, ten al menos la caridad
de retardar algún tiempo esa boda que tanto deseas... ¡Qué impaciencia! ¡Qué amor tan fuerte!
No creí que una pobre lugareña como mi hija
inspirase pasión tan volcánica.

No convencieron a Pepe Rey los razona-
mientos de su tía; pero no quiso contrariarla. Resolvió, pues, esperar cuanto le fuere posible. Una
nueva causa de disgustos unióse bien pronto a los
que ya amargaban su existencia. Hacía dos sema-
nas que estaba en Orbajosa, y durante este tiempo
no había recibido ninguna carta de su padre. No
podía achacar esto a descuidos de la Administración de Correos de Orbajosa, porque, siendo el
funcionario encargado de aquel servicio amigo y
protegido de doña Perfecta, ésta le recomendaba
diariamente el mayor cuidado para que las cartas
dirigidas a su sobrino no se extraviasen. También
iba a la casa el conductor de la correspondencia,
llamado Cristóbal Ramos, y por apodo Caballuco,
personaje a quien ya conocimos, y a éste solía diri-
gir doña Perfecta amonestaciones y reprimendas
tan enérgicas como la siguiente:

—¡Bonito servicio de Correos tenéis!... ¿Cómo es que mi sobrino no ha recibido una sola

carta desde que está en Orbajosa?... Cuando la conducción de la correspondencia corre a cargo de semejante tarambana, ¡cómo han de andar las cosas! Yo le hablaré el señor gobernador de la provincia para que mire bien qué clase de gente pone en la Administración.

Caballuco, alzando los hombros, miraba a Rey con expresión de completa indiferencia. Un día entró con un pliego en la mano.

—¡Gracias a Dios! —dijo doña Perfecta a su sobrino—. Ahí tienes carta de tu padre. Recocíjate, hombre. Buen susto nos hemos llevado por la pereza de mi señor hermano en escribir... ¿Qué dice? Está bueno, sin duda —añadió, al ver que Pepe Rey abría el pliego con febril impaciencia.

El ingeniero se puso pálido al recorrer las primeras líneas.

—¡Jesús, Pepe!... ¿Qué tienes? —exclamó la señora, levantándose con zozobra—. ¿Está malo tu papá?

—Esta carta no es de mi padre —repuso Pepe, revelando en su semblante la mayor consternación.

—¿Pues qué es eso?

—Una orden del Ministerio de Fomento, en que se me releva del cargo que me confiaron...

—¡Cómo..., es posible!

—Una destitución pura y simple, redactada en términos muy poco lisonjeros para mí.

—¿Hase visto mayor picardía?— exclamó la señora, volviendo de su estupor.

—¡Qué humillación! —murmuró el joven—. Es la primera vez en mi vida que recibo un desaire semejante.

—¡Pero ese Gobierno no tiene perdón de Dios! ¡Desairarte a ti! ¿Quieres que yo escriba a Madrid? Tengo allí muy buenas relaciones y podré conseguir que el Gobierno repare esa falta brutal y te dé una satisfacción.

—Gracias, señora; no quiero recomendaciones —replicó el joven con displicencia.

—¡Es que se ven unas injusticias, unos atropellos!... ¡Destituir así a un joven de tanto mérito, a una eminencia científica...! Vamos, si no puedo contener la cólera.

—Yo averiguaré —dijo Pepe con la mayor energía —quien se ocupa de hacerme daño...

—Ese señor ministro... Pero de estos politiquejos infames, ¿qué se puede esperar?

—Aquí hay alguien que se ha propuesto hacerme morir de desesperación —afirmó el joven visiblemente alterado—. Esto no es obra del ministro; ésta y otras contrariedades que experimento son resultado de un plan de venganza, de un cálculo desconocido, de una enemistad irreconciliable, y este plan, este cálculo, esta enemistad, no lo dude usted, querida tía, están aquí, en Orbajosa.

—Tú te has vuelto loco —replicó doña Perfecta, demostrando un sentimiento semejante a la compasión—. ¿Que tienes enemigos en Orbajosa? ¿Que alguien quiere vengarse de ti? Vamos, Pepe, tú has perdido el juicio. Las lecturas de esos libros en que se dice que tenemos por abuelos a los monos o a las cotorras te han trastornado la cabeza.

Sonrió con dulzura al decir la última frase, y después, tomando un tono de familiar y cariñosa amonestación, añadió:

—Hijo mío, los habitantes de Orbajosa seremos palurdos y toscos labriegos sin instrucción, sin finura ni buen tono; pero a lealtad y buena fe no nos gana nadie, nadie, pero nadie.

—No crea usted —dijo Rey— que acuso a las personas de esta casa. Pero sostengo que en la ciudad está mi implacable y fiero enemigo.

—Deseo que se enseñes ese traidor de melodrama —repuso la señora, sonriendo de nuevo—. Supongo que no acusarás al Licurgo ni a los demás que litigan, porque los pobrecitos creen defender su derecho. Y, entre paréntesis, no les falta razón en el caso presente. Además, el tío Lucas te quiere mucho. Asimismo me lo ha dicho. Desde que te conoció, dice que le entraste por el ojo derecho, y el pobre viejo te ha tomado un cariño...

—¡Sí..., profundo cariño! —murmuró Pepe.

—No seas tonto —añadió la señora, poniéndole la mano en el hombro y mirándole de cerca—. No pienses disparates y convéncete de que tu enemigo, si existe, está en Madrid, en aquel centro de corrupción, de envidia y rivalidades, no en este pacífico y sosegado rincón, donde todo es buena voluntad y concordia... Sin duda, algún envidioso de tu mérito... Te advierto una cosa, y es que si quieres ir allá para averiguar la causa de este desaire y pedir explicaciones al Gobierno, no dejes de hacerlo por nosotras.

Pepe Rey fijó los ojos en el semblante de su tía, cual si escrudiñarla quisiera hasta lo más escondido de su alma.

—Digo que si quieres ir, no dejes de hacerlo— repitió la señora con calma admirable, confundiéndose en la expresión de su semblante la naturalidad con la honradez más pura.

—No señora. No pienso ir allá.

—Mejor; esa es también mi opinión. Aquí estás más tranquilo, a pesar de las cavilaciones con que te estás atormentando. ¡Pobre Pepe! Tu entendimiento, tu descomunal entendimiento es la causa de tu desgracia. Nosotros, los de Orbajosa, pobres rústicos, vivimos felices en nuestra ignorancia. Me disgusta que no estés contento. ¿Pero es culpa mía que te aburras y desesperes sin motivo? ¿No te trato como a un hijo? ¿No te he recibido como la esperanza de mi casa? ¿Puedo hacer más por ti? Si a pesar de eso, no nos quieres, si nos muestras tanto despego, si te burlas de nuestra religiosidad, si haces desprecios a nuestros amigos, ¿es acaso porque no te tratamos bien?

Los ojos de doña Perfecta se humedecieron.

—Querida tía —dijo Rey, sintiendo que se disipaba su encono—. También yo he cometido algunas faltas desde que soy huésped de esta casa.

—No seas tonto... ¡Qué faltas ni faltas! Entre personas de la misma familia todo se perdona.

—Pero Rosario ¿dónde está? —preguntó el joven, levantándose—. ¿Tampoco la veré hoy?

—Está mejor. ¿Sabes que no ha querido bajar?

—Subiré yo.

—Hombre, no. ¡Esa niña tiene unas terquedades...! Hoy se ha empeñado en no salir de su cuarto. Se ha encerrado por dentro.

—¡Qué rareza!

—Se le pasará. Seguramente se le pasará.
Veremos si esta noche le quitamos de la cabeza
sus ideas melancólicas. Organizaremos una tertulia que le divierta. ¿Por qué no te vas a casa
del señor don Inocencio y le dices que venga por
acá esta noche y que traiga a Jacintillo?

—¡A Jacintillo!

—Sí; cuando a Rosario le dan estos accesos
de melancolía, ese jovencito es el único que la
distrae.

—Pero yo subiré...

—Hombre, no.

—Veo que no faltan etiquetas en esta casa.

—Te burlas de nosotros. Haz lo que te digo.

—Pues quiero verla.

—Pues no. ¡Qué mal conoces a la niña!

—Yo creí conocerla bien... Bueno, me quedaré... Pero esta soledad es horrible.

—Ahí tienes al señor escribano.

—Maldito sea mil veces.

Y me parece que ha entrado también el
señor procurador... Es un excelente sujeto.

—Así le ahorcaran.

—Hombre, los asuntos de intereses, cuando son propios, sirven de distracción. Alguien
llega... Me parece que es el perito agrónomo. Ya
tienes para un rato.

—¡Para un rato de infierno!

—Hola, hola; si no me engaño, el tío Licurgo y el tío Pasolargo acaban de entrar. Puede
que vengan a proponerte un arreglo.

—Me arrojaré al estanque.

—¡Qué descastado eres! ¡Pues todos ellos te quieren tanto!... Vamos, para que nada falte, ahí está también el alguacil. Viene a citarte.

—A crucificarme.

Todos los personajes nombrados fueron entrando en la sala.

—Adiós, Pepe; que te diviertas —dijo doña Perfecta.

—¡Trágame tierra! —exclamó el joven con desesperación.

—Señor don José...

—Mi querido señor don José...

—Estimable señor don José...

—Señor don José de mi alma...

—Mi respetable amigo señor don José...

Al oír estas almibaradas insinuaciones, Pepe Rey exhaló un hondo suspiro y se entregó. Entregó su cuerpo y su alma a los sayones, que esgrimieron horribles hojas de papel sellado, mientras la víctima, elevando los ojos al cielo, decía para sí con cristiana mansedumbre:

—Padre mío, ¿por qué me has abandonado?

12. Aquí fue Troya

Amor, amistad, aire sano para la respiración moral, luz para el alma, simpatía, fácil comercio de ideas y de sensaciones era lo que Pepe Rey necesitaba de una manera imperiosa. No teniéndolo, aumentaban las sombras que envolvían su espíritu, y la lobreguez interior daba a su trato displicencia y amargura. Al día siguiente de las escenas referidas en el capítulo anterior, mortificóle más que nada el ya demasiado largo y misterioso encierro de su prima, motivado, al parecer, primero, por una enfermedad sin importancia; después por capricho y nerviosidades de difícil explicación.

Extrañaba Rey conducta tan contraria a la idea que había formado de Rosarito. Habían transcurrido cuatro días sin verla, no ciertamente por que a él le faltasen deseos de estar a su lado; y tal

situación comenzaba a ser desairada y ridícula,
si con un acto de firme iniciativa no ponía remedio en ello.

—¿Tampoco hoy veré a mi prima? —preguntó de mal talante a su tía, cuando concluyeron
de comer.

—Tampoco. ¡Sabe Dios cuánto lo siento!...
Bastante le he predicado hoy. A la tarde veremos...

La sospecha de que en tan injustificado encierro su adorable prima era más bien víctima sin
defensa que autora resuelta con actividad propia
e iniciativa, le indujo a contenerse y esperar. Sin
esta sospecha, hubiera partido aquel mismo día.
No tenía duda alguna de ser amado por Rosario;
mas era evidente que una presión desconocida
actuaba entre los dos para separarlos, y parecía
propia de varón honrado averiguar de quién procedía aquella fuerza maligna y contrarrestarla
hasta donde alcanzara la voluntad humana.

—Espero que la obstinación de Rosario no
durará mucho —dijo a doña Perfecta, disimulando
sus verdaderos sentimientos.

Aquel día tuvo una carta de su padre, en la
cual éste se quejaba de no haber recibido ninguna
de Orbajosa, circunstancia que aumentó las inquie-
tudes del ingeniero, confundiéndole más. Por último, después de vagar largo rato solo por la huerta
de la casa, salió y fue al Casino. Entró en él como
un desesperado que se arroja al mar.

Encontró en las principales salas a varias
personas que charlaban y discutían. En un grupo
desentrañaban con lógica sutil difíciles problemas
de toros; en otro disertaban sobre cuáles eran
los mejores burros entre las castas de Orbajosa

y Villahorrenda. Hastiado hasta lo sumo, Pepe Rey abandonó estos debates y se dirigió a la sala de periódicos, donde hojeó varias revistas, sin encontrar deleite en la lectura; y poco después, pasando de sala en sala, fue a parar, sin saber cómo, a la del juego. Cerca de dos horas estuvo en las garras del horrible demonio amarillo, cuyos resplandecientes ojos de oro producen tormento y fascinación. Ni aun las emociones del juego alteraron el sombrío estado de su alma, y el tedio que antes le empujara hacia el verde tapete apartóle también de él. Huyendo del bullicio, dio con su cuerpo en una estancia destinada a tertulia, en la cual a la sazón no había alma viviente, y con indolencia se sentó junto a la ventana de ella, mirando a la calle.

Era ésta angostísima y con más ángulos y recodos que casas, sombreada toda por la pavorosa Catedral, que al extremo alzaba su negro muro carcomido. Pepe Rey miró a todos lados, arriba y abajo, y observó un plácido silencio de sepulcro; ni un paso, ni una voz, ni una mirada. De pronto hirieron su oído rumores extraños, como cuchicheo de femeniles labios, y después el chirrido de cortinajes que se corrían, algunas palabras y, por fin, el tararear suave de una canción, el ladrido de un falderillo y otras señales de existencia social, que parecían muy singulares en tal sitio. Observando bien, Pepe Rey vió que tales rumores procedían de un enorme balcón con celosías que, frente por frente a la ventana, mostraba su corpulenta fábrica. No había concluido sus observaciones, cuando un socio del Casino apareció de súbito a su lado, y riendo le interpeló de este modo:

—¡Ah!, señor don Pepe, ¡picarón! ¿Se ha encerrado usted aquí para hacer cocos a las niñas?

El que esto decía era don Juan Tafetán, un sujeto amabilísimo y de los pocos que habían manifestado a Rey en el Casino cordial amistad y verdadera admiración. Con su carilla bermellonada, su bigotejo teñido de negro, sus ojuelos vivarachos, su estatura mezquina, su pelo con gran estudio peinado para ocultar la calvicie, don Juan Tafetán presentaba una figura bastante diferente de la de Antinóo; pero era muy simpático, tenía mucho gracejo y felicísimo ingenio para contar aventuras graciosas. Reía mucho, y al hacerlo, su cara se cubría toda, desde la frente a la barba, de grotescas arrugas. A pesar de estas cualidades y del aplauso que debía estimular su disposición a las picantes burlas, no era maldiciente. Queríanle todos, y Pepe Rey pasaba con él ratos agradables. El Pobre Tafetán, empleado antaño en la Administración civil de la capital de la provincia, vivía modestamente de su sueldo en la Secretaría de Beneficiencia, y completaba su pasar tocando gallardamente el clarinete en las procesiones, en las solemnidades de la Catedral y en el teatro, cuando alguna traílla de desesperados cómicos aparecía por aquellos países con el alevoso propósito de dar funciones en Orbajosa.

Pero lo más singular en don Juan Tafetán era su afición a las muchachas guapas. El mismo, cuando no ocultaba su calvice con seis pelos llenos de pomada, cuando no se teñía el bigote, cuando andaba derechito y espigado por la poca pesadumbre de los años, había sido un Tenorio formidable. Oírle contar sus conquistas era cosa de morirse de risa, porque hay Tenorios de Tenorios, y aquél fue de los más originales.

—¿Qué niñas? Yo no veo niñas en ninguna parte —repuso Pepe Rey.

—Hágase usted el anacoreta.

Una de las celosías del balcón se abrió, dejando ver un rostro juvenil, encantador y risueño, que desapareció al instante como una luz apagada por el viento.

—Ya, ya veo.

—¿No las conoce usted?

—Por mi vida que no.

—Son las Troyas, las niñas de Troya. Pues no conoce usted nada bueno... Tres chicas preciosísimas, hija de un coronel del Estado Mayor de plaza, que murió en las calles de Madrid el cincuenta y cuatro.

La celosía se abrió de nuevo y comparecieron dos caras.

—Se están burlando de nosotros —dijo Tafetán, haciendo una seña amistosa a las niñas.

—¿Las conoce usted?

—¿Pues no las he de conocer? Las pobres están en la miseria. Yo no sé cómo viven. Cuando murió don Francisco Troya se hizo una suscripción para mantenerlas; pero esto duró poco.

—¡Pobres muchachas! Me figuro que no serán un modelo de honradez...

—¿Por qué no?... Yo no creo lo que en el pueblo se dice de ellas.

Funcionó de nuevo la celosía.

—Buenas tardes, niñas —gritó don Juan Tafetán, dirigiéndose a las tres, que artísticamente agrupadas aparecieron—. Este caballero dice que lo bueno no debe esconderse, y que abran ustedes toda la celosía.

Pero la celosía se cerró, y alegre concierto de risas difundió una extraña alegría por la triste calle. Creeríase que pasaba una bandada de pájaros.

—¿Quiere usted que vayamos allá? —dijo, de súbito Tafetán.

Sus ojos brillaban, y una sonrisa picaresca retozaba en su amoratados labios.

—¿Pero qué clase de gente es ésa?

—Ande usted, señor de Rey... Las pobrecitas son honradas. ¡Bah! Si se alimentan del aire como los camaleones. Diga usted: el que no come, ¿puede pecar? Bastante virtuosas son las infelices. Y si pecaran, limpiarían su conciencia con el gran ayuno que hacen.

—Pues vamos.

Un momento después, don Juan Tafetán y Pepe Rey entraban en la sala. El aspecto de la miseria, que con horribles esfuerzos pugnaba por no serlo, afligió al joven. Las tres muchachas eran muy lindas, principalmente las dos más pequeñas, morenas, pálidas, de negros ojos y sutil talle. Bien vestidas y bien calzadas habrían parecido retoños de duquesa en candidatura para entroncar con príncipes.

Cuando la visita entró, las tres se quedaron muy cortadas; pero bien pronto mostraron la índole de su genial frívolo y alegre. Vivían en la miseria, como los pájaros en la prisión, sin dejar de

cantar tras los hierros, lo mismo que en la opulen-
cia del bosque. Pasaban el día cosiendo, lo cual
indicaba, por lo menos un principio de honradez;
pero en Orbajosa ninguna persona de su posición
se trataba con ellas. Estaban, hasta cierto punto,
proscritas, degradadas, acordonadas, lo cual indicaba también algún motivo de escándalo. Pero en
honor de la verdad, debe decirse que la mala reputación de las Troyas consistía, más que nada, en
su fama de chismosas, enredadoras, traviesas y
despreocupadas. Dirigían anónimos a graves personajes; ponían motes a todo viviente de Orbajosa, desde el obispo al último zascandil; tiraban
piedrecitas a los transeúntes; chicheaban escondi-
das tras las rejas para reírse con la confusión y
azoramiento del que pasaba; sabían todos los sucesos de la vecindad, para lo cual tenían en constante uso los tragaluces y agujeros todos de la
parte alta de la casa; cantaban de noche en el
balcón; se vestían de máscara en Carnaval para
meterse en las casas más alcurniadas, con otras
majaderías y libertades propias de los pueblos pequeños. Pero cualquiera que fuese la razón ello
es que el agraciado triunvirato troyano tenía sobre
sí un estigma de esos que, una vez puestos por
susceptible vecindario, acompañan implacáble-
mente hasta más allá de la tumba.

—¿Este es el caballero que dicen que ha
venido a sacar minas de oro? —preguntó una.

—¿Y a derribar la Catedral para hacer con
las piedras de ella una fábrica de zapatos? —añadió otra.

—Y a quitar de Orbajosa la siembra del ajo
para poner algodón o el árbol de la canela.

Pepe no pudo reprimir la risa ante tales despropósitos.

—No viene sino a hacer una recolección de niñas bonitas para llevárselas a Madrid —dijo Tafetán.

—¡Ay! ¡De buena gana me iría! —exclamó una.

—A las tres, a las tres me las llevo —afirmó Pepe—. Pero sepamos una cosa: ¿por qué se reían ustedes de mí cuando estaba en la ventana del Casino?

Tales palabras fueron la señal de nuevas risas.

—Fue porque dijimos que usted se merece algo más que la niña de doña Perfecta.

—Fue porque ésta dijo que usted está perdiendo el tiempo, y Rosarito no quiere sino gente de Iglesia.

—¡Qué cosas tienes! Yo no he dicho tal cosa. Tú dijiste que este caballero es ateo luterano y entra en la Catedral fumando y con el sombrero puesto.

—Pues yo no lo inventé —manifestó la menor—, que eso me lo dijo ayer Suspiritos.

—¿Y quién es esa Suspiritos que dice de mí tales tonterías?

—Suspiritos es... Suspiritos.

—Niñas mías —dijo Tafetán con semblante almibarado—. Por ahí va el naranjero. Llamadle, que os quiero convidar a naranjas.

Una de las tres llamó al vendedor.

La conversación entablada por las niñas desagradó bastante a Pepe Rey, disipando la ligera impresión de contento que experimentó al encon-

trarse entre aquella chusma alegre y comunicativa.
No pudo, sin embargo, contener la risa cuando
vio a don Juan Tafetán descolgar un guitarrillo
y rasguearlo con la gracia y destreza de los años
juveniles.

—Me han dicho que ustedes saben cantar
a las mil maravillas —manifestó Rey.

—Que cante don Juan Tafetán.

—Yo no canto.

—Ni yo —dijo la segunda, ofreciendo al ingeniero algunos cascos de naranja que acababa
de mondar.

—María Juana, no abandones la costura
—dijo la Troya mayor—. Es tarde y hay que acabar la sotana esta noche.

—Hoy no se trabaja. Al demonio las agujas
—gritó Tafetán; y en seguida entonó una canción.

—La gente se para en la calle —dijo la
Troya segunda, asomándose al balcón—. Los gri-
tos de don Juan Tafetán se oyen desde la plaza...
¡Juana, Juana!

—¿Qué?

—Por la calle va Suspiritos.

La más pequeña voló al balcón.

—Tírale una cáscara de naranja.

Pepe Rey se asomó también; vio que por la
calle pasaba una señora, y que, con diestra pun-
tería, la menor de las Troyas le asestó un casca-
razo en el moño. Después cerraron precipitadamente, y las tres se esforzaban en sofocar convulsivamente su risa para que no se oyera desde la
vía pública.

—Hoy no se trabaja —gritó una, volcando
de un puntapié la cesta de la costura.

—Es lo mismo que decir: «Mañana no se come» —añadió la mayor, recogiendo los enseres.

Pepe Rey se echó instintivamente la mano al bolsillo. De buena gana les hubiera dado una limosna. El espectáculo de aquellas infelices huérfanas, condenadas por el mundo a causa de su frivolidad, le entristecía sobremanera. Si el único pecado de las Troyas, si el único desahogo con que compensaban su soledad, su pobreza y abandono era tirar cortezas de naranja al transeúnte, bien se las podía disculpar. Quizá las austeras costumbres del poblachón en que vivían las había preservado del vicio; pero las desgraciadas carecían de compostura y comedimiento, fórmula común y más visible del pudor, y bien podía suponerse que habían echado por la ventana algo más que cáscaras. Pepe Rey sentía hacia ellas una lástima profunda. Observó sus miserables vestidos, compuestos, arreglados y remendados de mil modos para que pareciesen nuevos; observó sus zapatos rotos…, y otra vez llevó la mano al bolsillo.

«Podrá el vicio reinar aquí —dijo para sí—; pero las fisonomías, los muebles, todo me indica que éstos son los infelices restos de una familia honrada. Si estas pobres muchachas fueran tan malas como dicen, no vivirían tan pobremente ni trabajarían. ¡En Orbajosa hay hombres ricos!»

Las tres niñas se le acercaban sucesivamente. Iban de él al balcón, del balcón a él, sosteniendo conversación picante y ligera, que indicaba, fuerza es decirlo, una especie de inocencia en medio de tanta frivolidad y despreocupación.

—Señor don José: ¡qué excelente señora es doña Perfecta!

—Es la única persona de Orbajosa que no tiene apodo, la única persona de quien no se habla mal en Orbajosa.

—Todos la respetan.

—Todos la adoran.

A estas frases el joven respondió con alabanzas de su tía; pero se le pasaban ganas de sacar dinero del bolsillo y decir: «María Juana, tome usted para unas botas. Pepa, tome usted para que se compre un vestido. Florentina, tome usted para que coman una semana...» Estuvo a punto de hacerlo como pensaba. En un momento en que las tres corrieron al balcón para ver quién pasaba, don Juan Tafetán se acercó a él, y en voz baja le dijo:

—¡Qué monas son! ¿No es verdad?... ¡Pobres criaturas! Parece mentira que sean tan alegres, cuando... bien puede asegurarse que hoy no han comido.

—¡Don Juan, don Juan! —gritó Pepilla—. Por ahí viene su amigo de usted, Nicolasito Hernández, o sea, *Cirio Pascual*, con su sombrero de tres pisos. Viene rezando en voz baja, sin duda por las almas de los que ha mandado al hoyo con sus usuras.

—¿A que no le dicen ustedes el remoquete?

—¿A que sí?

—Juana, cierra las celosías. Dejémosle que pase, y cuando vaya por la esquina, yo gritaré: «¡Cirio, Cirio Pascual!...»

Don Juan Tafetán corrió al balcón.

—Venga usted, don José, para que conozca este tipo.

Pepe Rey aprovechó el momento en que las tres muchachas y don Juan se regocijaban en el balcón llamando a Nicolasito Hernández con el apodo que tanto le hacía rabiar, y, acercándose con toda cautela a uno de los costureros que en la sala había, colocó dentro de él media onza que le quedaba del juego.

Después corrió al balcón, a punto que las dos más pequeñas gritaban entre locas risas:

—¡Cirio Pascual, Cirio Pascual!

13. Un «casus belli»

DESPUÉS de esta travesura, las tres entablaron con los caballeros una conversación tirada sobre asuntos y personas de la ciudad. El ingeniero, recelando que su fechoría se descubriese estando él presente, quiso marcharse, lo cual disgustó mucho a las Troyas. Una de éstas, que había salido fuera de la sala, regresó diciendo:

—Ya está Suspiritos en campaña colgando la ropa.

—Don José querrá verla —indicó otra.

—Es una señora muy guapa. Y ahora se peina a estilo de Madrid. Vengan ustedes.

Lleváronles al comedor de la casa (pieza de rarísimo uso), del cual se salía a un terrado, donde había algunos tiestos de flores y no pocos trastos abandonados y hechos añicos. Desde allí veíase el hondo patio de una casa colindante, con una galería llena de verdes enredaderas y hermosas macetas esmeradamente cuidadas. Todo indicaba allí una vivienda de gente modesta, pulcra y hacendosa.

Acercándose al borde de la azotea, las de Troya miraron atentamente a la casa vecina, e imponiendo silencio a los galanes, se retiraron luego a la parte del terrado, desde donde nada se veía ni había peligro de ser visto.

—Ahora sale de la despensa con un cazuelo de garbanzos —dijo María Juana, estirando el cuello para ver un poco.

—¡Zas! —exclamó otra, arrojando una piedrecilla.

Oyóse el ruido del proyectil al chocar contra los cristales de la galería, y luego una colérica voz que gritaba:

—Ya nos han roto otro cristal ésas...

Ocultas las tres en el rincón del terrado, junto a los dos caballeros, sofocaban la risa.

—La señora Suspiritos está muy incomodada —dijo Rey—. ¿Por qué la llaman así?

—Porque siempre que habla suspira entre palabra y palabra, y aunque de nada carece, siempre se está lamentando.

Hubo un momento de silencio en la casa de abajo. Pepita Troya atisbó con cautela.

—Allá viene otra vez —murmuró en voz baja, imponiendo silencio—. María, dame una china. A ver..., ¡zas!..., allá va.

—No la has acertado. Dio en el suelo.

—A ver... si yo puedo... Esperaremos a que salga otra vez de la despensa.

—Ya, ya sale. En guardia, Florentina.

—¡A la una, a las dos, a las tres!... ¡Paf!...

Oyóse abajo un grito de dolor, un voto, una exclamación varonil, pues era un hombre el que la daba. Pepe Rey pudo distinguir claramente estas palabras:

—¡Demonche! Me han agujereado la cabeza esas... ¡Jacinto, Jacinto! ¿Pero qué canalla de vecindad es ésta...?

—¡Jesús, María y José, lo que he hecho! —exclamó llena de consternación Florentina—. Le di en la cabeza al señor don Inocencio.

—¿Al penitenciario? —dijo Pepe Rey.

—Sí.

—¿Vive en esa casa?

—¿Pues dónde ha de vivir?

—Esa señora de los suspiros...

—Es su sobrina, su ama o no sé qué. Nos divertimos con ella porque es muy cargante; pero con el señor penitenciario no solemos gastar bromas.

Mientras rápidamente se pronunciaban las palabras de este diálogo, Pepe Rey vio que frente al terrado, y muy cerca de él, se abrían los cristales de una ventana perteneciente a la misma casa bombardeada; vio que aparecía una cara risueña, una cara conocida, una cara cuya vista le aturdió y le consternó y le puso pálido y trémulo. Era Jacintito, que, interrumpido en sus graves estudios, abrió la ventana de su despacho, presentándose en ella con la pluma en la oreja. Su rostro púdico, fresco y sonrosado, daba a tal aparición aspecto semejante al de una aurora.

—Buenas tardes, señor don José —dijo festivamente.

La voz de abajo gritaba de nuevo:

—¡Jacinto; pero Jacinto!

—Allá voy. Estaba saludando a un amigo...

—Vámonos, vámonos —gritó Florentina con zozobra—. El señor penitenciario va a subir al cuarto de *don Nominavito* y nos echará un responso.

—Vámonos, sí; cerremos la puerta del comedor.

Abandonaron en tropel el terrado.

—Debieron ustedes prever que Jacinto las vería desde su templo del saber —dijo Tafetán.

—*Don Nominavito* es amigo nuestro —repuso una de ellas—. Desde su templo de la ciencia nos dice a la calladita mil ternezas, y también nos echa besos volados.

—¿Jacinto? —preguntó el ingeniero—. ¿Pero qué endiablado nombre le han puesto ustedes?

—*Don Nominavito.*

Las tres rompieron a reír.

—Lo llamamos así porque es muy sabio.

—No; porque cuando nosotras éramos chicas, él era chico también; pues..., sí. Salíamos al terrado a jugar, y le sentíamos estudiando en voz alta sus lecciones.

—Sí, y todo el santo día estaba cantando.

—Declinando, mujer. Eso es: se ponía de este modo: «Nominavito rosa, Genivito, Davito, Acusavito.»

—Supongo que yo también tendré mi nombre postizo —dijo Pepe Rey.

—Que se lo diga a usted María Juana —replicó Florentina, ocultándose.

—¿Yo?... Díselo tú, Pepa.

—Usted no tiene nombre todavía, don José.

—Pero lo tendré. Prometo que vendré a
saberlo, a recibir la confirmación —indicó el joven, con intención de retirarse.

—¿Pero se va usted?

—Sí. Ya han perdido ustedes bastante tiempo. Niñas, a trabajar. Esto de arrojar piedras a
los vecinos y a los transeúntes no es la ocupación
más a propósito para unas jóvenes tan lindas y
de tanto mérito... Con que, abur...

Y sin esperar más razones ni hacer caso de
los cumplidos de las muchachas, salió a toda prisa de la casa, dejando en ella a don Juan Tafetán.

La escena que había presenciado; la veja-
ción sufrida por el canónigo; la inopinada aparición del doctorcillo, aumentaron las confusiones,
recelos y presentimientos desagradables que turbaban el alma del pobre ingeniero. Deploró con
toda su alma haber entrado en casa de las Troyas,
y resuelto a emplear mejor el tiempo mientras
su hipocondría le durase, recorrió las calles de la
población.

Visitó el mercado, la calle de la Tripería,
donde estaban las principales tiendas; observó los
diversos aspectos que ofrecían la industria y comercio de la gran Orbajosa, y como no hallara
sino nuevos motivos de aburrimiento, encaminóse
al paseo de las. Descalzas; pero no vio en él más
que algunos perros vagabundos, porque con motivo del viento molestísimo que reinaba, caballeros y señoras se habían quedado en sus casas. Fue
a la botica, donde hacían tertulia diversas especies de progresistas rumiantes, que estaban perpetuamente masticando un tema sin fin; pero allí
se aburrió más. Pasaba al fin junto a la Catedral,

cuando sintió el órgano y los hermosos cantos del coro. Entró; arrodillóse delante del altar mayor, recordando las advertencias que acerca de la compostura dentro de la iglesia le hiciera su tía; visitó luego una capilla, y se disponía a entrar en otra, cuando un acólito, celador o perrero, se le acercó y con modales muy descorteses y descompuesto lenguaje, le habló así:

—Su Ilustrísima dice que se plante usted en la calle.

El ingeniero sintió que la sangre se agolpaba en su cerebro. Sin decir una palabra, obedeció. Arrojado de todas partes por fuerza superior o por su propio hastío, no tenía más recurso que ir a casa de su tía, donde le esperaban:

Primero: el tío Licurgo, para anunciarle un segundo pleito. Segundo: el señor don Cayetano, para leerle un nuevo trozo de su discurso sobre los linajes de Orbajosa. Tercero: Caballuco, para un asunto que no había manifestado. Cuarto: doña Perfecta y su sonrisa bondadosa, para lo que se verá en el capítulo siguiente.

14. La discordia sigue creciendo

UNA nueva tentativa de ver a su prima Rosario fracasó al caer de la tarde. Pepe Rey se encerró en su cuarto para escribir varias cartas, y no podía apartar de su mente una idea fija.

—Esta noche o mañana —decía— se acabará esto de una manera o de otra.

Cuando le llamaron para la cena, doña Perfecta se dirigió a él en el comedor, diciéndole de buenas a primeras:

—Querido Pepe, no te apures; yo aplacaré al señor don Inocencio... Ya estoy enterada. María Remedios, que acaba de salir de aquí, me lo ha contado todo.

El semblante de la señora irradiaba satisfacción, semejante a la de un artista orgulloso de su obra.

—¿Qué?

—Yo te disculparé, hombre. Tomarías algunas copas en el Casino, ¿no es esto? He aquí el resultado de las malas compañías. ¡Don Juan Tafetán, las Troyas!... Esto es horrible, espantoso. ¿Has meditado bien...?

—Todo lo he meditado, señora —repuso Pepe, decidido a no entrar en discusiones con su tía.

—Me guardaré muy bien de escribirle a tu padre lo que has hecho.

—Puede usted escribirle lo que guste.

—Vamos: te defenderás desmintiéndome.

—Yo no desmiento.

—Luego confiesas que estuviste en casa de esas...

—Estuve.

—Y que les diste media onza, porque, según me ha dicho María Remedios, esta tarde bajó Florentina a la tienda del extremeño a que le cambiaran media onza. Ellas no podían haberla ganado con su costura. Tú estuviste hoy en casa de ellas; luego...

—Luego yo se la di. Perfectamente.

—¿No lo niegas?

—¡Qué he de negarlo! Creo que puedo hacer de mi dinero lo que mejor me convenga.

—Pero de seguro sostendrás que no apedreaste al señor penitenciario.

—Yo no apedreo.

—Quiero decir que ellas, en presencia tuya...

—Eso es otra cosa.

—E insultaron a la pobre María Remedios.

—Tampoco lo niego.

—¿Y cómo justicarás tu conducta? Pepe...,
por Dios... No dices nada; no te arrepientes, no
protestas..., no...

—Nada, absolutamente nada, señora.

—Ni siquiera procuras desagraviarme.

—Yo no he agraviado a usted...

—Vamos, ya no te falta más que... Hombre, coge ese palo y pégame.

—Yo no pego.

—¡Qué falta de respeto! ¡Qué...! ¿No cenas?

—Cenaré.

Hubo una pausa de más de un cuarto de
hora. Don Cayetano, doña Perfecta y Pepe Rey
comían en silencio. Este se interrumpió cuando
don Inocencio entró en el comedor.

—¡Cuánto lo he sentido, señor don José de
mi alma!... Créame usted que lo he sentido de
veras —dijo, estrechando la mano al joven y mirándole con expresión de lástima.

El ingeniero no supo qué contestar; tanta
era su confusión.

—Me refiero al suceso de esta tarde.

—¡Ah!... Ya.

—A la expulsión de usted del sagrado recinto de la iglesia Catedral.

—El señor obispo —dijo Pepe Rey— debía
pensarlo mucho antes de arrojar a un cristiano
de la iglesia.

—Y es verdad; yo no sé quién le ha metido
en la cabeza a Su Ilustrísima que usted es hombre de malísimas costumbres; yo no sé quién le
ha dicho que usted hace alarde de ateísmo en todas partes; que se burla de las cosas y personas
sagradas, y aun que proyecta derribar la Catedral

para edificar con sus piedras una gran fábrica de
alquitrán; yo he procurado disuadirle; pero Su
Ilustrísima es un poco terco.

—Gracias por tanta bondad.

—Y eso que el señor penitenciario no tiene
motivos para guardarte tales consideraciones. Por
poco más le dejan en el sitio esta tarde.

—¡Bah!... ¿Pues qué? —dijo el sacerdote,
riendo—. ¿Ya se tiene aquí noticia de la travesu-
rilla?... Apuesto a que María Remedios vino con
el cuento. Pues se lo prohibí, se lo prohibí de un
modo terminante. La cosa en sí no vale la pena.
¿No es verdad, señor de Rey?

—Puesto que usted así lo juzga...

—Ese es mi parecer. Cosa de muchachos...
La juventud, digan lo que quieran los modernos,
se inclina al vicio y a las acciones viciosas. El
señor don José, persona de grandes prendas, no
podía ser perfecto... ¿Qué tiene de particular que
esas graciosas niñas le sedujeran, y, después de
sacarle el dinero, le hicieran cómplice de sus des-
vergonzados y criminales insultos a la vecindad?
Querido amigo mío, por la dolorosa parte que me
cupo en los juegos de esta tarde —añadió, llevándose la mano a la región lastimada— no me doy
por ofendido, ni siquiera mortificaré a usted con
recuerdos de tan desagradable incidente. He sentido verdadera pena al saber que María Remedios
había venido a contarlo todo... ¡Es tan chismosa
mi sobrina!... ¿Apostamos a que también contó
lo de la media onza, y los retozos de usted con
las niñas en el tejado, y las carreras y pellizcos,
y el baileteo de don Juan Tafetán?... ¡Bah! Estas
cosas debieran quedar en secreto.

Pepe Rey no sabía lo que le mortificaba
más: si la severidad de su tía o las hipócritas
condescendencias del canónigo.

—¿Por qué no se han de decir? —indicó la
señora—. El mismo no parece avergonzado de su
conducta. Sépanlo todos. Unicamente se guardará
secreto de esto a mi querida hija, porque en su
estado nervioso son temibles los accesos de cólera.

—Vamos, que no es para tanto, señora
—añadió el penitenciario—. Mi opinión es que no
se vuelva a hablar del asunto, y cuando esto lo
dice el que recibió la pedrada, los demás pueden
darse por satisfechos... Y no fue broma lo del
trastazo, señor don José, pues creí que me abrían
un boquete en el casco y que se me salían por él
los sesos...

—¡Cuánto siento este incidente! —balbució
Pepe Rey—. Me causa verdadera pena, a pesar de
no haber tomado parte...

—La visita de usted a esas señoras Troyas
llamará la atención en el pueblo —dijo el canónigo—. Aquí no estamos en Madrid, señores; aquí
no estamos en ese centro de corrupción, de escándalo...

—Allá puedes visitar los lugares más in-
mundos —manifestó doña Perfecta— sin que nadie lo sepa.

—Aquí nos miramos mucho —prosiguió
don Inocencio—. Reparamos en todo lo que hacen
los vecinos, y con tal sistema de vigilancia la moral
pública se sostiene a conveniente altura... Créame
usted, amigo mío, créame usted; y no digo esto
por mortificarle: usted ha sido el primer caba-

llero de su posición que a la luz del día..., el primero, sí, señor... *Trojœ qui primus ab oris.*

Después se echó a reír, dando algunas palmadas en la espalda al ingeniero en señal de amistad y benevolencia.

—¡Cuán grato es para mí —dijo el joven, encubriendo su cólera con las palabras que creyó más propias para contestar a la solapada ironía de sus interlocutores— ver tanta generosidad y tolerancia, cuando yo merecería por mi criminal proceder...!

—¿Pues qué? A un individuo que es de nuestra propia sangre y que lleva nuestro mismo nombre —dijo doña Perfecta—, ¿se le puede tratar como a un cualquiera? Eres mi sobrino, eres hijo del mejor y más santo de los hombres, mi querido hermano Juan, y esto basta. Ayer tarde estuvo aquí el secretario del señor obispo a manifestarme que Su Ilustrísima está muy disgustado porque te tengo en mi casa.

—¿También eso? —murmuró el canónigo.

—También eso. Yo dije que, salvo el respeto que el señor obispo me merece y lo mucho que le quiero y reverencio, mi sobrino es mi sobrino, y no puedo echarle de mi casa.

—Es una nueva singularidad que encuentro en este país —dijo Pepe Rey, pálido de ira—. Por lo visto, aquí el obispo gobierna las casas ajenas.

—Es un bendito. Me quiere tanto, que se le figura..., se le figura que nos vas a comunicar tu ateísmo, tu despreocupación, tus raras ideas... Repetidas veces le he dicho que tienes un fondo excelente.

—Al talento superior debe siempre concedérsele algo —manifestó don Inocencio.

—Y esta mañana, cuando estuve en casa de las de Cirujeda, ¡ay!, tú no puedes figurarte cómo me pusieron la cabeza... Que si habías venido a derribar la Catedral, que si eras comisionado de los protestantes ingleses para ir predicando la herejía por España, que pasabas la noche entera jugando en el Casino, que salías borracho... «Pero señoras —les dije—, ¿quieren ustedes que yo envíe a mi sobrino a la posada?» Además, en lo de las embriagueces no tienen razón, y en cuanto al juego, no sé que jugaras hasta hoy.

Pepe Rey se hallaba en esa situación de ánimo en que el hombre más prudente siente dentro de sí violentos ardores y una fuerza ciega y brutal que tiende a estrangular, abofetear, romper cráneos y machacar huesos. Pero doña Perfecta era señora y, además, su tía. Don Inocencio era anciano y sacerdote. Además de esto, las violencias de obra son de mal gusto e impropias de personas cristianas y bien educadas. Quedaba el recurso de dar libertad a su comprimido encono por medio de la palabra manifestada decorosamente y sin faltarse a sí mismo; pero aún le pareció prematuro este postrer recurso, que no debía emplear, según su juicio, hasta el instante de salir definitivamente de aquella casa y de Orbajosa. Resistiendo, pues, el furibundo ataque, aguardó.

Jacinto llegó cuando la cena concluía.

—Buenas noches, señor don José —dijo, estrechando la mano del joven—. Usted y sus amigas no me han dejado trabajar esta tarde. No he podido escribir una línea. ¡Y tenía que hacer!...

—¡Cuánto lo siento, Jacinto! Pues, según me dijeron, usted las acompaña algunas veces en sus juegos y retozos.

—¡Yo! —exclamó el rapaz, poniéndose como la grana—. ¡Bah!, bien sabe usted que Tafetán no dice nunca palabra de verdad... ¿Pero es cierto, señor de Rey, que se marcha usted?

—¿Lo dicen por ahí?

—Sí; lo he oído en el Casino, en casa de don Lorenzo Ruiz.

Rey contempló durante un rato las frescas facciones de *Don Nominavito*. Después dijo:

—Pues no es cierto. Mi tía está muy contenta de mí, desprecia las calumnias·con que me obsequian los orbajosenses..., y no me arrojará de su casa aunque en ello se empeñe el señor obispo.

—Lo que es arrojarte..., jamás. ¡Qué diría tu padre!...

—A pesar de sus bondades, queridísima tía; a pesar de la amistad cordial del señor canónigo, quizá decida yo marcharme...

—¡Marcharte!

—¡Marcharse usted!

En los ojos de doña Perfecta brilló una luz singular. El canónigo, a pesar de ser hombre muy experto en el disimulo, no pudo ocultar su júbilo.

—Sí; y tal vez esta misma noche...

—¡Pero, hombre, qué arrebatado eres!... ¿Por qué no esperas siquiera a mañana temprano?... A ver..., Juan, que vayan a llamar al tío Licurgo para que prepare la jaca... Supongo que llevarás algún fiambre... ¡Nicolasa!..., ese pedazo de ternera que está en el aparador... Librada, la ropa del señorito...

—No, no puedo creer que usted tome determinación tan brusca —dijo don Cayetano, creyéndose obligado a tomar alguna parte en aquella cuestión.

—¿Pero volverá usted..., no es eso? —preguntó el canónigo.

—¿A qué hora pasa el tren de la mañana? —preguntó doña Perfecta, por cuyos ojos claramente asomaba la febril impaciencia de su alma.

—Sí, me marcho esta misma noche.

—Pero, hombre, si no hay luna.

En el alma de doña Perfecta, en el alma del penitenciario, en la juvenil alma del doctorcillo retumbaron como una armonía celeste estas palabras: «Esta misma noche.»

—Por supuesto, querido Pepe, tú volverás... Yo he escrito hoy a tu padre, a tu excelente padre... —indicó doña Perfecta, con todos los síntomas fisonómicos que aparecen cuando se va a derramar una lágrima.

—Molestaré a usted con algunos encargos —manifestó el sabio.

—Buena ocasión para pedir el cuaderno que me falta de la obra del abate Gaume —indicó el abogadejo.

—¡Vamos, Pepe, que tienes unos arrebatos y unas salidas! —murmuró la señora, sonriendo, con la vista fija en la puerta del comedor—. Pero se me olvidaba decirte que Caballuco está esperando: desea hablarte.

15. Sigue creciendo, hasta que se declara la guerra

Todos miraron hacia la puerta, donde apareció la imponente figura del Centauro, serio, cejijunto, confuso al querer saludar con amabilidad, hermosamente salvaje, pero desfigurado por la violencia que hacía para sonreír urbanamente y pisar quedo y tener en correcta postura los hercúleos brazos.

—Adelante, señor Ramos —dijo Pepe Rey.

—No, no —objetó doña Perfecta—. Si es una tontería lo que tiene que decirte.

—Que lo diga.

—Yo no debo consentir que en mi casa se ventilen estas cuestiones ridículas...

—¿Qué quiere de mí el señor Ramos?

Caballuco pronunció algunas palabras.

—Basta, basta... —dijo doña Perfecta, riendo—. No molestes más a mi sobrino. Pepe, no hagas caso de ese majadero... ¿Quieren ustedes que les diga en qué consiste el enojo del gran Caballuco?

—¿Enojo? Ya me lo figuro —indicó el penitenciario, recostándose en el sillón y riendo expansivamente y con estrépito.

—Yo quería decirle al señor don José... —gruñó el formidable jinete.

—Hombre, calla, por Dios, no nos aporrees los oídos.

—Señor Caballuco —dijo el canónigo—, no es mucho que los señores de la corte desbanquen a los rudos caballistas de estas salvajes tierras...

—En dos palabras, Pepe; la cuestión es ésta: Caballuco es no sé qué...

La risa le impidió continuar.

—No sé qué —añadió don Inocencio— de una de las niñas de Troya, de Mariquita Juana, si no estoy equivocado.

—¡Y está celoso! Después de su caballo, lo primero de la creación es Mariquilla Troya.

—¡Dios me valga! —exclamó la señora—. ¡Pobre Cristóbal! ¿Has creído que una persona como mi sobrino?... Vamos a ver, ¿qué ibas a decirle? Habla.

—Ya hablaremos el señor don José y yo —repuso bruscamente el bravo de la localidad.

Y, sin decir más, se retiró.

Poco después Pepe Rey salió del comedor para ir a su cuarto. En la galería hallóse frente a frente con su troyano antagonista, y no pudo reprimir la risa al ver la torva seriedad del ofendido cortejo.

—Una palabra —dijo éste, plantándose descaradamente ante el ingeniero—. ¿Usted sabe quién soy yo?

Diciendo esto puso la pesada mano en el hombro del joven con tan insolente franqueza, que éste no pudo menos de rechazarle enérgicamente.

—No es preciso aplastar para eso.

El valentón, ligeramente desconcertado, se repuso al instante, y mirando a Rey con audacia provocativa, repitió su estribillo:

—¿Sabe usted quién soy yo?

—Sí. Ya sé que es usted un animal.

Apartóle a un lado bruscamente y entró en su cuarto. Según el estado del cerebro de nuestro desgraciado amigo en aquel instante, sus acciones debían sintetizarse en el siguiente brevísimo y definitivo plan: romperle la cabeza a Caballuco sin pérdida de tiempo; despedirse en seguida de su tía con razones severas, aunque corteses, que le llegaran al alma; dar un frío adiós al canónigo y un abrazo al inofensivo don Cayetano; administrar, por fin de fiesta, una paliza al tío Licurgo; partir de Orbajosa aquella misma noche, y sacudirse el polvo de los zapatos a la salida de la ciudad.

Pero los pensamientos del perseguido joven no podían apartarse, en medio de tantas amarguras, de otro desgraciado ser, a quien suponía en situación más aflictiva y angustiosa que la suya propia. Tras el ingeniero entró en la estancia una criada.

—¿Le diste mi recado? —preguntó él.

—Sí, señor, y me dio esto.

Rey tomó de las manos de la muchacha un pedacito de periódico, en cuyo margen leyó estas palabras: «Dicen que te vas. Yo me muero.»

Cuando volvió al comedor, el tío Licurgo se asomaba a la puerta preguntando:

—¿A qué hora hace falta la jaca?

—A ninguna —contestó vivamente Rey.

—¿Luego no te vas esta noche? —dijo doña Perfecta—. Mejor es que lo dejes para mañana.

—Tampoco.

—Pues ¿cuándo?

—Ya veremos —dijo, fríamente, el joven, mirando a su tía con imperturbable calma—. Por ahora no pienso marcharme.

Sus ojos lanzaban enérgico reto. Doña Perfecta se puso primero encendida, pálida después. Miró al canónigo, que se había quitado las gafas de oro para limpiarlas, y luego clavó sucesivamente la vista en los demás que ocupaban la estancia, incluso Caballuco, que, entrando poco antes, se sentara en el borde de una silla. Doña Perfecta les miró como mira un general a sus queridos cuerpos de ejército. Después examinó el semblante meditabundo y sereno de Pepe Rey, de aquel estratégico enemigo que se presentaba inopinadamente cuando se le creía en vergonzosa fuga.

¡Ay! ¡Sangre, ruina y desolación!... Una gran batalla se preparaba.

ORBAJOSA dormía. Los mustios farolillos del público alumbrado despedían en encrucijadas y callejones su postrer fulgor, como cansados ojos que no pueden vencer el sueño. A su débil luz se escurrían, envueltos en sus capas, los vagabundos, los rondadores, los jugadores. Sólo el graznar del borracho o el canto del enamorado turbaban la callada paz de la ciudad histórica. De pronto, el *Ave María Purísima* de vinoso sereno sonaba como un quejido enfermizo del durmiente poblachón.

En la casa de doña Perfecta también había silencio. Turbábalo tan sólo un diálogo que en la biblioteca del señor Cayetano sostenían éste y Pepe Rey. Sentábase el erudito reposadamente en el sillón de su mesa de estudio, la cual aparecía cubierta por innúmeros papeles, conteniendo notas, apuntes y referencias. Rey fijaba los ojos en el copioso montón de papeles; pero sus pensa-

mientos volaban, sin duda, en regiones distantes
de aquella sabiduría.

—Perfecta —dijo el anticuario— es una
mujer excelente; pero tiene el defecto de escan-
dalizarse por cualquier acción frívola e insignificante. Amigo, en estos pueblos de provincia, el
menor desliz se paga caro. Nada encuentro de particular que usted fuese a casa de las Troyas. Se
me figura que don Inocencio, bajo su capita de
hombre de bien, es algo cizañoso. A él, ¿qué le
importa?

—Hemos llegado a un punto, señor don
Cayetano, en que urge tomar una determinación
enérgica. Yo necesitaba ver y hablar a Rosario.

—Pues véala usted.

—Es que no me dejan —respondió el ingeniero, dando un puñetazo en la mesa—. Rosario
está secuestrada...

—¡Secuestrada! —exclamó el sabio con incredulidad—. La verdad, no me gusta su cara, ni
su aspecto, ni menos el estupor que se pinta en
sus bellos ojos. Está triste, habla poco, llora...
Amigo don José, mucho me temo que esa niña se
vea atacada de la terrible enfermedad que ha
hecho tantas víctimas en mi familia.

—¡Una terrible enfermedad! ¿Cuál?

—La locura..., mejor dicho, manías. En mi
familia no ha habido uno sólo que se librara de
ellas. Yo, yo soy el único que he logrado escapar.

—¡Usted!... Dejando a un lado las manías
—dijo Rey con impaciencia—, yo quiero ver a
Rosario.

—Nada más natural. Pero el aislamiento
en que su madre la tiene es un sistema higiénico,

querido Pepe; el único empleado con éxito en todos los individuos de mi familia. Considere usted
que la persona cuya presencia y voz debe de hacer
más impresión en el delicado sistema nervioso de
Rosarillo, es el elegido de su corazón.

—A pesar de todo —insistió Pepe—, yo
quiero verla.

—Quizá Perfecta no se oponga a ello —dijo
el sabio, fijando la atención en sus notas y papeles—. No quiero meterme en camisa de once varas.

El ingeniero, viendo que no podía sacar
partido del buen Polentinos, se retiró para marcharse.

—Usted va a trabajar, y no quiero estor-
barle.

—No; aún tengo tiempo. Vea usted el
cúmulo de preciosos datos que he reunido hoy.
Atienda usted… «En 1537 un vecino de Orbajosa,
llamado Bartolomé del Hoyo, fue a Civitta-Vecchia
en las galeras del marqués de Castel-Rodrigo.»
Otra: «En el mismo año, dos hermanos, hijos también de Orbajosa y llamados Juan y Rodrigo González del Arco, se embarcaron en los seis navíos
que salieron de Maestrique el 20 de febrero, y que
a la altura de Calais toparon con un navío inglés
y los flamencos que mandaba Van-Owen…» En
fin, fue aquello una importante hazaña de nuestra
Marina. He descubierto que un orbajosense, un
tal Mateo Díaz Coronel, alférez de la Guardia, fue
el que escribió en 1709 y dio a la estampa en
Valencia el *Métrico encomio, fúnebre canto, lírico
elogio, descripción numérica, gloriosas fatigas,
angustiadas glorias de la Reina de los Angeles.*
Poseo un preciosísimo ejemplar de esta obra, que

vale un Perú... Otro orbajosense es autor de aquel famoso *Tractado de las diversas suertes de la Gineta*, que enseñé a usted ayer, y, en resumen, no doy un paso por el laberinto de la Historia inédita sin tropezar con algún paisano ilustre. Yo pienso sacar todos esos nombres de la injusta oscuridad y olvido en que yacen. ¡Qué goce tan puro, querido Pepe, es devolver todo su lustre a las glorias, ora épicas, ora literarias, del país en que hemos nacido! Ni qué mejor empleo puede dar un hombre al escaso entendimiento que del cielo recibiera, a la fortuna heredada y al tiempo breve con que puede contar en el mundo la existencia más dilatada... Gracias a mí, se verá que Orbajosa es ilustre cuna del genio español. Pero ¿qué digo? ¿No se conoce bien su prosapia ilustre en la nobleza, en la hidalguía de la actual generación *urbsaugustana*? Pocas localidades conocemos en que crezcan con más lozanía las plantas y arbustos de todas las virtudes, libres de la hierba maléfica de los vicios. Aquí todo es paz, mutuo respeto, humildad cristiana. La caridad se practica aquí como en los tiempos evangélicos; aquí no se conoce la envidia; aquí no se conocen las pasiones criminales, y si oye usted hablar de ladrones y asesinos, tenga por seguro que no son hijos de esta noble tierra, o que pertenecen al número de los infelices pervertidos por las predicaciones demagógicas. Aquí verá usted el carácter nacional en toda su pureza, recto, hidalgo, incorruptible, puro, sencillo, patriarcal, hospitalario, generoso... Por eso gusto tanto de vivir en esta pacífica soledad, lejos del laberinto de las ciudades, donde reinan, ¡ay!, la falsedad y el vicio. Por

eso no han podido sacarme de aquí los muchos
amigos que tengo en Madrid; por eso vivo en la
dulce compañía de mis leales paisanos y de mis
libros, respirando, sin cesar, esta salutífera atmósfera de honradez, que se va poco a poco redu-
ciendo en nuestra España, y sólo existe en las
humildes, en las cristianas ciudades que, con las
emanaciones de sus virtudes, saben conservarla.
Y no crea usted: este sosegado aislamiento ha con-
tribuido mucho, queridísimo Pepe, a librarme de
la terrible enfermedad connaturalizada en mi familia. En mi juventud, yo, lo mismo que mis hermanos y padre, padecía lamentable propensión a
las más absurdas manías; pero aquí me tiene usted, tan pasmosamente curado, que no conozco
tal enfermedad sino cuando la veo en los demás.
Por eso mi sobrinilla me tiene tan inquieto.

—Celebro que los aires de Orbajosa le hayan preservado a usted —dijo Rey, no pudiendo
reprimir un sentimiento de burla que por ley extraña nació en medio de su tristeza—. A mí me
han probado tan mal, que creo he de ser maniá-
tico dentro de poco tiempo si sigo aquí. Con que
buenas noches, y que trabaje usted mucho.

—Buenas noches.

Dirigióse a su habitación; mas no sintiendo
sueño ni necesidad de reposo físico, sino, por el
contrario, fuerte excitación que le impulsaba a
agitarse y divagar, cavilando y moviéndose, se
paseó de un ángulo a otro de la pieza. Después
abrió la ventana que a la huerta daba, y poniendo
los codos en el antepecho, contempló la inmensa
negrura de la noche. No se veía nada. Pero el
hombre ensimismado lo ve todo, y Rey, fijos los

ojos en la oscuridad, miraba cómo se iba desarro-
llando sobre ella el abigarrado paisaje de sus desgracias. La sombra no le permitía ver las flores
de la tierra, ni las del cielo, que son las estrellas.
La misma falta casi absoluta de claridad producía
el efecto de un ilusorio movimiento en las masas
de árboles, que se extendían al parecer; iban pere-
zosamente y regresaban enroscándose, como el
oleaje de un mar de sombras. Formidable flujo y
reflujo, una lucha entre fuerzas no bien manifies-
tas agitaban la silenciosa esfera. Contemplando
aquella extraña proyección de su alma sobre la
noche, el matemático decía:

—La batalla será terrible. Veremos quién
sale triunfante.

Los insectos de la noche hablaron a su oído,
diciéndole misteriosas palabras. Aquí, un chirrido
áspero; allí, un chasquido semejante al que hace-
mos con la lengua; allá, lastimeros murmullos;
más lejos, un son vibrante parecido al de la es-
quila suspendida al cuello de la res vagabunda.
De súbito sintió Rey una consonante extraña, una
rápida nota propia tan sólo de la lengua y de los
labios humanos, exhalación que cruzó por su cerebro como un relámpago. Sintió culebrear dentro
de sí aquella S fugaz, que se repitió una y otra
vez, aumentando de intensidad. Miró a todos lados, hacia la parte alta de la casa, y en una ventana creyó distinguir un objeto semejante a un
ave blanca que movía las alas. Por la mente exci-
tada de Pepe Rey cruzó en un instante la idea del
fénix, de la paloma, de la garza real..., y, sin
embargo, aquella ave no era más que un pañuelo.

Saltó el ingeniero por la ventana a la huerta. Observando bien, vio la mano y el rostro de su prima. Creyó distinguir el tan usual movimiento de imponer silencio llevando el dedo a los labios. Después, la simpática sombra alargó el brazo hacia abajo y desapareció. Pepe Rey entró de nuevo en su cuarto rápidamente, y procurando no hacer ruido pasó a la galería, avanzando después lentamente por ella. Sentía el palpitar de su corazón, como si hachazos recibiera dentro del pecho. Esperó un rato...; al fin oyó distantemente tenues golpes en los peldaños de la escalera. Uno, dos, tres... Producían aquel rumor unos zapatitos.

Dirigióse hacia allá en medio de una oscuridad casi profunda, y alargó los brazos para prestar apoyo a quien descendía. En su alma reinaba una ternura exaltada y profunda. Pero, ¿a qué negarlo?, tras aquel dulce sentimiento surgió de repente, como infernal inspiración, otro que era un terrible deseo de venganza. Los pasos se acercaban descendiendo. Pepe Rey avanzó, y unas manos que tanteaban en el vacío chocaron con las suyas. Las cuatro, ¡ay!, se unieron en estrecho apretón.

L A galería era larga y ancha. A un extremo estaba la puerta del cuarto donde moraba el ingeniero; en el centro, la del comedor; al otro extremo, la escalera y una puerta grande y cerrada, con un peldaño en el umbral. Aquella puerta era la de una capilla, donde los Polentinos tenían los santos de su devoción doméstica. Alguna vez se celebraba en ella el santo sacrificio de la misa.

Rosario dirigió a su primo hacia la puerta de la capilla y se dejó caer en el escalón.

—¿Aquí?... —murmuró Pepe Rey.

Por los movimientos de la mano derecha de Rosario comprendió que ésta se santiguaba.

—Prima querida, Rosario..., ¡gracias por haberte dejado ver! —exclamó, estrechándola con ardor entre sus brazos.

Sintió los dedos fríos de la joven sobre sus labios, imponiéndole silencio. Los besó con frenesí.

—Estás helada…, Rosario… ¿Por qué tiemblas así?

Daba diente con diente, y su cuerpo todo se estremecía con febril convulsión. Rey sintió en su cara el abrasador fuego del rostro de su prima, y, alarmado, exclamó:

—Tu frente es un volcán. Tienes fiebre.

—Mucha.

—¿Estás enferma realmente?

—Sí…

—Y has salido…

—Por verte.

El ingeniero la estrechó entre sus brazos para darle abrigo; pero no bastaba.

—Aguarda —dijo vivamente, levantándose—. Voy a mi cuarto a traer mi manta de viaje.

—Apaga la luz, Pepe.

Rey había dejado encendida la luz dentro de su cuarto, y por la puerta de éste salía una tenue claridad, iluminando la galería. Volvió al instante. La oscuridad era ya profunda. Tentando las paredes pudo llegar hasta donde estaba su prima. Reuniéronse y la arropó cuidadosamente de los pies a la cabeza.

—¡Qué bien estás ahora, niña mía!

—Sí, ¡qué bien!… Contigo.

—Conmigo…, y para siempre —exclamó con exaltación el joven.

Pero observó que se desasía de sus brazos y se levantaba.

—¿Qué haces?

Sintió el ruido de un hierrecillo. Rosario introducía una llave en la invisible cerradura, y abría cuidadosamente la puerta en cuyo umbral

se habían sentado. Leve olor de humedad, inhe-
rente a toda pieza cerrada por mucho tiempo, salía
de aquel recinto, oscuro como una tumba. Pepe
Rey se sintió llevado de la mano, y la voz de su
prima dijo muy débilmente:

—Entra.

—Dieron algunos pasos. Creíase él condu-
cido a ignotos lugares elíseos por el ángel de la
noche. Ella tanteaba. Por fin, volvió a sonar su
dulce voz, murmurando:

—Siéntate.

Estaban junto a un banco de madera. Los
dos se sentaron. Pepe Rey la abrazó de nuevo. En
el mismo instante su cabeza chocó con un cuerpo
muy duro.

—¿Qué es esto?

—Los pies.

—Rosario..., ¿qué dices?

—Los pies del divino Jesús, de la imagen
de Cristo Crucificado, que adoramos en mi casa.

Pepe Rey sintió como una fría lanzada que
le traspasó el corazón.

—Bésalos —dijo, imperiosamente, la joven.

El matemático besó los helados pies de la
santa imagen.

—Pepe —preguntó después la señorita, estrechando ardientemente la mano de su primo—.
¿Tú crees en Dios?

—Rosario..., ¿qué dices ahí? ¡Qué locura
piensas! —repuso con perplejidad el primo.

—Contéstame.

Pepe Rey sintió humedad en sus manos.

—¿Por qué lloras? —dijo, lleno de turbación—. Rosario, me estás matando con tus dudas absurdas. ¡Que si creo en Dios! ¿Lo dudas tú?

—Yo, no; pero todos dicen que eres ateo.

—Desmerecerías a mis ojos, te despojarías de tu aureola de pureza, si dieras crédito a tal necedad.

—Oyéndote calificar de ateo, y sin poder convencerme de lo contrario por ninguna razón, he protestado desde el fondo de mi alma contra tal calumnia. Tú no puedes ser ateo. Dentro de mí tengo yo vivo y fuerte el sentimiento de tu religiosidad, como el de la mía propia.

—¡Qué bien has hablado! Entonces, ¿por qué me preguntas si creo en Dios?

—Porque quería escucharte de tu misma boca y recrearme oyéndotelo decir. ¡Hace tanto tiempo que no oigo tu voz!... ¿Qué mayor gusto que oírlo de nuevo, después de tan gran silencio, diciendo: «Creo en Dios»?

—Rosario, hasta los malvados creen en él. Si existen ateos, que lo dudo, son los calumniadores, los intrigantes, de que está infectado el mundo... Por mi parte, me importan poco las intrigas y las calumnias; y si tú te sobrepones a ellas y cierras tu corazón a los sentimientos de discordia que una mano aleve quiere introducir en él, nada se opondrá a nuestra felicidad.

—Pero, ¿qué nos pasa? Pepe, querido Pepe..., ¿tú crees en el diablo?

El ingeniero calló. La oscuridad de la capilla no permitía a Rosario ver la sonrisa con que su primo acogiera tan extraña pregunta.

—Será preciso creer en él —dijo, al fin.

—¿Qué nos pasa? Mamá me prohibe verte; pero, fuera de lo del ateísmo, no habla mal de ti. Díceme que espere; que tú decidirás; que te vas, que vuelves... Háblame con franqueza... ¿Has formado mala idea de mi madre?

—De ninguna manera —replicó Rey, apremiado por su delicadeza.

—¿No crees, como yo, que me quiere mucho, que nos quiere a los dos, que sólo desea nuestro bien, y que, al fin, hemos de alcanzar de ella el consentimiento que deseamos?

—Si tú lo crees así, yo también... Tu mamá nos adora a entrambos... Pero, querida Rosario, es preciso reconocer que el demonio ha entrado en esta casa.

—No te burles —repuso ella con cariño—. ¡Ay!, mamá es muy buena. Ni una sola vez me ha dicho que no fueras digno de ser mi marido. No insiste más que en lo del ateísmo... Dicen que tengo manías, y que ahora me ha entrado la de quererte con toda mi alma. En nuestra familia es ley no contrariar de frente las manías congénitas que tenemos, porque, atacándolas, se agravan más.

—Pues yo creo que a tu lado hay buenos médicos que se han propuesto curarte y que, al fin, adorada niña mía, lo conseguirán.

—¡No, no, no mil veces! —exclamó Rosario, apoyando su frente en el pecho de su novio—. Quiero volverme loca contigo. Por ti estoy padeciendo; por ti estoy enferma; por ti desprecio la vida y me expongo a morir... Ya lo preveo: mañana estaré peor, me agravaré... Moriré. ¡Qué me importa!

—Tú no estás enferma —repuso él con energía—. Tú no tienes sino una perturbación moral, que, naturalmente, trae ligeras afecciones nerviosas; tú no tienes más que la pena ocasionada por esta horrible violencia que están ejerciendo sobre ti. Tu alma sencilla y generosa no lo comprende. Cedes; perdonas a los que te hacen daño; te afliges, atribuyendo tu desgracia a funestas influencias sobrenaturales; padeces en silencio; entregas tu inocente cuello al verdugo; te dejas matar, y el mismo cuchillo, hundido en tu garganta, te parece la espina de una flor que se te clavó al pasar. Rosario, desecha esas ideas: considera nuestra verdadera situación, que es grave; mira la causa de ella donde verdaderamente está, y no te acobardes, no cedas a la mortificación que se te impone, enfermando tu alma y tu cuerpo. El valor de que careces te devolverá la salud, porque tú no estás realmente enferma, querida niña mía; tú estás…, ¿quieres que lo diga?, estás asustada, aterrada. Te pasa lo que los antiguos no sabían definir y llamaban maleficios. ¡Rosario, ánimo, confía en mí! Levántate y sígueme. No te digo más.

—¡Ay, Pepe…, primo mío!… Se me figura que tienes razón —exclamó Rosarito, anegada en llanto—. Tus palabras resuenan en mi corazón como golpes violentos que, estremeciéndome, me dan nueva vida. Aquí, en esta oscuridad, donde no podemos vernos las caras, una luz inefable sale de ti y me inunda el alma. ¿Qué tienes tú, que así me transformas? Cuando te conocí, de repente fui otra. En los días en que he dejado de verte me he visto volver a mi antiguo estado insignificante, a mi cobardía primera. Sin ti vivo en el

Limbo, Pepe mío... Haré lo que me dices: me levanto y te sigo. Iremos juntos adonde quieras. ¿Sabes que me siento bien? ¿Sabes que no tengo ya fiebre, que recobro las fuerzas, que quiero correr y gritar, que todo mi ser se renueva, y se aumenta y se centuplica para adorarte? Pepe, tienes razón. Yo no estoy enferma, yo no estoy sino acobardada; mejor dicho, fascinada.

—Eso es: fascinada.

—Fascinada. Terribles ojos me miran y me dejan muda y trémula. Tengo miedo; pero ¿a qué?... Tú solo posees el extraño poder de devolverme la vida. Oyéndote, resucito. Yo creo que si me muriera y fueras a pasear junto a mi sepultura, desde lo hondo de la tierra sentiría tus pasos. ¡Oh, si pudiera verte ahora!... Pero estás aquí, a mi lado, y no dudo que eres tú... ¡Tanto tiempo sin verte!... Yo estaba loca. Cada día de soledad me parecía un siglo... Me decían que mañana, que mañana, y vuelta con mañana. Yo me asomaba a la ventana por las noches, y la claridad de la luz de tu cuarto me servía de consuelo. A veces, tu sombra en los cristales era para mí una aparición divina. Yo extendía los brazos hacia fuera, derramaba lágrimas y gritaba con el pensamiento, sin atreverme a hacerlo con la voz. Cuando recibí tu recado por conducto de la criada; cuando recibí la carta diciéndome que te marchabas, me puse muy triste; creí que se me iba saliendo el alma del cuerpo y que me moría por grados. Yo caía, caía como el pájaro herido cuando vuela, que va cayendo y muriéndose, todo al mismo tiempo... Esta noche, cuando te vi despierto tan tarde, no pude resistir el anhelo de hablarte, y bajé. Creo

que todo el atrevimiento que puedo tener en mi
vida lo he consumido y empleado en una sola
acción: en ésta, y que ya no podré dejar de ser
cobarde... Pero tú me darás aliento; tú me darás
fuerzas; tú me ayudarás, ¿no es verdad?... Pepe,
primo mío querido, dime que sí; dime que tengo
fuerzas, y las tendré; dime que no estoy enferma,
y no lo estaré. Ya no lo estoy. Me encuentro tan
bien, que me río de mis males ridículos.

Al decir esto, Rosarito se sintió frenética-
mente enlazada por los brazos de su primo. Oyóse
un ¡ay!; pero no salió de los labios de ella, sino
de los de él, porque habiendo inclinado la cabeza,
tropezó violentamente con los pies del Cristo. En
la oscuridad es donde se ven las estrellas.

En el estado de su ánimo y en la natural
alucinación que producen los sitios oscuros, a Rey
le parecía no que su cabeza había topado con el
santo pie, sino que éste se había movido, amones-
tándole de la manera más breve y más elocuente.
Entre serio y festivo, alzó la cabeza y dijo así:

—Señor, no me pegues, que no haré nada
malo.

En el mismo instante, Rosario tomó la mano del joven, oprimiéndola contra su corazón.
Oyóse una voz pura, grave, angelical, conmovida,
que habló de este modo:

—Señor que adoro; Señor Dios del mundo
y tutelar de mi casa y de mi familia; Señor a
quien Pepe también adora; Santo Cristo bendito
que moriste en la Cruz por nuestros pecados: ante
Ti, ante tu cuerpo herido, ante tu frente coronada
de espinas, digo que éste es mi esposo, y que después de Ti es el que más ama mi corazón; digo

que le declaro mi esposo, y que antes moriré que pertenecer a otro. Mi corazón y mi alma son suyos. Haz que el mundo no se oponga a nuestra felicidad, y concédeme el favor de esta unión, que ha de ser buena ante el mundo como lo es en mi conciencia.

—Rosario, eres mía —exclamó Pepe con exaltación—. Ni tu madre ni nadie lo impedirá.

La prima inclinó su hermoso busto inerte sobre el pecho del primo. Temblaba en los amantes brazos varoniles como la paloma en las garras del águila.

Por la mente del ingeniero pasó como un rayo la idea de que existía el demonio; pero entonces el demonio era él. Rosario hizo ligero movimiento de miedo: tuvo como el temblor de sorpresa que anuncia el peligro.

—Júrame que no desistirás —dijo turbadamente Rey, atajando aquel movimiento.

—Te lo juro por las cenizas de mi padre, que están...

—¿Dónde?

—Bajo nuestros pies.

El matemático sintió que se levantaba bajo sus pies la losa...; pero no, no se levantaba; es que él creyó notarlo así, a pesar de ser matemático.

—Te lo juro —repitió Rosario— por las cenizas de mi padre y por Dios que nos está mirando... Que nuestros cuerpos, unidos como están, reposen bajo estas losas cuando Dios quiera llevarnos de este mundo.

—Sí —repitió Pepe Rey, con emoción profunda, sintiendo en su alma una turbación inexplicable.

Ambos permanecieron en silencio durante breve rato. Rosario se había levantado.

—¿Ya?

Volvió a sentarse.

—Tiemblas otra vez —dijo Pepe—. Rosario, tú está mala; tu frente abrasa.

—Parece que me muero —murmuró la joven con desaliento—. No sé qué tengo.

Cayó sin sentido en brazos de su primo. Agasajándola, notó que el rostro de la joven se cubría de helado sudor.

«Está realmente enferma —dijo para sí—. Esta salida es una verdadera calaverada.»

Levantóla en sus brazos, tratando de reanimarla; pero ni el temblor de ella ni el desmayo cesaban, por lo cual resolvió sacarla de la capilla, a fin de que el aire fresco la reanimase. Así fue, en efecto. Recobrado el sentido, manifestó Rosario mucha inquietud por hallarse a tal hora fuera de su habitación. El reloj de la Catedral dio las cuatro.

—¡Qué tarde! —exclamó la joven—. Suéltame, primo. Me parece que puedo andar. Verdaderamente estoy muy mala.

—Subiré contigo.

—Eso de ninguna manera. Antes iré arrastrándome hasta mi cuarto... ¿No te parece que se oye un ruido...?

Ambos callaron. La ansiedad de su atención determinó un silencio absoluto.

—¿No oyes nada, Pepe?

—Absolutamente nada.

—Pon atención... Ahora, ahora vuelve a sonar. Es un rumor que no sé si suena lejos, muy
lejos, o cerca, muy cerca. Lo mismo podría ser
la respiración de mi madre, que el chirrido de la
veleta que está en la torre de la Catedral. ¡Ah!
Tengo un oído muy fino.

—Demasiado fino... Con que, querida prima, te subiré en brazos.

—Bueno, súbeme hasta lo alto de la escalera. Después iré yo sola. En cuanto descanse un
poco, me quedaré como si tal cosa... Pero ¿no
oyes?

Detuviéronse en el primer peldaño.

—Es un sonido metálico.

—¿La respiración de tu mamá?

—No, no es eso. El rumor viene de muy
lejos. ¿Será el canto de un gallo?

—Podrá ser.

—Parece que suenan dos palabras, diciendo: «Allá voy, allá voy.»

—Ya, ya oigo —murmuró Pepe Rey.

—Es un grito.

—Es una corneta.

—¡Una corneta!

—Sí. Sube pronto. Orbajosa va a desper-
tar... Ya se oye con claridad. No es trompeta, sino
clarín. La tropa se acerca.

—¡Tropa!

—No sé por qué me figuro que esta inva-
sión militar ha de ser provechosa para mí... Estoy
alegre, Rosario; arriba pronto.

—También yo estoy alegre. Arriba.

En un instante la subió, y los dos amantes se despidieron, hablándose al oído tan quedamente que apenas se oían.

—Me asomaré por la ventana que da a la huerta, para decirte que he llegado a mi cuarto sin novedad. Adiós.

—Adiós, Rosario. Ten cuidado de no tropezar con los muebles.

—Por aquí navego bien, primo. Ya nos veremos otra vez. Asómate a la ventana de tu aposento si quieres recibir mi parte telegráfico.

Pepe Rey hizo lo que se le mandaba; pero aguardó largo rato, y Rosario no apareció en la ventana. El ingeniero creía sentir agitadas voces en el piso alto.

18. Tropa

Los habitantes de Orbajosa oían en la crepuscular vaguedad de su último sueño aquel clarín sonoro, y abrían los ojos, diciendo:

—¡Tropa!

Unos, hablando consigo mismos, mitad dormidos, mitad despiertos, murmuraban:

—Por fin nos han mandado esa canalla.

Otros se levantaban a toda prisa, gruñendo así:

—Vamos a ver a esos condenados.

Alguno apostrofaba de este modo:

—Anticipo forzoso tenemos... Ellos dicen quintas, contribuciones; nosotros diremos palos y más palos.

En otra casa se oyeron estas palabras, pronunciadas con alegría:

—¡Si vendrá mi hijo!... ¡Si vendrá mi hermano!...

Todo era saltar del lecho, vestirse aprisa, abrir las ventanas para ver el alborotador regimiento que entraba con las primeras luces del día. La ciudad era tristeza, silencio, vejez; el ejército, alegría, estrépito, juventud. Entrando el uno en la otra, parecía que la momia recibía por arte maravilloso el don de la vida, y, bulliciosa, saltaba fuera del húmedo sarcófago para bailar en torno de él. ¡Qué movimiento, qué algazara, qué risas, qué jovialidad! No existe nada tan interesante como un ejército. Es la patria en su aspecto juvenil y vigoroso. Lo que en el concepto individual tiene o puede tener esa misma patria de inepta, levantisca, de supersticiosa unas veces, de blasfema otras, desaparece bajo la presión férrea de la disciplina, que de tantas figurillas insignificantes hace un conjunto prodigioso. El soldado, o sea el corpúsculo, al desprenderse, después de un *rompan filas*, de la masa en que ha tenido vida regular y a veces sublime, suele conservar algunas de las cualidades peculiares del ejército. Pero esto no es lo más común. A la separación suele acompañar súbito encanallamiento, de lo cual resulta que si un ejército es gloria y honor, una reunión de soldados puede ser calamidad insoportable, y los pueblos que lloran de júbilo y entusiasmo al ver entrar en su recinto un batallón victorioso, gimen de espanto y tiemblan de recelo cuando ven libres y sueltos a los señores soldados.

Esto último sucedió en Orbajosa, porque en aquellos días no había glorias que cantar, ni motivo alguno para tejer coronas ni trazar letreros triunfales, ni mentar siquiera hazañas de nuestros bravos, por cuya razón todo fue miedo y des-

confianza en la episcopal ciudad, que, si bien
pobre, no carecía de tesoros en gallinas, frutas,
dinero y doncellez, los cuales corrían gran riesgo
desde que entraron los consabidos alumnos de
Marte. Además de esto, la patria de los Polentinos, como ciudad muy apartada del movimiento
y bullicio que han traído el tráfico, los periódicos,
los ferrocarriles y otros agentes que no hay para
qué analizar ahora, no gustaba que la molestasen
en su sosegada existencia.

Siempre que se ofrecía coyuntura propicia,
mostraba viva repulsión a someterse a la autoridad central que, mal o bien, nos gobierna; y recordando sus fueros de antaño y mascullándolos
de nuevo, como rumia el camello la hierba que
ha comido el día antes, alardeaba de cierta
independencia levantisca, deplorables resabios de
behetría que a veces daban no pocos quebraderos
de cabeza al gobernador de la provincia.

Otrosí; debe tenerse en cuenta que Orbajosa tenía antecedentes o, mejor dicho, abolengo
faccioso. Sin duda conservaba en su seno algunas
fibras enérgicas de aquellas que en edad remota,
según la entusiasta opinión de don Cayetano, la
impulsaron a inauditas acciones épicas; y aunque
en decadencia, sentía de vez en cuando violento
afán de hacer grandes cosas, aunque fueran barbaridades y desatinos. Como dio al mundo tantos
egregios hijos, quería, sin duda, que sus actuales
vástagos, los Caballuco, Merengue y Pelosmalos,
renovasen las gestas gloriosas de los de antaño.

Siempre que hubo facciones en España,
aquel pueblo dio a entender que no existía en
vano sobre la faz de la Tierra, si bien nunca sirvió

de teatro a una verdadera campaña. Su genio, su situación, su historia, la reducían al papel secundario de levantar partidas. Obsequió al país con esta fruta nacional en tiempo de los Apostólicos (1827), durante la guerra de los siete años, en 1848, y en otras épocas de menos eco en la historia patria. Las partidas y los partidarios fueron siempre populares, circunstancia funesta que procedía de la guerra de la Independencia, una de esas cosas buenas que han sido origen de infinitas cosas detestables. *Corruptio optimi pessima*. Y con la popularidad de las partidas y de los partidarios coincidía, siempre creciente, la impopularidad de todo lo que entraba en Orbajosa con visos de Delegación o instrumento del Poder central. Los soldados fueron siempre tan mal vistos allí, que siempre que los ancianos narraban un crimen, robo, asesinato, violación o cualquier otro espantable desafuero, añadían: «Esto sucedió cuando vino la tropa.»

Y ya que se ha dicho esto tan importante, bueno será añadir que los batallones enviados allá en los días de la historia que referimos no iban a pasearse por las calles; llevaban un objeto que clara y detalladamente se verá más adelante. Como dato de no escaso interés, apuntaremos que lo que aquí se va contando ocurrió en un año que no está muy cerca del presente, ni tampoco muy lejos, así como también puede decirse que Orbajosa (entre los romanos *urbs augusta,* si bien algunos eruditos modernos, examinando el *ajosa,* opinan que este rabillo lo tiene por ser patria de los mejores ajos del mundo) no está muy lejos ni tampoco muy cerca de Madrid, no debiendo tam-

poco asegurarse que enclave sus gloriosos cimien-
tos al Norte, ni al Sur, ni al Este, ni al Oeste, sino
que es posible esté en todas partes y por doquiera
que los españoles revuelvan sus ojos y sientan
el picar de sus ajos.

Repartidas por el Municipio las cédulas de
alojamiento, cada cual se fue en busca de su hogar prestado. Les recibían de muy mal talante,
dándolos acomodo en los lugares más atrozmente
inhabitables de cada casa. Las muchachas del pueblo no eran, en verdad, las más descontentas;
pero se ejercía sobre ellas una gran vigilancia, y
no era decente mostrar alegría por la visita de
tal canalla. Los pocos soldados hijos de la comarca eran los únicos que estaban a cuerpo de rey.
Los demás eran considerados como extranjeros.

A las ocho de la mañana, un teniente coronel de Caballería entró con su cédula en casa de
doña Perfecta Polentinos. Recibiéronle los criados, por encargo de la señora, que, hallándose en
deplorable situación de ánimo, no quiso bajar al
encuentro del militarote, y señaláronle para vivienda la única habitación, al parecer, disponible
de la casa, el cuarto que ocupaba Pepe Rey.

—Que se acomoden como puedan —dijo
doña Perfecta con expresión de hiel y vinagre—.
Y si no caben, que se vayan a la calle.

¿Era su intención molestar de este modo
al infame sobrino, o realmente no había en el
edificio otra pieza disponible? No lo sabemos, ni
las crónicas de donde esta verídica historia ha
salido dicen una palabra acerca de tan importante
cuestión. Lo que sabemos de un modo incontro-
vertible es que, lejos de mortificar a los dos hués-

pedes el enjaularlos juntos, causólos sumo gusto, por ser amigos antiguos. Grande y alegre sorpresa tuvieron uno y otro cuando se encontraron, y no cesaban de hacerse preguntas y lanzar exclamaciones, ponderando la extraña casualidad que los unía en tal sitio y ocasión.

—Pinzón..., ¡tú por aquí!... ¿Pero qué es esto? No sospechaba que estuvieras tan cerca...

—Oí decir que andabas por estas tierras, Pepe Rey; pero nunca creí encontrarte en la horrible, en la salvaje Orbajosa.

—¡Casualidad feliz!... Porque esta casualidad es felicísima, providencial... Pinzón, entre tú y yo vamos a hacer algo grande en este poblacho.

—Y tendremos tiempo de meditarlo —repuso el otro sentándose en el lecho donde el ingeniero yacía—, porque, según parece, viviremos los dos en esta pieza. ¿Qué demonios de casa es ésta?

—Hombre, la de mi tía. Habla con más respeto. ¿No conoces a mi tía?... Pero voy a levantarme.

—Me alegro, porque con eso me acostaré yo, que bastante lo necesito... ¡Qué camino, amigo Pepe, qué camino y qué pueblo!

—Dime, ¿venís a pegar fuego a Orbajosa?

—¡Fuego!

—Dígolo porque yo tal vez os ayudaría.

—¡Qué pueblo! ¡Pero qué pueblo! —exclamó el militar, tirando el chacó, poniendo a un lado espada y tahalí, cartera de viaje y capote—. Es la segunda vez que me mandan aquí. Te juro que a la tercera pido la licencia absoluta.

—No hables mal de esta buena gente. ¡Pero qué a tiempo has venido! Parece que te manda

Dios en mi ayuda, Pinzón... Tengo un proyecto terrible, una aventura, si quieres llamarla así; un plan, amigo mío..., y me hubiera sido muy difícil salir adelante sin ti. Hace un momento me volvía loco cavilando, y dije, lleno de ansiedad: «Si yo tuviera aquí un amigo, un buen amigo...»

—Proyecto, plan, aventura... Una de dos, señor matemático: o es dar la dirección a los globos, o algo de amores...

—Es formal, muy formal. Acuéstate, duerme un poco, y después hablaremos.

—Me acostaré, pero no dormiré. Puedes contarme todo lo que quieras. Sólo te pido que hables lo menos posible de Orbajosa.

—Precisamente de Orbajosa quiero hablarte. ¿Pero tú también tienes antipatía a esta cuna de tantos varones insignes?

—Estos ajeros..., los llamamos los ajeros..., pues digo que serán todo lo insignes que tú quieras, pero a mí me pican como los frutos del país. He aquí un pueblo dominado por gentes que enseñan la desconfianza, la superstición y el aborrecimiento a todo el género humano. Cuando estemos despacio te contaré un sucedido..., un lance, mitad gracioso, mitad terrible, que me ocurrió el año pasado... Cuando te lo cuente, tú te reirás, y yo echaré chispas de cólera... Pero, en fin, lo pasado, pasado...

—Lo que a mí me pasa no tiene nada de gracioso.

—Pero los motivos de mi aborrecimiento a este poblachón son diversos. Has de saber que aquí asesinaron a mi padre, el cuarenta y ocho, unos desalmados partidarios. Era brigadier y estaba fuera de servicio. Llamóle el Gobierno, y pasaba por Villahorrenda para ir a Madrid, cuando fue cogido por media docena de tunantes... Aquí hay varias dinastías de guerrilleros. Los Aceros, los Caballucos, los Pelosmalos..., un presidio suelto, como dijo quien sabía muy bien lo que decía.

—¿Supongo que la venida de dos regimientos con alguna Caballería no será por gusto de visitar estos amenos vergeles?

—¿Qué ha de ser? Venimos a recorrer el país. Hay muchos depósitos de armas. El Gobierno no se atreve a destituir a la mayor parte de los Ayuntamientos sin desparramar algunas compañías por estos pueblos. Como hay tanta agitación facciosa en esta tierra; como dos provincias cercanas están ya infestadas, y como, además, este distrito municipal de Orbajosa tiene una historia tan brillante en todas las guerras civiles, hay temores de que los bravos de por aquí se echen a los caminos a saquear lo que encuentren.

—¡Buena precaución! Pero creo que mientras esta gente no perezca y vuelva a nacer; mientras hasta las piedras no muden de forma, no habrá paz en Orbajosa.

—Esa es también mi opinión —dijo el militar encendiendo un cigarrillo—. ¿No ves que los partidarios son la gente mimada en este país? A todos los que asolaron la comarca en mil ochocientos cuarenta y ocho y en otras épocas, o, a falta de ellos, a sus hijos, les encuentras colocados en los fielatos, en puertas, en el Ayuntamiento, en la conducción del correo; los hay que son alguaciles, sacristanes, comisionados de apremios. Algunos se han hecho temibles caciques, y son los que amasan las elecciones y tienen influjo en Madrid, reparten destinos... En fin, esto da grima.

—Dime, ¿y no se podrá esperar que los partidarios hagan una fechoría en estos días? Si así fuera, arrasarían ustedes el pueblo, y yo les ayudaría.

—¡Si en mí consistiera...! Ellos harán de las suyas —dijo Pinzón—, porque las facciones de las dos provincias cercanas crecen como una maldición de Dios. Y acá para entre los dos, amigo Rey, yo creo que esto va largo. Algunos se ríen y aseguran que no puede haber otra guerra civil como la pasada. No conocen el país, no conocen a Orbajosa y sus habitantes. Yo sostengo que esto que ahora empieza lleva larga cola, y que tendremos una nueva lucha cruel y sangrienta que durará lo que Dios quiera. ¿Qué opinas tú?

—Amigo, en Madrid me reía yo de todos los que hablaban de la posibilidad de una guerra civil tan larga y terrible como la de los Siete Años; pero ahora, después que estoy aquí...

—Es preciso engolfarse en estos países encantadores, ver de cerca esta gente y oírle dos palabras para saber de qué pie cojea.

—Pues sí... Sin poder explicarme en qué fundo mis ideas, ello es que desde aquí veo las cosas de otra manera, y pienso en la posibilidad de largas y feroces guerras.

—Exactamente.

—Pero ahora, más que la guerra pública, me preocupa una privada en que estoy metido y que he declarado hace poco.

—¿Dijiste que ésta es la casa de tu tía? ¿Cómo se llama?

—Doña Perfecta Rey de Polentinos.

—¡Ah! La conozco de nombre. Es una persona excelente y la única de quien no he oído hablar mal a los *ajeros*. Cuando estuve aquí la otra vez, en todas partes oía ponderar su bondad, su caridad, sus virtudes.

—Sí, mi tía es muy bondadosa, muy amable —murmuró Rey.

Después quedó pensativo breve rato.

—Pero ahora recuerdo... —exclamó de súbito Pinzón—. ¡Cómo se van atando cabos...! Sí, en Madrid me dijeron que te casabas con una prima. Todo está descubierto. ¿Es aquella linda y celestial Rosarito?...

—Pinzón, hablaremos detenidamente.

—Se me figura que hay contrariedades.

—Hay algo más. Hay luchas terribles. Se necesitan amigos poderosos, listos, de iniciativa, de gran experiencia en los lances difíciles, de gran astucia y valor.

—Hombre, eso es todavía más grave que un desafío.

—Mucho más grave. Se bate uno fácilmente con otro hombre. Con mujeres, con invisibles enemigos que trabajan en la sombra, es imposible.

—Vamos. ya soy todo oídos.

El teniente coronel Pinzón descansaba cuan largo era sobre el lecho. Pepe Rey acercó una silla, y apoyando en el mismo lecho el codo y en la mano la cabeza, empezó su conferencia, consulta, exposición de plan o lo que fuera, y habló larguísimo rato. Oíale Pinzón con curiosidad profunda y sin decir nada, salvo algunas preguntillas sueltas para pedir nuevos datos o la aclaración de alguna oscuridad. Cuando Rey concluyó, Pinzón estaba serio. Estiróse en la cama, desesperezándose con la placentera convulsión de quien no ha dormido en tres noches, y después dijo así:

—Tu plan es arriesgado y difícil.

—Pero no imposible.

—¡Oh!, no, que nada hay imposible en este mundo. Piénsalo bien.

—Ya lo he pensado.

—¿Y estás resuelto a llevarlo adelante? Mira que estas cosas ya no se estilan. Suelen salir mal, y no dejan bien parado a quien las hace.

—Estoy resuelto.

—Pues aunque el asunto es arriesgado y grave, muy grave, aquí me tienes, dispuesto a ayudarte en todo y por todo.

—¿Cuento contigo?

—Hasta morir.

19. Combate terrible. Estrategia

L os primeros fuegos no podían tardar. A la hora
   de la comida, después de ponerse de acuerdo
con Pinzón respecto al plan convenido, cuya primera condición era que ambos amigos fingirían
no conocerse, Pepe Rey fue al comedor. Allí encontró a su tía, que acababa de llegar de la Catedral,
donde pasaba, según su costubre, toda la mañana.
Estaba sola y parecía hondamente preocupada. El
ingeniero observó que sobre aquel semblante pálido y marmóreo, no exento de cierta hermosura,
se proyectaba la misteriosa sombra de un celaje.
Al mirar recobraba la claridad siniestra; pero miraba poco, y después de una rápida observación
del rostro de su sobrino, el de la bondadosa dama
se ponía otra vez en su estudiada penumbra.

Aguardaban en silencio la comida. No espe-
raron a don Cayetano, porque éste había ido a
Mundogrande. Cuando empezaron a comer, doña
Perfecta dijo:

—Y ese militarote que nos ha regalado hoy el Gobierno, ¿no viene a comer?

—Parece tener más sueño que hambre —repuso el ingeniero sin mirar a su tía.

—¿Le conoces tú?

—No le he visto en mi vida.

—Pues estamos divertidos con los huéspedes que nos manda el Gobierno. Aquí tenemos nuestras camas y nuestra comida para cuando a esos perdidos de Madrid se les antoje disponer de ellas.

—Es que hay temores de que se levanten partidas —dijo Pepe Rey, sintiendo que una centella corría por todos sus miembros—, y el Gobierno está decidido a aplastar a los orbajosenses, a exterminarlos, a hacerlos polvo.

—Hombre, para, para, por Dios; no nos pulverices —exclamó la señora con sarcasmo—. ¡Pobrecitos de nosotros! Ten piedad, hombre, y deja vivir a estas infelices criaturas. Y qué, ¿serás tú de los que ayuden a la tropa en la grandiosa obra de nuestro aplastamiento?

—Yo no soy militar. No haré más que aplaudir cuando vea extirpados para siempre los gérmenes de guerra civil, de insubordinación, de discordia, de behetría, de bandolerismo y de barbarie que existen aquí para vergüenza de nuestra época y de nuestro país.

—Todo sea por Dios.

—Orbajosa, querida tía, casi no tiene más que ajos y bandidos, porque bandidos son los que en nombre de una idea política o religiosa se lanzan a correr aventuras cada cuatro o cinco años.

—Gracias, gracias, querido sobrino —dijo doña Perfecta, palideciendo—. ¿Con que Orbajosa no tiene más que eso? Algo más habrá aquí, algo más que tú no tienes y que has venido a buscar entre nosotros.

Rey sintió el bofetón. Su alma se quemaba. Erale muy difícil guardar a su tía las consideraciones que por sexo, estado y posición merecía. Hallábase en el disparadero de la violencia, y un ímpetu irresistible le empujaba, lanzándole contra su interlocutora.

—Yo he venido a Orbajosa —dijo— porque usted me mandó llamar, usted concertó con mi padre...

—Sí, sí, es verdad —repuso la señora, interrumpiéndole vivamente y procurando recobrar su habitual dulzura—. No lo niego. Aquí el verdadero culpable he sido yo. Yo tengo la culpa de tu aburrimiento, de los desaires que nos haces, de todo lo desagradable que en mi casa ocurre con motivo de tu venida.

—Me alegro de que usted lo conozca.

—En cambio, tú eres un santo. ¿Será preciso también que me ponga de rodillas ante tu graciosidad y te pida perdón?...

—Señora —dijo Pepe Rey gravemente, dejando de comer—, ruego a usted que no se burle de mí de una manera tan despiadada. Yo no puedo ponerme en ese terreno... No he dicho más sino que vine a Orbajosa llamado por usted.

—Y es cierto. Tu padre y yo concertamos que te casaras con Rosario. Viniste a conocerla. Yo te acepté, desde luego, como hijo... Tú aparentaste amar a Rosario...

—Perdóneme usted —objetó Pepe—. Yo amaba y amo a Rosario; usted aparentó aceptarme por hijo; usted, recibiéndome con engañosa cordialidad, empleó desde el primer momento todas las artes de la astucia para contrariarme y estorbar el cumplimiento de las promesas hechas a mi padre; usted se propuso, desde el primer día, desesperarme, aburrirme, y con los labios llenos de sonrisas y de palabras cariñosas, me ha estado matando, achicharrándome a fuego lento; usted ha lanzado contra mí, en la oscuridad y a mansalva, un enjambre de pleitos; usted me ha destituido del cargo oficial que traje a Orbajosa; usted me ha desprestigiado en la ciudad; usted me ha expulsado de la Catedral; usted me ha tenido en constante ausencia de la escogida de mi corazón; usted ha mortificado a su hija con un encierro inquisitorial que le hará perder la vida, si Dios no pone su mano en ello.

Doña Perfecta se puso como la grana. Pero aquella viva llamarada de su orgullo ofendido y de su pensamiento descubierto, pasó rápidamente, dejándola pálida y verdosa. Sus labios temblaban. Arrojando el cubierto con que comía, se levantó de súbito. El sobrino se levantó también.

—¡Dios mío, Santa Virgen del Socorro! —exclamó la señora, llevándose ambas manos a la cabeza y comprimiéndosela con el ademán propio de la desesperación—. ¿Es posible que yo merezca tan atroces insultos? Pepe, hijo mío, ¿eres tú el que habla?... Si he hecho lo que dices, en verdad que soy muy pecadora.

Dejóse caer en el sofá y se cubrió el rostro con las manos. Pepe, acercándose lentamente a

ella, observó su angustioso sollozar y las lágrimas
que abundantemente derramaba. A pesar de su
convicción, no pudo vencer la ternura que se apo-
deró de él, y, acobardándose, sintió cierta pena
por lo mucho y fuerte que había dicho.

—Querida tía —indicó, poniéndole la mano
en el hombro—, si me contesta usted con lágrimas y suspiros, me conmoverá, pero no me convencerá. Razones y no sentimientos me hacen falta. Hábleme usted, dígame que me equivoco al
pensar lo que pienso; pruébemelo después y reco-
noceré mi error.

—Déjame. Tú no eres hijo de mi hermano.
Si lo fueras, no me insultarías como me has insultado. ¿Con que yo soy una intrigante, una come-
dianta, una arpía hipócrita, una diplomática de
enredos caseros?...

Al decir esto, la señora había descubierto
su rostro y contemplaba a su sobrino con expresión beatífica. Pepe estaba perplejo. Las lágrimas,
así como la dulce voz de la hermana de su padre,
no podían ser fenómenos insignificantes para el
alma del ingeniero. Las palabras le retozaban en
la boca para pedir perdón. Hombre de gran energía por lo común, cualquier accidente de sensibilidad, cualquier agente que obrase sobre su corazón, le trocaba de súbito en niño. Achaques de
matemático. Dicen que Newton era también así.

—Yo quiero darte las razones que pides
—dijo doña Perfecta, indicándole que se sentase
junto a ella—. Yo quiero desagraviarte. ¡Para que
veas si soy buena, si soy indulgente, si soy humilde...! ¿Crees que te contradiré, qué negaré en

absoluto los hechos de que me has acusado?...
Pues no, no los niego.

El ingeniero no volvía de su asombro.

—No los niego —prosiguió la señora—. Lo
que niego es la dañada intención que les atribu-
yes. ¿Con qué derecho te metes a juzgar lo que
no conoces sino por indicios y conjeturas? ¿Tienes tú la suprema inteligencia que se necesita
para juzgar de plano las acciones de los demás y
dar sentencia sobre ellas? ¿Eres Dios, para conocer las intenciones?

Pepe se asombró más.

—¿No es lícito emplear alguna vez en la
vida medios indirectos para conseguir un fin bueno y honrado? ¿Con qué derecho juzgas acciones
mías que no comprendes bien? Yo, querido sobrino, ostentando una sinceridad que tú no mere-
ces, te confieso que sí, que, efectivamente, me he
valido de subterfugios para conseguir un fin
bueno, para conseguir lo que al mismo tiempo era
beneficioso para ti y para mi hija... ¿No comprendes? Parece que estás lelo... ¡Ah! Tu gran entendimiento de matemático y de filósofo alemán no
es capaz de penetrar estas sutilezas de una madre
prudente.

—Es que me asombro más y más cada vez
—dijo Pepe Rey.

—Asómbrate todo lo que quieras, pero con-
fiesa tu barbaridad —manifestó la dama, aumentando en bríos—; reconoce tu ligereza y brutal
comportamiento conmigo al acusarme como lo
has hecho. Eres un mozalbete sin experiencia ni
otro saber que el de los libros, que nada enseñan
del mundo ni del corazón. Tú de nada entiendes

más que de hacer caminos y muelles. ¡Ay, señorito mío! En el corazón humano no se entra por los túneles de los ferrocarriles, ni se baja a sus hondos abismos por los pozos de las minas. No se lee en la conciencia ajena con los microscopios de los naturalistas, ni se decide la culpabilidad del prójimo nivelando las ideas con teodolito.

—¡Por Dios, querida tía!...

—¿Para qué nombras a Dios, ni no crees en él? —dijo doña Perfecta con solemne acento—. Si creyeras en él, si fueras buen cristiano, no aventurarías pérfidos juicios sobre mi conducta. Yo soy una mujer piadosa, ¿entiendes? Yo tengo mi conciencia tranquila, ¿entiendes? Yo sé lo que hago y por qué lo hago, ¿entiendes?

—Entiendo, entiendo, entiendo.

—Dios, en quien tú no crees, ve lo que tú no ves ni puedes ver: el intento. Y no te digo más; no quiero entrar en explicaciones largas, porque no lo necesito. Tampoco me entenderías si te dijera que deseaba alcanzar mi objeto sin escándalo, sin ofender a tu padre, sin ofenderte a ti, sin dar que hablar a las gentes con una negativa explícita... Nada de esto te diré, porque tampoco lo entenderás, Pepe. Eres matemático. Ves lo que tienes delante y nada más: la Naturaleza brutal y nada más; rayas, ángulos, pesos y nada más. Ves el efecto y no la causa. El que no cree en Dios no ve causas. Dios es la suprema intención del mundo. El que le desconoce, necesariamente ha de juzgar de todo como juzgas tú, a lo tonto. Por ejemplo, en la tempestad no ve más que destrucción; en el incendio, estragos; en la sequía, miseria; en los terremotos, desolación, y,

sin embargo, orgulloso señorito, en todas esas
aparentes calamidades hay que buscar la bondad
de la intención...; sí, señor, la intención siempre
buena de quien no puede hacer nada malo.

Esta embrollada, sutil y mística dialéctica
no convenció a Rey; pero no quiso seguir a su tía
por la áspera senda de tales argumentaciones, y
sencillamente dijo:

—Bueno: yo respeto las intenciones...

—Ahora que pareces reconocer tu error
—prosiguió la piadosa señora, cada vez más valiente—, te haré otra confesión, y es que voy comprendiendo que hice mal en adoptar tal sistema,
aunque mi objeto era inmejorable. Dado tu carácter arrebatado, dada tu incapacidad para com-
prenderme, debí abordar la cuestión de frente y
decirte: «Sobrino mío, no quiero que seas esposo
de mi hija.»

—Ese es el lenguaje que debió emplear
usted conmigo desde el primer día —repuso el
ingeniero, respirando con desahogo, como quien
se ve libre de enorme peso—. Agradezco mucho
a usted esas palabras. Después de ser acuchillado
en las tinieblas, ese bofetón a la luz del día me
complace mucho.

—Pues te repito el bofetón, sobrino —afirmó la señora con tanta energía como displicencia—. Ya lo sabes. No quiero que te cases con
Rosario.

Pepe calló. Hubo una larga pausa, durante
la cual los dos estuvieron mirándose atentamente,
cual si la cara de cada uno fuese para el contrario
la más perfecta obra de arte.

—¿No entiendes lo que te he dicho? —repitió ella—. Que se acabó todo, que no hay boda.

—Permítame usted, querida tía —dijo el joven con entereza—, que no me aterre con la intimación. En el estado a que han llegado las cosas, la negativa de usted es de escaso valor para mí.

—¿Qué dices? —gritó fulminantemente doña Perfecta.

—Lo que usted oye. Me casaré con Rosario.

Doña Perfecta se levantó indignada, majestuosa, terrible. Su actitud era la del anatema hecho mujer. Rey permaneció sentado, sereno, valiente, con el valor pasivo de una creencia profunda y de una resolución inquebrantable. El desplome de toda la iracundia de su tía, que le amenazaba, no le hizo pestañear. El era así.

—Eres un loco. ¡Casarte tú con mi hija, casarte tú con ella, no queriendo yo...!

Los labios trémulos de la señora articularon estas palabras con verdadero acento trágico.

—¡No queriendo usted!... Ella opina de distinto modo.

—¡No queriendo yo!... —repitió la dama—. Sí, y lo digo y lo repito: no quiero, no quiero.

—Ella y yo lo deseamos.

—Menguado, ¿acaso no hay en el mundo más que ella y tú? ¿No hay padres, no hay sociedad, no hay conciencia, no hay Dios?

—Porque hay sociedad, porque hay conciencia, porque hay Dios —afirmó gravemente Rey, levantándose y alzando el brazo y señalando al cielo—, digo y repito que me casaré con ella.

—¡Miserable, orgulloso! Y si todo lo atropellaras, ¿crees que no hay leyes para impedir tu violencia?

—Porque hay leyes, digo y repito que me casaré con ella.

—Nada respetas.

—Nada que sea indigno de respeto.

—Y mi autoridad, y mi voluntad, yo..., ¿yo no soy nada?

—Para mí su hija de usted es todo; lo demás, nada.

La entereza de Pepe Rey era como los alardes de una fuerza incontrastable, con perfecta conciencia de sí misma. Daba golpes secos, contundentes, sin atenuación de ningún género. Sus palabras parecían, si es permitida la comparación, una artillería despiadada. Doña Perfecta cayó de nuevo en el sofá; pero no lloraba, y una convulsión nerviosa agitaba sus miembros.

—¡De modo que para este ateo infame —exclamó con franca rabia— no hay conveniencias sociales, no hay nada más que un capricho! Eso es una avaricia indigna. Mi hija es rica.

—Si piensa usted herirme con esa arma sutil, tergiversando la cuestión e interpretando torcidamente mis sentimientos, para lastimar mi dignidad, se equivoca, querida tía. Llámeme usted avaro. Dios sabe lo que soy.

—No tienes dignidad.

—Esa es una opinión como otra cualquiera. El mundo podrá tenerla a usted en olor de infalibilidad: yo no. Estoy muy lejos de creer que las sentencias de usted no tengan apelación ante Dios.

—¿Pero es cierto lo que dices?... ¿Pero insistes después de mi negativa?... Tú lo atropellas todo; eres un monstruo, un bandido.

—Soy un hombre.

—¡Un miserable! Acabemos: yo te niego a mi hija, yo te la niego.

—¡Pues yo la tomaré! No tomo más que lo que es mío.

—Quítate de mi presencia —gritó la señora, levantándose de súbito—. Fatuo, ¿crees que mi hija se acuerda de ti?

—Me ama, lo mismo que yo a ella.

—¡Mentira, mentira!

—Ella misma me lo ha dicho. Dispénseme usted si en esta cuestión doy más fe a la opinión de ella que a la de su mamá.

—¿Cuándo te lo ha dicho, si no la has visto en muchos días?

—La he visto anoche, y me ha jurado ante el Cristo de la capilla que sería mi mujer.

—¡Oh, escándalo y libertinaje...! ¿Pero qué es esto? ¡Dios mío, que deshonra! —exclamó doña Perfecta, comprimiéndose otra vez con ambas manos la cabeza y dando algunos pasos por la habitación—. ¿Rosario salió anoche de su cuarto?

—Salió a verme. Ya era tiempo.

—¡Qué vil conducta la tuya! Has procedido como los ladrones, has procedido como los seductores adocenados.

—He procedido según la escuela de usted. Mi intención era buena.

—¡Y ella bajó!... ¡Ah!, lo sospechaba. Esta mañana, al amanecer, la sorprendí vestida en su cuarto. Díjome que había salido no sé a qué... El

verdadero criminal lo eres tú, tú... Esto es una
deshonra. Pepe, esperaba todo de ti, menos tan
grande ultraje... Todo acabó. Márchate. No exis-
tes para mí. Te perdono con tal de que te vayas...
No diré una palabra de esto a tu padre... ¡Qué
horrible egoísmo! No, no hay amor en ti. ¡Tú no
amas a mi hija!

—Dios sabe que la adoro, y esto me basta.

—No pongas a Dios en tus labios, blasfemo,
y calla —exclamó doña Perfecta—. En nombre de
Dios, a quien puedo invocar, porque creo en El,
te digo que mi hija no será jamás tu mujer. Mi
hija se salvará, Pepe: mi hija no puede ser condenada en vida al infierno, porque infierno es la
unión contigo.

—Rosario será mi esposa —repitió el matemático con patética calma.

Irritábase más la piadosa señora con la
energía serena de su sobrino. Con voz entrecor-
tada habló así:

—No creas que me amedrentan tus amenazas. Sé lo que digo. Pues qué, ¿se puede atropellar un hogar, una familia; se puede atropellar la
autoridad humana y divina?

—Yo atropellaré todo —dijo el ingeniero,
empezando a perder su calma y expresándose con
alguna agitación.

—¡Lo atropellarás todo! ¡Ah!, bien se ve
que eres un bárbaro, un salvaje, un hombre que
vive de la violencia.

—No, querida tía. Soy manso, recto, honrado y enemigo de la violencia; pero entre usted
y yo; entre usted, que es la ley, y yo, que soy el
destinado a acatarla, está una pobre criatura ator-

mentada, un ángel de Dios sujeto a inicuos marti-
rios. Este espectáculo, esta injusticia, esta violencia inaudita es la que convierte mi rectitud en
barbarie, mi razón en fuerza, mi honradez en violencia parecida a la de los asesinos y ladrones;
este espectáculo, señora mía, es lo que me impulsa a no respetar la ley de usted, lo que me
impulsa a pasar sobre ella, atropellándolo todo.
Esto, que parece un desatino, es una ley ineludible.
Hago lo que hacen las sociedades cuando una brutalidad tan ilógica como irritante se opone a su
marcha. Pasan por encima, y todo lo destrozan
con feroz acometida. Tal soy yo en este momento;
yo mismo no me conozco. Era razonable, y soy un
bruto; era respetuoso, y soy insolente; era culto,
y me encuentro salvaje. Usted me ha traído a este
horrible extremo, irritándome y apartándome del
camino del bien, por donde tranquilamente iba.
¿De quién es la culpa, mía o de usted?

—¡Tuya, tuya!

—Ni usted ni yo podemos resolverlo. Creo
que ambos carecemos de razón. En usted, violencia e injusticia; en mí, injusticia y violencia. Hemos venido a ser tan bárbaro el uno como el otro,
y luchamos y nos herimos sin compasión. Dios
lo permite así. Mi sangre caerá sobre la conciencia de usted; la de usted caerá sobre la mía. Basta
ya, señora. No quiero molestar a usted con palabras inútiles. Ahora entraremos en los hechos.

—¡En los hechos, bien! —dijo doña Perfecta, más bien rugiendo que hablando—. No creas
que en Orbajosa falta Guardia civil.

—Adiós, señora. Me retiro de esta casa.
Creo que volveremos a vernos.

—Vete, vete, vete ya —gritó ella señalando la puerta con enérgico ademán.

Pepe Rey salió. Doña Perfecta, después de pronunciar algunas palabras incoherentes que eran la más clara expresión de su ira, cayó en un sillón con muestras de cansancio o de ataque nervioso. Acudieron las criadas.

—¡Que vayan a llamar al señor don Inocencio! —gritó—. ¡Al instante!... ¡Pronto!... ¡Que venga!... —Después mordió el pañuelo.

A<small>L</small> día siguiente de esta disputa lamentable corrieron por toda Orbajosa de casa en casa, de círculo en círculo, desde el Casino a la botica y desde el paseo de las Descalzas a la puerta de Baidejos, rumores varios sobre Pepe Rey y su conducta. Todo el mundo los repetía, y los comentarios iban siendo tantos, que si don Cayetano los recogiese y compilase, formaría con ellos un rico *Thesaurum* de la benevolencia orbajosense. En medio de la diversidad de especies que corrían, había conformidad en algunos puntos culminantes, uno de los cuales era el siguiente:

Que el ingeniero, enfurecido porque doña Perfecta se negaba a casar a Rosario con un ateo, había *alzado la mano* a su tía.

Estaba viviendo el joven en la posada de la viuda de Cuzco, establecimiento *montado*, como ahora se dice, no a la altura, sino a la bajeza de los más primorosos atrasos del país. Visitábale con frecuencia el teniente coronel Pinzón, a fin de ponerse de acuerdo en la intriga que tramaban, y para cuyo eficaz desempeño mostraba el soldado felices disposiciones. Ideaba a cada instante nuevas travesuras y artimañas, apresurándose a llevarlas del pensamiento a la obra con excelente humor, si bien solía decir a su amigo:

—El papel que estoy haciendo, querido Pepe, no se debe contar entre los más airosos; pero por dar un disgusto a Orbajosa y su gente andaría yo a cuatro pies.

No sabemos qué sutiles trazas empleó el ladino militar, maestro en ardides del mundo; pero lo cierto es que a los tres días de alojamiento había logrado hacerse muy simpático en la casa. Agradaba su trato a doña Perfecta, que no podía oír sin emoción sus zalameras alabanzas de la grandeza, piedad y magnificencia augusta de la señora. Con don Inocencio estaba a partir un confite. Ni la madre ni el penitenciario le estorbaban que hablase a Rosario (a quien se dio libertad después de la ausencia del feroz primo); y con sus cortesanías alambicadas, su hábil lisonja y destreza suma, adquirió en la casa de Polentinos auge y hasta familiaridad. Pero el objeto de todas sus artes era una doncella, que tenía por nombre Librada, a quien sedujo (castamente hablando) para que transportase recados y cartitas a Rosario, fingiéndose enamorado de ésta. No resistió la muchacha al soborno, realizado con bonitas palabras y mucho dinero, porque ignoraba la procedencia de las esquelas y el verdadero sentido de tales líos, pues si llegara a entender que todo era una nueva diablura de don José, aunque éste le gustaba mucho, no hiciera traición a su señora por todo el dinero del mundo.

Estaban un día en la huerta doña Perfecta, don Inocencio, Jacinto y Pinzón. Hablóse de la tropa y de la misión que a Orbajosa traía, hallando coyuntura el señor penitenciario de condenar la tiránica conducta del Gobierno, y, sin saber cómo, nombraron a Pepe Rey.

—Todavía está en la posada —dijo el abogadillo—. Le he visto ayer, y me ha dado memorias para usted, doña Perfecta.

—¿Hase visto mayor insolencia?... ¡Ah! Señor Pinzón, no extrañe usted que emplee este lenguaje, tratándose de un sobrino carnal... Ya sabe usted... Aquel caballerito que se aposentaba en el cuarto que usted ocupa.

—¡Sí, ya lo sé! No le trato; pero le conozco de vista y de fama. Es amigo íntimo de nuestro brigadier.

—¿Amigo íntimo del brigadier?

—Sí, señora; del que manda la brigada que ha venido a este país, y que se ha repartido entre diferentes pueblos.

—¿Y dónde está? —preguntó la dama.

—En Orbajosa.

—Creo que se aposenta en casa de Polavieja —indicó Jacinto.

—Su sobrino de usted —continuó Pinzón— y el brigadier Batalla son íntimos amigos; se quieren entrañablemente, y a todas horas se les ve juntos por las calles del pueblo.

—Pues, amiguito, mala idea formo de ese señor jefe —repuso doña Perfecta.

—Es un..., es un infeliz —dijo Pinzón en el tono propio de quien por respeto no se atreve a aplicar una calificación dura.

—Mejorando lo presente, señor Pinzón, y haciendo una salvedad honrosísima en honor de usted —afirmó la señora—, no puede negarse que en el Ejército español hay cada tipo...

—Nuestro brigadier era un excelente militar antes de darse al espiritismo...

—¡Al espiritismo!

—¡Esa secta que llama a los fantasmas y duendes por medio de las patas de las mesas!... —exclamó el canónigo riendo.

—Por curiosidad, sólo por curiosidad —dijo Jacinto con énfasis—, he encargado a Madrid la obra de Allan Kardec. Bueno es enterarse de todo.

—¿Pero es posible que tales disparates...? ¡Jesús! Dígame usted, Pinzón: ¿mi sobrino también es de esa secta de pie de banco?

—Me parece que él fue quien catequizó a nuestro bravo brigadier Batalla.

—¡Pero, Jesús!

—Eso es; y cuando se le antoje —observó don Inocencio, sin poder contener la risa— hablará con Sócrates, San Pablo, Cervantes y Descartes, como hablo yo ahora con Librada para pedirle un fosforito. ¡Pobre señor de Rey! Bien dije yo que aquella cabeza no estaba buena.

—Por lo demás —continuó Pinzón—, nuestro brigadier es un buen militar. Si de algo peca, es de excesivamente duro. Toma tan al pie de la letra las órdenes del Gobierno, que si le contrarían mucho aquí, será capaz de no dejar piedra

sobre piedra en Orbajosa. Sí, les prevengo a ustedes que estén con cuidado.

—Pero ese monstruo nos va a cortar la
cabeza a todos. ¡Ay!, señor don Inocencio, estas
visitas de la tropa me recuerdan lo que he leído
en la vida de los mártires, cuando se presentaba
un procónsul romano en un pueblo de cristianos...

—No deja de ser exacta la comparación
—dijo el penitenciario, mirando al militar por
encima de las gafas.

—Es un poco triste; pero siendo verdad,
debe decirse —manifestó Pinzón con benevolencia—. Ahora, señores míos, están ustedes a merced de nosotros.

—Las autoridades del país —objetó Jacinto— funcionan aún perfectamente.

—Creo que se equivoca usted —repuso el
soldado, cuya fisonomía observaban con profundo
interés la señora y el penitenciario—. Hace una
hora ha sido destituido el alcalde de Orbajosa.

—¿Por el gobernador de la provincia?

—El gobernador ha sido destituido por un
delegado del Gobierno, que debió llegar esta mañana. Los Ayuntamientos todos cesarán hoy. Así
lo ha mandado el ministro, porque temía, no sé
con qué motivo, que no prestaban apoyo a la
autoridad central.

—Bien, bien estamos —murmuró el canónigo, frunciendo el ceño y echando adelante el
labio inferior.

Doña Perfecta meditaba.

—También han sido quitados algunos jueces de primera instancia, entre ellos el de Orbajosa.

—¡El juez! ¡Periquito!... ¡Ya no es juez Periquito! —exclamó doña Perfecta con voz y gesto semejantes a los de las personas que tienen la desgracia de ser picadas por una víbora.

—Ya no es juez de Orbajosa el que lo era —dijo Pinzón—. Mañana vendrá el nuevo.

—¡Un desconocido!

—¡Un desconocido!

—Un tunante, quizá... ¡El otro era tan honrado...! —dijo la señora con zozobra—. Jamás le pedí cosa alguna que al punto no me concediera. ¿Sabe usted quién será el alcalde nuevo?

—Dicen que viene un corregidor.

—Vamos, diga usted de una vez que viene el diluvio, y acabaremos —manifestó el canónigo, levantándose.

—¿De modo que estamos a merced del señor brigadier?

—Por algunos días, ni más ni menos. No se enfaden ustedes conmigo. A pesar de mi uniforme, soy enemigo del militarismo; pero nos mandan pegar... y pegamos. No puede haber oficio más canalla que el nuestro.

—Sí que lo es, sí que lo es —dijo la señora, disimulando mal su furor—. Ya que usted lo ha confesado... Con que ni alcalde ni juez...

—Ni gobernador de la provincia.

—Que nos quiten también al señor obispo y nos manden un monaguillo en su lugar.

—Es lo que falta... Si aquí les dejan —murmuró don Inocencio, bajando los ojos—, no se pararán en pelillos.

—Y todo es porque se teme el levantamiento de partidas en Orbajosa —indicó la señora, cruzando las manos y agitándolas de arriba abajo, desde la barba a las rodillas—. Francamente, Pinzón, no sé cómo no se levantan hasta las piedras. No le deseo mal ninguno a usted; pero lo justo sería que el agua que beben se les convirtiera en lodo... ¿Dijo usted que mi sobrino es íntimo amigo del brigadier?

—Tan íntimo, que no se separan en todo el día; fueron compañeros de colegio. Batalla le quiere como un hermano y le complace en todo. En su lugar de usted, señora, yo no estaría tranquilo.

—¡Oh! ¡Dios mío! ¡Temo un atropello!... —exclamó ella muy desasosegada.

—Señora —afirmó el canónigo con energía—, antes que consentir un atropello en esta honrada casa; antes que consentir que se hiciera el menor vejamen a esta nobilísima familia, yo..., mi sobrino..., los vecinos todos de Orbajosa...

Don Inocencio no concluyó. Su cólera era tan viva, que se trababan las palabras en la boca. Dio algunos pasos marciales, y después se volvió a sentar.

—Me parece que no son vanos esos temores —dijo Pinzón—. En caso necesario, yo...

—Y yo... —repitió Jacinto.

Doña Perfecta había fijado los ojos en la puerta vidriera del comedor, tras la cual dejóse ver una graciosa figura. Mirándola, parecía que en el semblante de la señora se ennegrecían más las sombrías nubes del temor.

—Rosario, pasa aquí, Rosario —dijo, saliendo a su encuentro—. Se me figura que tienes hoy mejor cara y estás más alegre, sí... ¿No les parece a ustedes que Rosario tiene mejor cara? ¡Si parece otra!

Todos convinieron en que tenía retratada en su semblante la más viva felicidad.

Por aquellos días publicaron los periódicos de Madrid las siguientes noticias:

«No es cierto que en los alrededores de Orbajosa se haya levantado partida alguna. Nos escriben de aquella localidad que el país está tan poco dispuesto a aventuras, que se considera inútil en aquel punto la presencia de la brigada Batalla.»

«Dícese que la brigada Batalla saldrá de Orbajosa, porque no hacen falta allí fuerzas del Ejército, e irá a Villajuán de Nahara, donde han aparecido algunas partidas.»

«Ya es seguro que los Aceros recorren con algunos jinetes el término de Villajuán, próximo al distrito judicial de Orbajosa. El gobernador de la provincia de X... ha telegrafiado al Gobierno diciendo que Francisco Acero entró en las Roquetas, donde cobró un semestre y pidió raciones. Domingo Acero (*Faltriquera*) vagaba por la sierra del Jubileo, activamente perseguido por la Guardia civil, que le mató un hombre y aprehendió a otro. Bartolomé Acero fue el que quemó el Registro Civil de Lugarnoble, llevándose en rehenes al alcalde y a dos de los principales propietarios.»

«En Orbajosa reina tranquilidad completa, según carta que tenemos a la vista, y allí no piensan más que en trabajar el campo para la próxima cosecha de ajos, que promete ser magnífica. Los distritos inmediatos sí están infectados de partidas; pero la brigada Batalla dará buena cuenta de ellas.»

En efecto: Orbajosa estaba tranquila. Los Aceros, aquella dinastía guerrera, merecedora, según algunas gentes, de figurar en el *Romancero*, había tomado por su cuenta la provincia cercana; pero la insurrección no cundía en el término de la ciudad episcopal. Creeríase que la cultura moderna había, al fin, vencido en su lucha con las levantiscas costumbres de la gran behetría, y que ésta saboreaba las delicias de una paz duradera. Y esto es tan cierto, que el mismo Caballuco, una de las figuras más caracterizadas de la rebeldía histórica de Orbajosa, decía claramente a todo el mundo que él no quería *reñir con el Gobierno* ni *meterse en danzas* que podían costarle caras.

Dígase lo que se quiera, el arrebatado carácter de Ramos había tomado asiento con los años, enfriándose un poco la fogosidad que con la existencia recibiera de los Caballucos padres y abuelos, la mejor casta de cabecillas que ha asolado la tierra. Cuéntase, además, que por aquellos días el nuevo gobernador de la provincia *celebró una conferencia* con este importante personaje, *oyendo de sus labios las mayores seguridades* de contribuir al reposo público y evitar toda ocasión de disturbios. Aseguran fieles testigos que se le veía en amor y compaña con los militares, partiendo un piñón con éste o el otro sargento en la taberna, y hasta se dijo que le iban a dar un buen destino en el Ayuntamiento de la capital de la provincia. ¡Oh! ¡Cuán difícil es para el historiador que presume de imparcial depurar la verdad en esto de las opiniones y pensamientos de los insignes personajes que han llenado el mundo con su nombre! No sabe uno a qué atenerse, y la falta de datos ciertos da origen a lamentables equivocaciones. En presencia de hechos tan culminantes como la jornada de Brumario, como el saco de Roma por Borbón, como la ruina de Jerusalén, ¿qué psicólogo ni qué historiador podrá determinar los pensamientos de los que les precedieron o les siguieron en la cabeza de Bonaparte, Carlos V y Tito? ¡Responsabilidad inmensa la nuestra! Para librarnos, en parte, de ella, refiramos palabras, frases y aun discursos del mismo emperador orbajosense, y de este modo cada cual formará la opinión que le parezca más acertada.

No cabe duda alguna de que Cristóbal Ramos salió, ya anochecido, de su casa, y, atravesando por la calle del Condestable, vio tres labriegos que en sendas mulas venían en dirección contraria a la suya; y preguntándoles que adónde caminaban, repusieron que a la casa de la señora doña Perfecta para llevarle varias primicias de frutos de las huertas y algún dinero de las rentas vencidas. Eran el señor Pasolargo, un mozo a quien llamaban Frasquito González, y el tercero, de mediana edad y recia complexión, recibía el nombre de Vejarruco, aunque el suyo verdadero era José Esteban Romero. Volvió atrás Caballuco, solicitado por la buena compañía de aquella gente, con quien tenía franca y antigua amistad, y entró con ellos en casa de la señora. Esto ocurría, según los más verosímiles datos, al anochecer, y dos días después de aquel en que doña Perfecta y Pinzón hablaron lo que en el anterior capítulo ha podido ver quien lo ha leído. Entretúvose el gran Ramos dando a Librada ciertos recados de poca importancia que una vecina confiara a su buena memoria; y cuando entró en el comedor, ya los tres labriegos antes mencionados y el señor Licurgo, que asimismo, por singular coincidencia, estaba presente, habían entablado conversación sobre asuntos de la cosecha y de la casa. La señora tenía un humor endiablado; a todo ponía faltas, y reprendíales ásperamente por la sequía del cielo y la infecundidad de la tierra, fenómenos de que ellos, los pobrecitos, no tenían culpa. Presenciaba la escena el señor penitenciario. Cuando entró Caballuco, saludóle afectuosamente el buen canónigo, señalándole un asiento a su lado.

—Aquí está el personaje —dijo la señora con desdén—. ¡Parece mentira que se hable tanto de un hombre de tan poco valer! Dime, Caballuco, ¿es verdad que te han dado de bofetadas unos soldados esta mañana?

—¡A mí! ¡A mí! —dijo el Centauro, levantándose indignado, cual si recibiera el más grosero insulto.

—Así lo han dicho —añadió la señora—. ¿No es verdad? Yo le creí, porque quien en tan poco se tiene… Te escupirán, y tú te creerás honrado con la saliva de los militares.

—¡Señora! —vociferó Ramos con energía—. Salvo el respeto que debo a usted, que es mi madre, más que mi madre, mi señora, mi reina…, pues digo que salvo el respeto que deba a la persona que me ha dado todo lo que tengo…, salvo el respeto…

—¿Qué?… Parece que vas a decir mucho y no dices nada.

—Pues digo que, salvo el respeto, eso de la bofetada es una calumnia —añadió, expresándose con extraordinaria dificultad—. Todos hablan de mí; que si entro o salgo, que si voy, que si vengo… Y todo ¿por qué? Porque quieren tomarme por figurón para que revuelva el país. Bien está Pedro en su casa, señoras y caballeros. ¿Que ha venido la tropa?… Malo es: ¿pero qué le vamos a hacer?… ¿Que han quitado al alcalde, y al secretario y al juez?… Malo es: yo quisiera que se levantaran contra ellos las piedras de Orbajosa; pero di mi palabra al gobernador, y hasta ahora yo…

Rascose la cabeza, frunció el adusto ceño, y, con lengua cada vez más torpe, prosiguió así:

—Yo seré bruto, pesado, ignorante, querencioso, testarudo y todo lo que quieran; pero a caballero no me gana nadie.

—Lástima de Cid Campeador —dijo con el mayor desprecio doña Perfecta—. ¿No cree usted, como yo, señor penitenciario, que en Orbajosa no hay ya un solo hombre que tenga vergüenza?

—Grave opinión es ésa —repuso el capitular, sin mirar a su amiga ni apartar de su barba la mano en que apoyaba el meditabundo rostro—. Pero se me figura que este vecindario ha aceptado con excesiva sumisión el pesado yugo del militarismo.

Licurgo y los tres labradores reían con toda su alma.

—Cuando los soldados y las autoridades nuevas —dijo la señora— nos hayan llevado el último real, después de deshonrado el pueblo, enviaremos a Madrid, en una urna de cristal, a todos los valientes de Orbajosa para que los pongan en el Museo o les enseñen por las calles.

—¡Viva la señora! —exclamó con vivo ademán el que llamaban Vejarruco—. Lo que ha parlado es como el oro. No se dirá que por mí no hay valientes, pues no estoy con los Aceros por aquello de que tiene uno tres hijos y mujer, y puede suceder cualquier estropicio; que si no...

—¿Pero tú no has dado tu palabra al gobernador? —le preguntó la señora.

—¿Al gobernador? —exclamó el nombrado Frasquito González—. No hay en todo el país tunante que más merezca un tiro. Gobernador y Gobierno, todos son lo mismo. El cura nos predicó el domingo tantas cosas altisonantes sobre las herejías y ofensas a la religión que hacen en Madrid... ¡Oh!, había que oírle... Al fin dio muchos gritos en el púlpito, diciendo que la religión ya no tenía defensores.

—Aquí está el gran Cristóbal Ramos —dijo la señora, dando fuerte palmada en el hombro del Centauro—. Monta a caballo; se pasea en la plaza y en el camino real, para llamar la atención de los soldados; venle éstos, se espantan de la fiera catadura del héroe y echan todos a correr muertos de miedo.

La señora terminó su frase con una risa exagerada, que se hacía más chocante por el profundo silencio de los que la oían. Caballuco estaba pálido.

—Señor Pasolargo —continuó la dama, poniéndose seria—, esta noche, mándeme acá a su hijo Bartolomé para que se quede aquí. Necesito tener buena gente en casa; y aun así, bien podrá suceder que el mejor día amanezcamos mi hija y yo asesinadas.

—¡Señora! —exclamaron todos.

—¡Señora! —gritó Caballuco, levantándose—. ¿Eso es broma, o qué es?

—Señor Vejarruco, señor Pasolargo —continuó la señora, sin mirar al bravo de la localidad—; no estoy segura en mi casa. Ningún vecino de Orbajosa lo está, y menos yo. Vivo con el alma en un hilo. No puedo pegar los ojos en toda la noche.

—Pero ¿quién, quién se atreverá...?

—Vamos —dijo Licurgo con ardor—, que yo, viejo y enfermo, seré capaz de batirme con todo el Ejército español si tocan el pelo de la ropa a la señora...

—Con el señor Caballuco —observó Frasquito González—, basta y sobra.

—¡Oh!, no —repuso doña Perfecta con cruel sarcasmo—. ¿No ven ustedes que Ramos ha dado su palabra al gobernador...?

Caballuco volvió a sentarse, y poniendo una pierna sobre otra, cruzó las manos sobre ellas.

—Me basta un cobarde —añadió implacablemente el ama—, con tal que no haya dado palabras. Quizá pase yo por el trance de ver asaltada mi casa, de ver que me arrancan de los brazos a mi querida hija, de verme atropellada e insultada del modo más infame...

No pudo continuar. La voz se ahogó en su garganta y rompió a llorar desconsoladamente.

—¡Señora, por Dios, cálmese usted!... Vamos..., no hay motivo todavía... —dijo precipitadamente y con semblante y voz de aflicción suma don Inocencio—. También es preciso un poquito de resignación para soportar las calamidades que Dios nos envía.

—Pero ¿quien..., señora? ¿Quién se atreverá a tales vituperios? —preguntó uno de los cuatro.

—Orbajosa entera se pondría sobre un pie para defender a la señora.

—Pero ¿quién, quién? —repitieron todos.

—Vaya, no la molesten ustedes con preguntas importunas —dijo con oficiosidad el penitenciario—. Pueden retirarse.

—No, no, que se queden manifestó vivamente la señora, secando sus lágrimas—. La compañía de mis buenos servidores es para mí un gran consuelo.

—¡Maldita sea mi casta! —dijo el tío Lucas, dándose un puñetazo en la rodilla—, si todos estos gatuperios no son obra del mismísimo sobrino de la señora.

—¿Del hijo de don Juan Rey?

—Desde que le vi en la estación de Villahorrenda y me habló con su voz melosilla y sus mimos de hombre cortesano —manifestó Licurgo—, le tuve por un grandísimo... No quiero acabar por respeto a la señora...; pero yo le conocía..., le señalé desde aquel día, y no me equivoco, no. Se muy bien, como dijo el otro, que por el hilo se saca el ovillo, por la muestra se conoce el paño, y por la uña, el león.

—No se hable mal en mi presencia de ese desdichado joven —dijo la de Polentinos severamente—. Por grandes que sean sus faltas, la caridad nos prohibe hablar de ellas y darles publicidad.

—Pero la caridad —manifestó don Inocencio con cierta energía—, no nos impide precavernos contra los malos, y de eso se trata. Ya que han decaído tanto los caracteres y el valor en la desdichada Orbajosa; ya que este pueblo parece dispuesto a poner la cara para que escupan en ella cuatro soldados y un cabo, busquemos alguna defensa uniéndonos.

—Yo me defenderé como pueda —dijo con resignación y cruzando las manos doña Perfecta—. ¡Hágase la voluntad del Señor!

—Tanto ruido para nada... ¡Por vida de...! ¡En esta casa son de la piel del miedo!... —exclamó Caballuco, entre serio y festivo—. No parece sino que el tal don Pepito es una *región* —léase legión— de demonios. No se asuste usted, señora mía. Mi sobrinillo Juan, que tiene trece años, guardará la casa, y veremos, sobrino por sobrino, quien puede más.

—Ya sabemos todos lo que significan tus guapezas y valentías —replicó la dama—. ¡Pobre Ramos; quieres echártela de bravucón, cuando ya se ha visto que no vales para nada!

Ramos palideció ligeramente, fijando en la señora una mirada singular en que se confundían el espanto y el respeto.

—Sí, hombre, no me mires así. Ya sabes que no me asusto de fantasmones. ¿Quieres que te hable de una vez con claridad? Pues eres un cobarde.

Ramos, moviéndose como el que tiene por diversas partes de su cuerpo molestas picazones, demostraba gran desasosiego. Su nariz expelía y recogía el aire como la de un caballo. Dentro de aquel corpachón combatía consigo mismo por echarse fuera, rugiendo y destrozando, una tormenta, una pasión, una barbaridad. Después de modular a medias algunas palabras, mascando otras, levantóse y bramó de esta manera:

—¡Le cortaré la cabeza al señor Rey!

—¡Qué desatino! Eres tan bruto como cobarde —dijo palideciendo—. ¿Qué hablas ahí de matar, si yo no quiero que maten a nadie, y mucho menos a mi sobrino, persona a quien amo a pesar de sus maldades?

—¡El homicidio! ¡Qué atrocidad! —exclamó el señor don Inocencio, escandalizado—. Ese hombre está loco.

—¡Matar!... La idea tan sólo de un homicidio me horroriza, Caballuco —dijo la señora, cerrando los dulces ojos—. ¡Pobre hombre! Desde que has querido mostrar valentía, has aullado como un lobo carnicero. Vete de aquí, Ramos; me causas espanto.

—¿No dice la señora que tiene miedo? ¿No dice que atropellarán la casa, que robarán a la niña?

—Sí, lo temo.

—Y eso ha de hacerlo un solo hombre —indicó Ramos con desprecio, volviendo a sentarse—. Eso lo ha de hacer don Pepe Poquita Cosa con sus matemáticas. Hice mal en decir que le rebanaría el pescuezo. A un muñeco de ese estambre se le coge de una oreja y se le echa de remojo en el río.

—Sí, ríete ahora, bestia. No es mi sobrino solo quien ha de cometer todos esos desafueros que has mencionado y que yo temo, pues si fuese él no le temería. Con mandar a Librada que se ponga en la puerta con una escoba... bastaría... No es él solo, no.

—¿Pues quién...?

—Hazte el borrico. ¿No sabes tú que mi sobrino y el brigadier que manda esa condenada tropa se han confabulado...?

—¡Confabulado! —exclamó Caballuco, demostrando no entender la palabra.

—*Que están de compinche* —dijo Licurgo—. *Fabulearse* quiere decir *estar de compinche*. Ya me barruntaba yo lo que dice la señora.

—Todo se reduce a que el brigadier y los oficiales son uña y carne de don José, y lo que él quiera lo quieren esos soldadotes, y esos soldadotes harán toda clase de atropellos y barbaridades, porque ese es su oficio.

—Y no tenemos alcalde que nos ampare.

—Ni juez.

—Ni gobernador. Es decir, que estamos a merced de esa infame gentuza.

—Ayer —dijo Vejarruco—, unos soldados se llevaron engañada a la hija más chica del tío Julián, y la pobre no se atrevió a volver a su casa; mas la encontraron llorando y descalza junto a la fuentecilla vieja, recogiendo los pedazos de la cántara rota.

—¡Pobre don Gregorio Palomeque, el escribano de Naharilla Alta! —dijo Frasquito—. Estos pillos le robaron todo el dinero que tenía en su casa. Pero el brigadier, cuando se lo contaron, contestó que era mentira.

—Tiranos, más tiranos no nacieron de madre —manifestó el otro—. ¡Cuando digo que por punto no estoy con los Aceros…!

—¿Y qué se sabe de Francisco Acero? —preguntó, mansamente, doña Perfecta—. Sentiría que le ocurriera algún percance. Dígame usted, don Inocencio: ¿Francisco Acero no nació en Orbajosa?

—No; él y su hermano son de Villajuán.

—Lo siento por Orbajosa —dijo doña Perfecta—. Esta pobre ciudad ha entrado en desgracia. ¿Sabe usted si Francisco Acero dió palabra al gobernador de no molestar a los pobres soldaditos en sus robos de doncellas, en sus sacrilegios, en sus infames felonías?

Caballuco dio un salto. Ya no se sentía punzado, sino herido por atroz sablazo. Encendido el rostro y con los ojos llenos de fuego, gritó de este modo:

—¡Yo di mi palabra al gobernador porque el gobernador me dijo que venían con buen fin!

—Bárbaro, no grites. Habla como la gente, y te escucharemos.

—Le prometí que ni yo ni ninguno de mis amigos levantaríamos partidas en tierra de Orbajosa... A todo el que ha querido salir porque le retozaba la guerra en el cuerpo, le he dicho: «Vete con los Aceros, que aquí no nos movemos...» pero tengo mucha gente honrada, sí, señora; y buena, sí, señora; y valiente, sí, señora, que está desperdigada por los caseríos y las aldeas, por arrabales y montes, cada uno en su casa, ¿eh? Y en cuanto yo les diga la mitad de media palabra, ¿eh? Ya están todos descolgando las escopetas, ¿eh?, y echando a correr a caballo o a pie para ir adonde yo les mande... Y no me anden con gramáticas, que si yo di mi palabra, fue porque la di, y si no salgo es porque no quiero salir, y si quiero que haya partidas, las habrá, y si no quiero, no; porque yo soy quien soy, el mismo hombre de siempre, bien lo saben todo... Y digo otra vez que no vengan con gramáticas, ¿estamos...?, y que no me digan las cosas al revés, ¿estamos...? Y si quieren que salga, me lo declaren con toda la boca abierta, ¿estamos? Porque para eso nos ha dado Dios la lengua: para decir esto y aquello. Bien sabe la señora quién soy, así como bien sé yo que le debo la camisa que me pongo, y el pan que como hoy, y el primer garbanzo que chupé cuando me despecharon, y la caja en que enterraron a mi padre cuando murió, y las medicinas y el médico que me sanaron cuando estuve enfermo, y bien sabe la señora que si ella me dice: «Caballuco rómpete la cabeza», voy a aquel rincón y contra la pared me la rompo; bien sabe la señora que si ahora dice ella que es de día, yo, aunque vea la noche, creeré que me equivoco y que es claro día; bien sabe la señora que ella y su hacienda son antes que mi vida, y que si delante de mí la pica un mosquito, le perdono porque es mosquito; bien sabe la señora que la quiero más que a cuanto hay debajo del sol... A un hombre de tanto corazón se le dice: «Caballuco, so animal; haz esto o lo otro»; y basta de *ritólicas*, basta de mete y saca de palabrejas y sermoncillos al revés y pincha por aquí y pellizca por allá.

—Vamos, hombre, sosiégate —dijo doña Perfecta con bondad—. Te has sofocado como aquellos oradores republicanos que venían a predicar aquí la religión libre, el amor libre y no sé cuántas cosas libres... Que te traigan un vaso de agua.

Caballuco hizo con el pañuelo una especie de rodilla, apretado envoltorio o más bien pelota, y se lo pasó por la ancha frente y cogote, para limpiarse ambas partes, cubiertas de sudor. Trajéronle un vaso de agua, y el señor canónigo, con una mansedumbre que cuadraba perfectamente a su carácter sacerdotal, lo tomó de las manos de la criada para presentárselo y sostener el plato mientras bebía. El agua se escurría por el gaznate de Caballuco, produciendo un claqueteo sonoro.

—Ahora tráeme otro a mí, Libradita —dijo don Inocencio—. También tengo un poco de fuego dentro.

RESPECTO a lo de las partidas —dijo doña Perfecta cuando concluyeron de beber— sólo te digo que hagas lo que tu conciencia te dicte.

—Yo no entiendo de dictados —gritó Ramos—. Haré lo que sea del gusto de la señora.

—Pues yo no te aconsejaré nada en asunto tan grave —repuso ella con la circunspección y comedimiento que tan bien le sentaban—. Eso es muy grave, gravísimo y yo no puedo aconsejarte nada.

—Pero el parecer de usted...

—Mi parecer es que abras los ojos y veas, que abras los oídos y oigas... Consulta tu corazón... Yo te concedo que tienes un gran corazón... Consulta a ese juez, a ese consejero que tanto sabe, y haz lo que él te mande.

Caballuco meditó, pensó todo lo que puede pensar una espada.

—Los de Naharilla Alta —dijo Vejarruco— nos contamos ayer y éramos trece, propios para cualquier cosita mayor... Pero como temíamos que la señora se enfadara, no hicimos nada. Es tiempo ya de trasquilar.

—No te preocupes de la trasquila —dijo la señora—. Tiempo hay. No se dejará de hacer por eso.

—Mis dos muchachos —manifestó Licurgo— riñeron ayer el uno con el otro, porque uno quería irse con Francisco Acero y el otro no. Yo les dije: «Despacio, hijos míos, que todo se andará. Esperad, que tan buen pan hacen aquí como en Francia.»

—Anoche me dijo Roque Pelosmalos —manifestó el tío Pasolargo— que en cuanto el señor Ramos dijera tanto así ya estaban todos con las armas en la mano. ¡Qué lástima que los dos hermanos Burguillos se hayan ido a labrar las tierras de Lugarnoble!

—Vaya usted a buscarlos —dijo el ama vivamente—. Lucas, proporciónele usted un caballo al tío Pasolargo.

—Yo, si la señora me lo manda, y el señor Ramos también —dijo Frasquito González—, iré a Villahorrenda a ver si Robustiano, el guarda de montes, y su hermano Pedro, quieren también...

—Me parece buena idea. Robustiano no se atreve a venir a Orbajosa porque me debe un piquillo. Puedes decirle que le perdono los seis duros y medio... Esta pobre gente, que tan generosamente sabe sacrificarse por una buena idea, se contenta con tan poco... ¿No es verdad, señor don Inocencio?

—Aquí, nuestro buen Ramos —repuso el canónigo— me dice que sus amigos están descontentos con él por su tibieza; pero en cuanto le vean determinado se pondrán todos la canana al cinto.

—Pero qué, ¿estás determinado a echarte a la calle? —dijo a Ramos la señora—. No te he aconsejado yo tal cosa, y si lo haces es por tu voluntad. Tampoco el señor don Inocencio te habrá dicho una palabra en este sentido. Pero cuando tú lo decides así, razones muy poderosas tendrás... Dime, Cristóbal: ¿quieres cenar? ¿Quieres tomar algo?... Con franqueza...

—En cuanto a que yo aconseje al señor Ramos que se eche al campo— dijo don Inocencio, mirando por encima de los cristales de sus anteojos—, razón tiene la señora. Yo, como sacerdote, no puedo aconsejar tal cosa. Sé que algunos lo hacen, y aun toman las armas; pero esto me parece impropio, muy impropio, y no seré yo quien los imite. Llevo mis escrúpulos hasta el extremo de no decir una palabra al señor Ramos sobre la peliaguda cuestión de su levantamiento en armas. Yo sé que Orbajosa lo desea; sé que le bendecirán todos los habitantes de esta noble ciudad; sé que vamos a tener aquí hazañas dignas de pasar a la Historia; pero, sin embargo, permítaseme un discreto silencio.

—Está muy bien dicho— añadió doña Perfecta—. No me gusta que los sacerdotes se mezclen en tales asuntos. Un clérigo ilustrado debe conducirse de este modo. Bien sabemos que en circunstancias solemnes y graves, por ejemplo, cuando peligran la patria y la fe, están los sacerdotes en su terreno incitando a los hombres a la lucha y aun figurando en ella. Pues que Dios mismo ha tomado parte en célebres batallas, bajo la forma de ángeles o santos, bien pueden sus ministros hacerlo. Durante la guerra contra los infieles, ¿cuántos obispos acaudillaron las tropas castellanas?

—Muchos, y algunos fueron insignes guerreros. Pero estos tiempos no son como aquéllos, señora. Verdad es que si vamos a mirar atentamente las cosas, la fe peligra ahora más que antes... ¿Pues qué representan esos ejércitos que ocupan nuestra ciudad y pueblos inmediatos? ¿Qué representan? ¿Son otra cosa más que el infame instrumento de que se valen para sus pérfidas conquistas y el exterminio de las creencias, los ateos y protestantes de que está infectado Madrid?... Bien lo sabemos todos. En aquel centro de corrupción, de escándalo, de irreligiosidad y descreimiento, unos cuantos hombres malignos, comprados por el oro extranjero, se emplean en destruir en nuestra España la semilla de la fe... ¿Pues qué creen ustedes? Nos dejan a nosotros decir misa y a ustedes oírla por un resto de consideración, por vergüenza..., pero el mejor día... Por mi parte, estoy tranquilo. Soy un hombre que no se apura por ningún interés temporal y mundano. Bien lo sabe la señora doña Perfecta, bien lo saben todos los que me conocen. Estoy tranquilo y no me asusta el triunfo de los malvados. Sé muy bien que nos aguardan días terribles; que cuantos vestimos el hábito sacerdotal tenemos la vida pendiente de un cabello, porque España, no lo duden ustedes, presenciará escenas como aquellas de la Revolución francesa, en que perecieron miles de sacerdotes piadosísimos en un solo día... Mas no me apuro. Cuando toquen a degollar, presentaré mi cuello; ya he vivido bastante. ¿Para qué sirvo yo? Para nada, para nada.

—¡Comido de perros me vea yo —gritó Vejarruco mostrando el puño, no menos duro y fuerte que un martillo—, si no acabamos pronto con toda esa canalla ladrona!

—Dicen que la semana.que viene comienza el derribo de la Catedral —indicó Frasquito.

—Supongo que la derribarán con picos y martillos —dijo el canónigo sonriendo—. Hay artífices que no tienen esas herramientas, y, sin embargo, adelantan más edificando. Bien saben ustedes que, según tradición piadosa, nuestra hermosa capilla del Sagrario fue derribada por los moros en un mes y reedificada en seguida por los ángeles en una sola noche... Dejadles, dejadles que destruyan.

—En Madrid, según nos contó la otra noche el cura de Naharilla —dijo Vejarruco—, ya quedan tan pocas iglesias, que algunos curas dicen misa en medio de la calle; y como les aporrean y les dicen injurias y también les escupen, muchos no quieren decirla.

—Felizmente aquí, hijos míos —manifestó don Inocencio—, no hemos tenido aún escenas de esa naturaleza. ¿Por qué? Porque saben qué clase de gente sois; porque tienen noticia de vuestra piedad ardiente y de vuestro valor... No le arriendo la ganancia a los primeros que pongan la mano en nuestros sacerdotes y en nuestro culto... Por supuesto, dicho se está que si no se les ataja a tiempo harán diabluras. ¡Pobre España, tan santa y tan humilde y tan buena! ¿Quién había de decir que llegarían a estos apurados extremos!... Pero yo sostengo que la impiedad no triunfará, no, señor. Todavía hay gente valerosa, todavía hay gente de aquella de antaño, ¿no es verdad, señor Ramos?

—Todavía la hay, sí, señor —repuso éste.

—Yo tengo una fe ciega en el triunfo de la ley de Dios. Alguno ha de salir en defensa de ella. Si no son unos, serán otros. La palma de la victoria, y con ella la gloria eterna, alguien se la ha de llevar. Los malvados perecerán, si no hoy, mañana. Aquel que va contra la ley de Dios caerá, no hay remedio. Sea de esta manera, sea de la otra, ello es que ha de caer. No le salvan ni sus argucias, ni sus escondites, ni sus artimañas. La mano de Dios está alzada sobre él y le herirá sin falta. Tengamosle compasión y deseemos su arrepentimiento... En cuanto a vosotros, hijos míos, no esperéis que os diga una palabra sobre el paso que seguramente vais a dar. Sé que sois buenos; sé que vuestra determinación generosa y el noble fin que os guía lavan toda mancha pecaminosa ocasionada por el derramamiento de sangre; sé que Dios os bendice; que vuestra victoria, lo mismo que vuestra muerte, os sublimarán a los ojos de los hombres y a los de Dios; sé que se os deben palmas y alabanzas y toda suerte de honores; pero, a pesar de esto, hijos míos, mi labio no os incitará a la pelea. No lo he hecho nunca ni lo hago ahora. Obrad con arreglo al ímpetu de vuestro noble corazón. Si él os manda que os estéis en vuestras casas, permaneced en ellas; si él os manda que salgáis, salid en buena hora. Me resigno a ser mártir y a inclinar mi cuello ante el verdugo, si esa miserable tropa continúa aquí. Pero si un impulso hidalgo y ardiente y pío de los hijos de Orbajosa contribuye a la grande obra de la extirpación de las desventuras patrias, me tendré por el más dichoso de los hombres, sólo con ser compatricio vuestro, y toda mi vida de estudios, de penitencia, de resignación, no me parecerá tan meritoria para aspirar al cielo como un día sólo de vuestro heroísmo.

—¡No se puede decir más y mejor! —exclamó doña Perfecta, arrebatada de entusiasmo.

Caballuco se había inclinado hacia adelante en su asiento, poniendo los codos sobre las rodillas. Cuando el canónigo acabó de hablar, tomóle la mano y se la besó con fervor.

—Hombre mejor no ha nacido de madre —dijo el tío Licurgo, enjugando o haciendo que enjugaba una lágrima.

—¡Que viva el señor penitenciario! —gritó Frasquito González, poniéndose en pie y arrojando hacia el techo su gorra.

—Silencio —dijo doña Perfecta—. Siéntate, Frasquito. Tú eres de los de mucho ruido y pocas nueces.

—¡Bendito sea Dios, que le dio a usted ese pico de oro! —exclamó Cristóbal, inflamado de admiración—. ¡Qué dos personas tengo delante! Mientras vivan las dos, ¿para qué se quiere más mundo?... Toda la gente de España debiera ser así... Pero ¡cómo ha de ser así, si no hay más que pillería! En Madrid, la corte de donde vienen leyes y mandarines, todo es latrocinio y farsa. ¡Pobre religión, cómo la han puesto...! No se ven más que pecados... Señora doña Perfecta, señor don Inocencio, por el alma de mi padre, por el

alma de mi abuelo, por la salvación de la mía,
juro que deseo morir. ,

—¡Morir!

—Que me maten esos perros tunantes; y
digo que me maten, porque yo no puedo descuar-
tizarlos a ellos. Soy muy chico.

—Ramos, eres grande —dijo solemnemente
la señora.

—¿Grande, grande?... Grandísimo por el
corazón; pero ¿tengo yo plazas fuertes, tengo Caballería, tengo Artillería?

—Esa es una cosa, Ramos —dijo doña Perfecta, sonriendo—, de que yo no me ocuparía. ¿No
tiene el enemigo lo que a ti te hace falta?

—Sí.

—Pues quítaselo.

—Se lo quitaremos, sí, señora. Cuando digo
que se lo quitaremos...

—Querido Ramos —exclamó don Inocen-
cio—, envidiable posición es la de usted... ¡Desta-
carse, elevarse sobre la vil muchedumbre, ponerse
al igual de los mayores héroes del mundo..., poder
decir que la mano de Dios guía su mano! ¡Oh, qué
grandeza y honor! Amigo mío, no es lisonja. ¡Qué
apostura, qué gentileza, qué gallardía!... No; hombres de tal temple no pueden morir. El Señor va
con ellos y la bala y hierro enemigos detiénense...,
no se atreven... ¿Qué se han de atrever, viniendo
de cañón y de manos de herejes?... Querido Caballuco, al ver a usted, al ver su bizarría y caballe-
rosidad, vienen a mi memoria, sin poderlo reme-

diar, los versos de aquel romance de la conquista
del imperio de Trapisonda:

> *Llegó el valiente Roldán*
> *de todas armas armado,*
> *en el fuerte Briador,*
> *su poderoso caballo,*
> *y la fuerte Durlindana*
> *muy bien ceñida a su lado,*
> *la lanza, como una entena,*
> *el fuerte escudo embrazado...*
> *Por la visera del yelmo*
> *fuego venía lanzando;*
> *retemblando con la lanza*
> *como un junco muy delgado,*
> *y a toda la hueste junta*
> *fieramente amenazando.*

—¡Muy bien! —chilló Licurgo, batiendo
palmas—. Y digo yo como don Renialdos:

> *¡Nadie en don Renialdos toque*
> *si quiere ser bien librado!*
> *Quien otra cosa quisiere*
> *él será tan bien pagado,*
> *que todo el resto del mundo*
> *no se escape de mi mano*
> *sin quedar pedazos hechos*
> *o muy bien escarmentado.*

—Ramos, tú querrás cenar; tú querrás tomar algo, ¿no es verdad? —dijo la señora.

—Nada, nada —repuso el Centauro—; de-
me, si acaso, un plato de pólvora.

Diciendo esto, soltó estrepitosa carcajada,
dio varios paseos por la habitación, observado
atentamente por todos, y, deteniéndose junto al
grupo, fijó los ojos en doña Perfecta, y, con atro-
nadora voz, profirió estas palabras:

—Digo que no hay más que decir. ¡Viva
Orbajosa! ¡Muera Madrid!

Descargó la mano sobre la mesa, con tal
fuerza, que retembló el piso de la casa.

—¡Qué poderoso brío! —murmuró don Inocencio.

—Vaya, que tienes unos puños...

Todos contemplaron la mesa, que se había
partido en dos pedazos.

Fijaban luego los ojos en el nunca bastante
admirado Renialdos o Caballuco. Indudablemente,
había en su semblante hermoso, en sus ojos verdes, animados por extraño resplandor felino, en
su negra cabellera, en su cuerpo hercúleo, cierta
expresión y aire de grandeza, un resabio o más
bien recuerdo de las grandes razas que domina-
ron al mundo. Pero su aspecto general era el de
una generación lastimosa, y costaba trabajo encontrar la filiación noble y heroica en la brutalidad presente. Se parecía a los grandes hombres
de don Cayetano, como se parece el mulo al caballo.

Dᴇsᴘᴜᴇ́s de lo que hemos referido duró mucho la conferencia; pero omitimos lo restante por no ser indispensable para la buena inteligencia de esta relación. Retiráronse, al fin, quedando para lo último, como de costumbre, el señor don Inocencio. No habían tenido tiempo aún la señora y el canónigo de cambiar dos palabras, cuando entró en el comedor una criada de edad y mucha confianza, que era el brazo derecho de doña Perfecta, y como ésta la viera inquieta y turbada, llenóse también de turbación, sospechando que algo malo en la casa ocurría.

—No encuentro a la señorita por ninguna parte —dijo la criada, respondiendo a las preguntas de la señora.

—¡Jesús! ¡Rosario!... ¿Dónde está mi hija?

—¡Válgame la Virgen del Socorro! —gritó el penitenciario, tomando el sombrero y disponiéndose a correr tras la señora.

—Buscadla bien… ¿Pero no estaba contigo en su cuarto?

—Sí, señora —repuso, temblando la vieja— Pero el demonio me tentó y me quedé dormida.

—¡Maldito sea tu sueño!… ¡Jesús mío!… ¿Qué es esto? ¡Rosario, Rosario!…, ¡Librada!

Subieron, bajaron, tornaron a bajar y a subir, llevando luz y registrando todas las piezas. Por último, oyóse la voz del penitenciario, que decía con júbilo:

—¡Aquí está, aquí está! Ya pareció.

Un instante después, madre e hija se encontraban, la una frente a la otra, en la galería.

—¿Dónde estabas? —preguntó con severo acento doña Perfecta, examinando el rostro de su hija.

—En la huerta —murmuró la niña, más muerta que viva.

—¿En la huerta a estas horas? ¡Rosario!…

—Tenía calor, me asomé a la ventana, se me cayó el pañuelo y bajé a buscarlo.

—¿Por qué no dijiste a Librada que te lo alcanzase?… ¡Librada!… ¿Dónde está esa muchacha? ¿Se ha dormido también?

Librada apareció, al fin. Su semblante pálido indicada la consternación y el recelo del delincuente.

—¿Qué es esto? ¿Dónde estabas? —preguntó, con terrible enojo, la dama.

—Pues…, señora, baje a buscar la ropa que está en el cuarto de la calle…, y me quedé dormida.

—Todas duermen aquí esta noche. Me parece que alguna no dormirá en mi casa mañana. Rosario, puedes retirarte.

Comprendiendo que era indispensable proceder con prontitud y energía, la señora y el canónigo emprendieron sin tardanza sus investigaciones. Preguntas, amenazas, ruegos, promesas, fueron empleados con habilidad suma para inquirir la verdad de lo acontecido. No resultó ni sombra de culpabilidad en la criada anciana; pero Librada confesó de plano, entre lloros y suspiros, todas sus bellaquerías, que sintetizaremos del modo siguiente:

Poco después de alojarse en la casa, el señor Pinzón empezó a hacer cocos a la señorita Rosario. Dio dinero a Librada, según ésta dijo, para tenerla por mensajera de recados y amorosas esquelas. La señorita no se mostró enojada, sino antes bien gozosa, y pasaron algunos días de esta manera. Por último, la sirvienta declaró que aquella noche Rosario y el señor Pinzón habían concertado verse y hablarse en la ventana de la habitación de este último, que da a la huerta. Confiaron su pensamiento a la doncella, quien ofreció protegerlo mediante una cantidad que se le entregara en el acto. Según lo convenido, Pinzón debía salir de la casa a la hora de costumbre y volver ocultamente a las nueve, y entrar en su cuarto, del cual y de la casa saldría también clandestinamente más tarde, para volver sin tapujos a la hora avanzada de costumbre. De este modo no podría sospecharse de él. Librada aguardó a Pinzón, el cual entró, muy envuelto en su capote sin hablar palabra. Metióse en su cuarto a punto que la señorita bajaba a la huerta. La criada, mientras duró la entrevista, que no presenció, estuvo de centinela en la galería para avisar a Pinzón cualquier peligro que ocurriese; y, al cabo de una hora, salió éste como antes, muy bien cubierto con su capote y sin hablar una palabra. Concluida la confesión, don Inocencio preguntó a la desdichada:

—¿Estas segura de que el que entró y salió era el señor Pinzón?

La reo no contestó nada, y sus facciones indicaban gran perplejidad. La señora se puso verde de ira.

—¿Tú le viste la cara?

—¿Pero quién podía ser sino él? —repuso la doncella—. Yo tengo la seguridad de que él era. Fue derecho a su cuarto..., conocía muy bien el camino.

—Es raro —dijo el canónigo—. Viviendo en la casa no necesita emplear tales tapujos... Podía haber pretextado una enfermedad y quedarse... ¿No es verdad, señora?

—¡Librada! —exclamó ésta con exaltación de ira—, te juro por Dios que irás a presidio.

Después cruzó las manos, clavándose los dedos de la una en la otra con tanta fuerza, que casi se hizo sangre.

—Señor don Inocencio —agregó—. Muramos..., no hay más remedio que morir.

Después rompió a llorar desconsolada.

—Valor, señora mía —dijo el clérigo con voz patética—. Mucho valor... Ahora es preciso tenerlo grande. Esto requiere serenidad y gran corazón.

—El mío es inmenso —dijo, entre sollozos, la de Polentinos.

—El mío es pequeñito...; pero allá veremos.

24. La confesión

ENTRE tanto, Rosario, con el corazón hecho pedazos, sin poder llorar, sin poder tener calma ni sosiego, traspasada por el frío acero de un inmenso dolor, con la mente pasando, en veloz carrera, del mundo a Dios y de Dios al mundo, aturdida y medio loca, estaba a altas horas de la noche en su cuarto, de hinojos, cruzadas las manos, los pies desnudos sobre el suelo, la ardiente sien apoyada en el borde del lecho, a oscuras, a solas, en silencio. Cuidaba de no hacer el menor ruido, para no llamar la atención de su mamá, que dormía, o aparentaba dormir, en la habitación inmediata. Elevó al cielo su exaltado pensamiento en esta forma:

«Señor, Dios mío, ¿por qué antes no sabía mentir y ahora sé? ¿Por qué antes no sabía disimular y ahora disimulo? ¿Soy una mujer infame...? ¿Esto que siento y que a mí me pasa es la caída de las que no vuelven a levantarse? ¿He dejado de

ser buena y honrada?... Yo no me conozco. ¿Soy
yo misma, o es otra la que está en este sitio?...
¡Qué de terribles cosas en tan pocos días! ¡Cuántas sensaciones diversas! ¡Mi corazón está consumido de tanto sentir!... Señor, Dios mío: ¿oyes
mi voz, o estoy condenada a rezar eternamente
sin ser oída?... Yo soy buena; nadie me convencerá
de que no soy buena. Amar, amar muchísimo, ¿es,
acaso maldad?... Pero no..., esto no es una ilusión,
un engaño. Soy más mala que las peores mujeres de la Tierra. Dentro de mí, una gran culebra
me muerde y me envenena el corazón... ¿Qué es
esto que siento? ¿Por qué no me matas, Dios mío?
¿Por qué no me hundes para siempre en el infierno?... Es espantoso; pero lo confieso, lo confieso a solas a Dios, que me oye, y lo confesaré ante
el sacerdote. Aborrezco a mi madre. ¿En qué consiste esto? No puedo explicármelo. El no me ha
dicho una palabra en contra de mi madre. Yo no
sé cómo ha venido esto... ¡Qué mala soy! Los demonios se han apoderado de mí. Señor, ven en mi
auxilio, porque no puedo con mis propias fuerzas
vencerme... Un impulso terrible me arroja de esta
casa. Quiero huir, quiero correr fuera de aquí.
Si él no me lleva, me iré tras él, arrastrándome por
los caminos... ¿Qué divina alegría es ésta que
dentro de mi pecho se confunde con tan amarga
pena?... Señor, Dios padre mío, ilumíname. Quiero amar tan sólo. Yo no nací para este rencor que
me está devorando. Yo no nací para disimular, ni
para mentir, ni para engañar. Mañana saldré a la
calle, gritaré en medio de ella, y a todo el que
pase le diré: *Amo, aborrezco*... Mi corazón se des-
ahogará de esta manera... ¡Qué dicha sería poder

conciliarlo todo, amar y respetar a todo el mundo!
La Virgen Santísima me favorezca... Otra vez la
idea terrible. No lo quiero pensar, y lo pienso. No
lo quiero sentir, y lo siento. ¡Ah!, no puedo engañarme sobre este particular. No puedo ni des-
truirlo ni atenuarlo...; pero puedo confesarlo y
lo confieso, diciéndote: «¡Señor, que aborrezco a
mi madre!»

Al fin se aletargó. En su inseguro sueño, la
imaginación la reproducía todo lo que había hecho
aquella noche, desfigurándolo, sin alterarlo en su
esencia. Oía el reloj de la Catedral dando las
nueve; veía con júbilo a la criada anciana, durmiendo con beatífico sueño, y salía del cuarto muy
despacito para no hacer ruido, bajaba la escalera
tan suavemente, que no movía un pie hasta no estar segura de poder evitar el más ligero ruido.
Salía a la huerta, dando una vuelta por el cuarto
de las criadas y la cocina; en la huerta deteníase
un momento para mirar al cielo, que estaba ta-
chonado de estrellas. El viento callaba. Ningún
ruido interrumpía el hondo sosiego de la noche.
Parecía existir en ella una atención fija y silenciosa, propia de ojos que miran sin pestañear y oídos
que acechan en la expectativa de un gran suceso...
La noche observaba.

Acercábase después a la puerta vidriera
del comedor, y miraba con cautela a cierta distancia, temiendo que la vieran los de dentro. A la
luz de la lámpara del comedor veía de espaldas a
su madre. El penitenciario estaba a la derecha,
y su perfil se descomponía de un modo extraño;
crecíale la nariz, asemejábase al pico de un ave
inverosímil, y toda su figura se tornaba en una

recortada sombra, negra y espesa, con ángulos aquí y allí, irrisoria, escueta y delgada. Enfrente estaba Caballuco, más semejante a un dragón que a un hombre. Rosario veía sus ojos verdes, como dos grandes linternas de convexos cristales. Aquel fulgor y la imponente figura del animal le infundían miedo. El tío Licurgo y los otros tres se le presentaban como figuritas grotescas. Ella había visto, en alguna parte, sin duda en los muñecos de barro de las ferias, aquel reír estúpido, aquellos semblantes toscos, y aquel mirar lelo. El dragón agitaba sus brazos, que, en vez de accionar, daban vueltas como aspas de molino y revolvía de un lado para otro los globos verdes, tan semejantes a los fanales de una farmacia. Su mirar cegaba... La conversación parecía interesante. El penitenciario agitaba las alas. Era una presumida avecilla que quería volar y no podía. Su pico se alargaba y se retorcía. Erizábansele las plumas con síntomas de furor, y después, recogiéndose y aplacándose, escondía la pelada cabeza bajo el ala. Luego, las figurillas de barro se agitaban queriendo ser personas, y Frasquito González se empeñaba en pasar por hombre.

Rosario sentía un pavor inexplicable en presencia de aquel amistoso concurso. Alejábase de la vidriera y seguía adelante, paso a paso, mirando a todos lados por si era observada. Sin ver a nadie, creía que un millón de ojos se fijaban en ella... Pero sus temores y su vergüenza disipábase de improviso. En la ventana del cuarto donde habitaba el señor Pinzón aparecía un hombre azul; brillaban en su cuerpo los botones como sartas de lucecillas. Ella se acercaba. En el mismo

instante sentía que unos brazos con galones la
suspendían como una pluma, metiéndola con rá-
pido movimiento dentro de la pieza. Todo cam-
biaba. De súbito sonó un estampido, un golpe
seco, que estremeció la casa. Ni uno ni otro su-
pieron la causa de tal estrépito. Temblaban y
callaban.

Era el momento en que el dragón había
roto la mesa del comedor.

L a escena cambia. Ved una estancia hermosa,
clara, humilde, alegre, cómoda y de un aseo
sorprendente. Fina estera de junco sobre el piso,
y las blancas paredes se adornan con hermosas
estampas de santos y algunas esculturas de dudoso valor artístico. La antigua caoba de los muebles brilla lustrada por los frotamientos del sá-
bado, y el altar, donde una pomposa Virgen, de
azul y plata vestida, recibe doméstico culto, se cu-
bre de mil graciosas chucherías, mitad sacras, mitad profanas. Hay además, cuadritos de mostacilla,
pilas de agua bendita, una relojera con *Agnus Dei*,
una rizada palma de Domingo de Ramos y no pocos floreros de inodoras rosas de trapo. Enorme
estante de roble contiene una rica y escogida biblioteca, y allí está Horacio, el epicúreo y sibarita,
junto con el tierno Virgilio, en cuyos versos se ve
palpitar y derretirse el corazón de la inflamada
Dido; Ovidio, el narigudo, tan sublime como obs-

ceno y adulador, junto con Marcial, el tunante
lenguaraz y conceptista; Tíbulo, el apasionado,
con Cicerón el grande; el severo Tito Livio, con
el terrible Tácito, verdugo de los Césares; Lucre-
cio el panteísta; Juvenal, que, con la pluma, de-
sollaba; Plauto, el que imaginó las mejores comedias de la antigüedad dando vueltas a la rueda
de un molino; Séneca, el filósofo, de quien se dijo
que el mejor acto de su vida fue su muerte; Quin-
tiliano, el retórico; Salustio, el pícaro, que tan
bien habla de la virtud; ambos Plinios, Suetonio
y Varrón; en una palabra: todas las letras latinas,
desde que balbucieron su primera palabra con
Livio Andrónico, hasta que exhalaron su postrer
suspiro con Ruttilio.

Pero, haciendo esta rápida enumeración,
no hemos observado que dos mujeres han entrado
en el cuarto. Es muy temprano; pero en Orbajosa
se madruga mucho. Los pajaritos cantan que se
las pelan en sus jaulas; tocan a misa las campanas de las iglesias, y hacen sonar sus alegres es-
quilas las cabras, que van a dejarse ordeñar a las
puertas de las casas.

Las dos señoras que vemos en la habitación
descrita vienen de oír misa. Visten de negro, y
cada cual trae en la mano derecha su librito de
devoción y el rosario envuelto en los dedos.

—Tu tío no puede tardar ya —dijo una de
ellas—. Le dejamos empezando la misa; pero él
despacha pronto, y a estas horas estará en la sa-
cristía quitándose la casulla. Yo me hubiera quedado a oírle la misa; pero hoy es día de mucha
fatiga para mí.

—Yo no he oído hoy más que la del señor magistral —dijo la otra—; la del señor magistral, que las dice en un soplo y creo que no me ha sido de provecho, porque estaba muy intranquila, sin poder apartar el entendimiento de estas cosas terribles que nos pasan.

—¡Cómo ha de ser!... Es preciso tener paciencia... Veremos lo que nos aconseja tu tío.

—¡Ay! —exclamó la segunda; exhalando un hondo suspiro—. Yo tengo la sangre abrasada.

—Dios nos amparará.

—¡Pensar que una señora como usted, se ve amenazada por un...! Y él sigue en sus trece... Anoche, señora doña Perfecta, conforme usted me lo mandó, volví a la posada de la viuda de Cuzco, y he pedido nuevos informes. El don Pepito y el brigadier Batalla están siempre juntos, conferenciando..., ¡ay, Jesús, Dios y Señor mío!..., conferenciando sobre sus infernales planes, y despachando botellas de vino. Son dos perdidos, dos borrachos. Sin duda, discurren alguna maldad muy grande. Como me intereso tanto por usted, anoche, estando yo en la posada, vi salir al don Pepito, y le seguí...

—¿Y dónde fue?

—Al Casino, sí, señora; al Casino —repuso la otra, turbándose ligeramente—. Después volvió a su casa. ¡Ay, cuánto me reprendió mi tío por haber estado hasta muy tarde ocupada en este espionaje...; pero no lo puedo remediar... ¡Jesús divino, ampárame! No lo puedo remediar, y mirando a una persona como usted en trances tan peligrosos, me vuelvo loca... Nada, nada: señora, estoy viendo que a lo mejor esos tunantes asaltan la casa y nos llevan a Rosarito...

Doña Perfecta fijando la vista en el suelo, meditó largo rato. Estaba pálida y ceñuda. Por fin, exclamó:

—Pues no veo el modo de impedirlo.

—Yo sí lo veo —dijo vivamente la otra, que era la sobrina del penitenciario y madre de Jacinto—. Veo un medio muy sencillo. El que he manifestado a usted y no le gusta. ¡Ah, señora mía! Usted es demasiado buena. En ocasiones como ésta conviene ser un poco menos ·perfecta..., dejar a un ladito los escrúpulos. Pues qué, ¿se va a ofender a Dios por eso?

—María Remedios —replicó la señora con altanería—, no digas desatinos.

—¡Desatinos!... Usted, con sus sabidurías, no podrá ponerle las peras a cuarto al sobrinejo. ¿Qué cosa más sencilla que la que yo propongo? Puesto que ahora no hay justicia que nos ampare, hagamos nosotros la gran justiciada. ¿No hay en casa de usted hombres que sirven para cualquier cosa? Pues llamadles y decidles: «Mira Caballuco, Pasolargo, o quien sea: esta misma noche te tapujas bien, de modo que no seas conocido; llevas contigo a un amiguito de confianza, y te pones detrás de la esquina de la calle de la Santa Faz. Aguardáis un rato, y cuando don José Rey pase por la calle de la Tripería para ir al Casino, porque de seguro irá al Casino, ¿entendéis bien?; cuando pase le salís al encuentro y le dais un susto...»

—María Remedios, no seas tonta —indicó, con magistral dignidad la señora.

—Nada más que un susto, señora; atienda usted bien a lo que digo: un susto. Pues qué, ¿había yo de aconsejar un crimen? ...¡Jesús, Padre y Redentor mío! Sólo la idea me llena de horror, y parece que veo señales de sangre y fuego delante de mis ojos. Nada de eso, señora mía... Un susto, y nada más que un susto, por lo cual comprenda ese bergante que estamos bien defendidas. El va solo al Casino, señora; enteramente solo, y allí se junta con sus amigotes, los del sable y morrioncete. Figúrese usted que recibe el susto y que, además, le quedan algunos huesos quebrantados, sin nada de heridas graves, se entiende... Pues en tal caso, o se acobarda y huye de Orbajosa, o se tiene que meter en la cama por quince días. Eso sí, hay que recomendarles que el susto sea bueno. Nada de matar..., cuidadito con eso, pero sentar bien la mano.

—María —dijo doña Perfecta, con orgullo—, tú eres incapaz de una idea elevada, de una resolución grande y salvadora. Eso que me aconsejas es una indignidad cobarde.

—Bueno, pues me callo... ¡Ay de mí, qué tonta soy! —refunfuñó con humildad la sobrina del penitenciario—. Me guardaré mis tonterías para consolarla a usted después que haya perdido a su hija.

—¡Mi hija!... ¡Perder a mi hija! —exclamó la señora, con súbito arrebato de ira—. Sólo oírlo me vuelve loca. No, no me la quitarán. Si Rosario no aborrece a ese perdido, como yo deseo, le aborrecerá. De algo sirve la autoridad de una madre... Le arrancaremos su pasión; mejor dicho, su capricho, como se arranca una hierba tierna que

aún no ha tenido tiempo de echar raíces... No;
esto no puede ser, Remedios. ¡Pase lo que pase,
no será! No le valen a ese loco ni los medios más
infames. Antes de verla esposa de mi sobrino,
acepto cuanto de malo pueda pasarle, incluso la
muerte.

—Antes muerta, antes enterrada y hecha
alimento de gusanos —afirmó Remedios, cruzando las manos como quien dice una plegaria—, que
verla en poder de... ¡Ay, señora!, no se ofenda
usted si le digo una cosa, y es que sería gran
debilidad ceder porque Rosarito haya tenido algunas entrevistas secretas con ese atrevido. El caso
de anteanoche, según lo contó mi tío, me parece
una treta infame de don José para conseguir su
objeto por el escándalo. Muchos hacen esto...
¡Ay, Jesús divino, no sé cómo hay quien le mire
la cara a un hombre no siendo sacerdote!

—Calla, calla —dijo doña Perfecta con vehemencia—, no me nombres lo de anteanoche.
¡Qué horrible suceso! María Remedios..., comprendo que la ira puede perder un alma para
siempre. Yo me abraso... ¡Desdichada de mí, ver
estas cosas y no ser hombre!... Pero, si he de decir
la verdad sobre lo de anteanoche, aún tengo mis
dudas. Librada jura y perjura que fue Pinzón el
que entró. ¡Mi hija niega todo, mi hija nunca ha
mentido!... Yo insisto en mi sospecha. Creo que
Pinzón es un bribón encubridor; pero nada más...

—Volvemos a lo de siempre: a que el autor
de todos los males es el dichoso matemático...
¡Ay!, no me engañó el corazón cuando le vi por
primera vez... Pues, señora mía, resígnese usted
a presenciar algo más terrible todavía si no se

decide a llamar a Caballuco y decirle: «Caballuco, espero que...»

—Vuelta a lo mismo; pero tú eres simple...

—¡Oh! Si yo soy muy simplota, lo conozco; pero si no alcanzo más, ¿qué puedo hacer? Digo lo que se me ocurre, sin sabidurías.

—Lo que tú imaginas, esa vulgaridad tonta de la paliza y del susto, se le ocurre a cualquiera. Tú no tienes dos dedos de frente, Remedios; cuando quieres resolver un problema grave, sales con tales patochadas. Yo imagino un recurso más digno de personas nobles y bien nacidas. ¡Apalear! ¡Qué estupidez! Además, no quiero que mi sobrino reciba un rasguño por orden mía: eso, de ninguna manera. Dios le enviará su castigo por cualquiera de los admirables caminos que El sabe elegir. Sólo nos corresponde trabajar por que los designios de Dios no hallen obstáculo, María Remedios; es preciso en estos asuntos ir directamente a las causas de las cosas. Pero tú no entiendes de causas..., tú no ves más que pequeñeces.

—Será así —dijo, humildemente, la sobrina del cura—. ¡Para qué me hará Dios tan necia, que nada de esas sublimidades entiendo!

—Es preciso ir al fondo, al fondo, Remedios. ¿Tampoco entiendes ahora?

—Tampoco.

—Mi sobrino no es mi sobrino, mujer: es la blasfemia, el sacrilegio, el ateísmo, la demagogia... ¿Sabes lo que es la demagogia?

—Algo de esa gente que quemó a París con petróleo, y los que derriban las iglesias y fusilan las imágenes... Hasta ahí vamos bien.

—Pues mi sobrino es todo eso... ¡Ah! ¡Si él estuviera solo en Orbajosa!... Pero no, hija mía. Mi sobrino, por una serie de fatalidades, que son otras tantas pruebas de los males pasajeros que a veces permite Dios para nuestro castigo, equivale a un ejército, equivale a la autoridad del Gobierno, equivale al alcalde, equivale al juez; mi sobrino no es mi sobrino: es la nación oficial, Remedios; es esa segunda nación, compuesta de los perdidos que gobiernan en Madrid, y que se ha hecho dueña de la fuerza material; de esa nación aparente, porque la real es la que calla, paga y sufre; de esa nación ficticia que firma al pie de los decretos, y pronuncia discursos, y hace una farsa de gobierno, y una farsa de autoridad, y una farsa de todo. Eso es hoy mi sobrino; es preciso que te acostumbres a ver lo interno de las cosas. Mi sobrino es el Gobierno, el brigadier, el alcalde nuevo, el juez nuevo, porque todos le favorecen a causa de la unanimidad de sus ideas; porque son uña y carne, lobos de la misma manada... Entiéndelo bien: hay que defenderse de todos ellos, porque todos son uno, y uno es todos; hay que atacarles en conjunto, y no con palizas al volver de una esquina, sino como atacaban nuestros abuelos a los moros, a los moros, Remedios... Hija mía, comprende bien esto; abre tu entendimiento y deja entrar en él una idea que no sea vulgar...; remóntate; piensa en alto, Remedios...

La sobrina de don Inocencio estaba atónita ante tanta grandeza. Abrió la boca para decir algo en consonancia con tan maravilloso pensamiento; pero sólo exhaló un suspiro.

—Como a los moros —repitió doña Perfecta—. Es cuestión de moros y cristianos. ¡Y creías tú que con asustar a mi sobrino se concluía todo!... ¡Qué necia eres! ¿No ves que le apoyan sus amigos? ¿No ves que estamos a merced de esa canalla? ¿No ves que cualquier tenientejo es capaz de pegar fuego a mi casa si se le antoja?... ¿Pero tú no alcanzas esto? ¿No comprendes que es necesario ir al fondo? ¿No comprendes la inmensa grandeza, la terrible extensión de mi enemigo, que no es un hombre, sino una secta?... ¿No comprendes que mi sobrino, tal como está hoy enfrente de mí, no es una calamidad, sino una plaga?... Contra ella, querida Remedios, tendremos aquí un batallón de Dios que aniquile la infernal milicia de Madrid. Te digo que esto va a ser grande y glorioso...

—Si, al fin, fuera...

—¿Pero tú lo dudas? Hoy hemos de ver aquí cosas terribles... —dijo, con gran impaciencia, la señora—. Hoy, hoy. ¿Qué hora es? Las siete. ¡Tan tarde y no ocurre nada!...

—Quizá sepa algo mi tío, que está aquí ya. Le siento subir la escalera.

—Gracias a Dios... —añadió doña Perfecta, levantándose para salir al encuentro del penitenciario—. El nos dirá algo bueno.

Don Inocencio entró apresurado. Su demudado rostro indicaba que aquella alma, consagrada a la piedad y a los estudios latinos, no estaba tan tranquila como de ordinario.

—Malas noticias —dijo, poniendo sobre una silla el sombrero y desatando los cordones del manteo.

Doña Perfecta palideció.

—Están prendiendo gente —añadió don Inocencio, bajando la voz cual si debajo de cada silla estuviera un soldado—. Sospechan, sin duda, que los de aquí no les aguantarán sus pesadas bromas, y han ido de casa en casa echando mano a todos los que tenían fama de valientes...

La señora se arrojó en un sillón y apretó fuertemente los dedos contra la madera de los brazos del mueble.

—Falta que se hayan dejado prender —indicó Remedios.

—Muchos de ellos..., pero muchos —dijo don Inocencio con ademanes encomiásticos, dirigiéndose a la señora—, han tenido tiempo de huir, y se han ido con armas y caballos a Villahorrenda.

—¿Y Ramos?

—En la Catedral dijéronme que es el que buscan con más empeño... ¡Oh, Dios mío!, prender así a unos infelices que nada han hecho todavía... Vamos, no sé cómo los buenos españoles tienen paciencia. Señora mía doña Perfecta, refiriendo esto de las prisiones me he olvidado decir a usted que debe marcharse a su casa al momento...

—Sí, al momento... ¿Registrarán mi casa esos bandidos?

—Quizá. Señora, estamos en un día nefasto —dijo don Inocencio con solemne y conmovido acento—. ¡Dios se apiade de nosotros!

—En mi casa tengo media docena de hombres muy bien armados —repuso la dama, vivamente alterada—.¡Qué iniquidad! ¿Serán capaces de querer llevárselos también?...

—De seguro, el señor Pinzón no se habrá descuidado de denunciarlos. Señora, repito que estamos en un día nefasto. Pero Dios amparará la inocencia.

—Me voy. No deje usted de pasar por allá.

—Señora, en cuanto despache la clase..., y me figuro que con la alarma que hay en el pueblo, todos los chicos harán novillos hoy; pero, haya o no clase, iré después por allá... No quiero que salga usted sola, señora. Andan por las calles esos zánganos de soldados con unos humos... ¡Jacinto, Jacinto!

—No es preciso. Me marcharé sola.

—Que vaya Jacinto —dijo la madre de éste—. Ya debe de estar levantado.

Sintiéronse los precipitados pasos del doctorcillo, que bajaba a toda prisa la escalera del piso alto. Venía con el rostro encendido, fatigado el aliento.

—¿Qué hay? —le preguntó su tío.

—En casa de las Troyas —dijo el jovenzuelo—, en casa de esas..., pues...

—Acaba de una vez.

—Está Caballuco.

—¿Allá arriba?... ¿En casa de las Troyas?

—Sí, señor... Me habló desde el terrado; me ha dicho que está temiendo le vayan a coger allí.

—¡Oh, qué bestia!... Ese majadero va a dejarse prender —exclamó doña Perfecta, hiriendo el suelo con el inquieto pie.

—Quiere bajar aquí y que le escondamos en casa.

—¿Aquí?

Canónigo y sobrino se miraron.

—¡Que baje! —dijo doña Perfecta con vehemente frase.

—¿Aquí? —repitió don Inocencio, poniendo cara de mal humor.

—Aquí —contestó la señora—. No conozco casa donde pueda estar más seguro.

—Puede saltar fácilmente por la ventana de mi cuarto —dijo Jacinto.

—Pues si es indispensable...

—María Remedios —dijo la señora—, si nos cogen a ese hombre, todo se ha perdido.

—Tonta y simple soy —repuso la sobrina del canónigo, poniéndose la mano en el pecho y ahogando el suspiro que, sin duda, iba a salir al público—; pero no le cogerán.

Salió la señora rápidamente, y poco después el Centauro se arrellenaba en la butaca donde el señor don Inocencio solía sentarse a escribir sus sermones.

No sabemos cómo llegó a oídos del brigadier Batalla; pero es indudable que este diligente militar tenía noticia de que los orbajosenses habían variado de intenciones, y en la mañana de aquel día dispuso la prisión de los que en nuestro rico lenguaje insurreccional solemos llamar *caracterizados*. Salvóse por milagro el gran Caballuco, refugiado en casa de las Troyas; pero no creyéndose allí seguro, bajó, como se ha visto, a la santa y no sospechosa mansión del buen canónigo.

Ocupando diversos puntos del pueblo, la tropa ejercía de noche la mayor vigilancia con los que entraban y salían; pero Ramos logró evadirse, burlando, o quizá sin burlar, las precauciones militares. Esto acabó de encender los ánimos, y multitud de gentes se conjuraba en los caseríos cercanos a Villahorrenda, juntándose de noche para dispersarse de día y preparar así el arduo negocio de su levantamiento. Ramos recorrió las cercanías, allegando gente y armas, y como las columnas volantes andaban tras los Aceros en tierra de Villajuán de Nahara, nuestro héroe caballeresco adelantó mucho en poco tiempo.

Por las noches arriesgábase con audacia suma a entrar en Orbajosa, valiéndose de medios de astucia o tal vez de sobornos. Su popularidad y la protección que recibía dentro del pueblo servíanle, hasta cierto punto, de salvaguardia, y no será aventurado decir que la tropa no desplegaba ante aquel osado campeón el mismo rigor que ante los hombres insignificantes de la localidad. En España, y principalmente en tiempo de guerras, que son siempre aquí desmoralizadoras, suelen verse esas condescendencias infames con los grandes, mientras se persigue sin piedad a los pequeños. Valido, pues, de su audacia, del soborno o no sabemos de qué, Caballuco entraba en Orbajosa, reclutaba más gente, reunía armas y acopiaba dinero. Para mayor seguridad de su persona, o para cubrir el expediente, no ponía los pies en su casa; apenas entraba en la de doña Perfecta para tratar de asuntos importantes, y solía cenar en casa de este o del otro amigo, prefiriendo siempre la respetada vivienda de algún sacerdote, y principalmente la de don Inocencio, donde recibiera asilo en la mañana funesta de las prisiones.

En tanto, Batalla había telegrafiado al Gobierno, diciéndole que, descubierta una conspiración facciosa, estaban presos sus autores, y los pocos que lograron escapar andaban dispersos y fugitivos, *activamente perseguidos por nuestras columnas*.

Nada más entretenido que buscar el origen de los sucesos interesantes que nos asombran o perturban, ni nada más grato que encontrarlo. Cuando vemos arrebatadas pasiones en lucha encubierta o manifiesta, y llevados del natural impulso inductivo que acompaña siempre a la observación humana, logramos descubrir la oculta fuente de donde aquel revuelto río ha traído sus aguas, sentimos un gozo muy parecido al de los geógrafos y buscadores de tierras.

Este gozo nos lo ha concedido Dios ahora, porque explorando los escondrijos de los corazones que laten en esta historia, hemos descubierto un hecho que seguramente es el engendrador de los hechos más importantes que aquí se narran; una pasión, que es la primera gota de agua de esta alborotada corriente cuya marcha estamos observando.

Continuemos, pues, la narración. Para ello
dejemos a la señora de Polentinos, sin cuidarnos
de lo que pudo ocurrirle en la mañana de su diálogo con María Remedios. Penetra, llena de zozobra, en su vivienda, donde se ve obligada a soportar las excusas y cortesanías del señor Pinzón,
quien asegura que, mientras él existiera, la casa
de la señora no sería registrada. Le responde doña
Perfecta de un modo altanero, sin dignarse fijar
en él los ojos, por cuya razón él pide, urbanamente, explicaciones de tal desvío, a lo cual ella
contesta rogando al señor Pinzón abandone su
casa, sin perjuicio de dar oportunamente cuenta
de su alevosa conducta dentro de ella. Llega don
Cayetano, y se cruzan palabras de caballero a
caballero; pero como ahora nos interesa más otro
asunto, dejemos a los Polentinos y al teniente
coronel que se las compongan como puedan, y
pasemos a examinar los manantiales históricos
arriba mencionados.

Fijemos la atención en María Remedios,
mujer estimable, a la cual es urgente consagrar
algunas líneas. Era una señora, una verdadera
señora, pues, a pesar de su origen humildísimo,
las virtudes de su tío carnal, el señor don Inocencio, también de bajo origen, mas sublimado
por el Sacramento, así como por su saber y respetabilidad, habían derramado extraordinario esplendor sobre toda la familia.

El amor de Remedios a Jacinto era una de
las más vehementes pasiones que en el corazón
maternal pueden caber. Le amaba con delirio;
ponía el bienestar de su hijo sobre todas las cosas
humanas; creíale el más perfecto tipo de la belleza

y del talento creados por Dios, y diera por verle
feliz y poderoso todos los días de su vida y aun
parte de la eterna gloria. El sentimiento materno
es el único que, por lo muy santo y noble, admite
la exageración; el único que no se bastardea con
el delirio. Sin embargo, ocurre un fenómeno singular que no deja de ser común en la vida, y es
que si esta exaltación del afecto maternal no coin-
cide con la absoluta pureza del corazón y con la
honradez perfecta, suele extraviarse y convertirse
en frenesí lamentable, que puede contribuir, como
otra cualquiera pasión desbordada, a grandes
faltas y catástrofes.

En Orbajosa, María Remedios pasaba por
un modelo de virtud y de sobrina; quizá lo era, en
efecto. Servía cariñosamente a cuantos la necesi-
taban; jamás dio motivo a hablillas y murmura-
ciones de mal género; jamás se mezcló en intrigas.
Era piadosa, no sin dejarse llevar a extremos de
mojigatería chocante; practicaba la caridad; go-
bernaba la casa de su tío con habilidad suprema;
era bien recibida, admirada y obsequiada en todas
partes, a pesar del sofoco que producía su continuo afán de suspirar y expresarse siempre en tono
quejumbroso.

Pero en casa de doña Perfecta, aquella excelente señora sufría una especie de *capitis dimi-
nutio*. En tiempos remotos y muy aciagos para
la familia del buen penitenciario, María Remedios
(si es verdad, ¿por qué no se ha de decir?) había
sido lavandera en la casa de Polentinos. Y no se
crea por esto que doña Perfecta la miraba con
altanería; nada de eso. Tratábala sin orgullo; hacia ella sentía cariño fraternal; comían juntas;

rezaban juntas; referíanse sus cuitas; ayudábanse mutuamente en sus caridades y en sus devociones, así como en los negocios de la casa...; pero, ¡fuerza es decirlo!, siempre había algo, siempre había una raya invisible, pero infranqueable, entre la señora improvisada y la señora antigua. Doña Perfecta tuteaba a María, y ésta jamás pudo prescindir de ciertas fórmulas. Sentíase tan pequeña la sobrina de don Inocencio en presencia de la amiga de éste, que su humildad nativa tomaba un tinte extraño de tristeza. Veía que el buen canónigo era en la casa una especie de consejero áulico inamovible; veía a su idolatrado Jacintillo en familiaridad casi amorosa con la señorita, y, sin embargo, la pobre madre y sobrina frecuentaba la casa lo menos posible. Conviene indicar que María Remedios se deseñoraba bastante (pase la palabra) junto a doña Perfecta, y esto le era desagradable, porque también en aquel espíritu suspirón había, como en todo lo que vive, un poco de orgullo... ¡Ver a su hijo casado con Rosarito; verle rico y poderoso; verle emparentado con doña Perfecta, con la señora!... ¡Ay!, esto era para María Remedios la tierra y el cielo, esta vida y la otra, el presente y el más allá, la totalidad suprema de la existencia. Años hacía que su pensamiento y su corazón se llenaban de aquella dulce luz de esperanza. Por esto era buena y mala; por esto era religiosa y humilde, o terrible y osada; por esto era todo cuanto hay que ser, porque, sin tal idea, María, verdadera encarnación de su proyecto, no existiría.

En su físico, María Remedios no podía ser más insignificante. Distinguíase por una lozanía sorprendente, que aminoraba en apariencia el va-

lor numérico de sus años, y vestía siempre de luto,
a pesar de que su viudez era ya cuenta muy larga.

Habían pasado cinco días desde la entrada
de Caballuco en casa del señor penitenciario. Principiaba la noche. Remedios entró con la lámpara
encendida en el cuarto de su tío, y después de
dejarla sobre la mesa se sentó frente al anciano,
que desde media tarde permanecía inmóvil y meditabundo en su sillón, cual si le hubieran clavado
en él. Sus dedos sostenían la barba, arrugando la
morena piel, no rapada en tres días.

—¿Vendrá Caballuco a cenar aquí esta noche? —preguntó a su sobrina.

—Sí, señor, vendrá. En estas casas respetables es donde el pobrecito está más seguro.

—Pues yo no las tengo todas conmigo, a
pesar de la respetabilidad de mi casa —repuso el
penitenciario—. ¡Cómo se expone el valiente Ramos!... Y me han dicho que en Villahorrenda y
su campiña hay mucha gente...; ¡qué sé yo cuánta
gente!... ¿Qué has oído tú?

—Que la tropa está haciendo barbaridades...

—¡Es milagro que esos caribes no hayan
registrado mi casa! Te juro que si veo entrar uno
de los de pantalón encarnado, me caigo sin habla.

—¡Buenos, buenos estamos! —dijo Remedios, echando en un suspiro la mitad de su alma—.
No puedo apartar de mi mente la tribulación en
que se encuentra la señora doña Perfecta... ¡Ay,
tío! Debe usted ir allá.

—¿Allá esta noche?... Andan las tropas por
las calles. Figúrate que a un soldado se le antoja...
La señora está bien defendida. El otro día regis-

traron la casa y se llevaron los seis hombres armados que allí tenía; pero después se los han devuel-
to. Nosotros no tenemos quien nos defienda en
caso de un atropello.

—Yo he mandado a Jacinto allá para que
acompañe un ratito a la señora. Si Caballuco
viene, le diremos que vaya también... Nadie me
quita de la cabeza que alguna gran fechoría pre-
paran esos pillos contra nuestra amiga. ¡Pobre
señora, pobre Rosarito!... Cuando uno piensa que
esto podía haberse evitado con lo que propuse a
doña Perfecta hace dos días...

—Querida sobrina —dijo flemáticamente el
penitenciario—, hemos hecho todo cuanto en lo
humano cabía para realizar nuestro santo propósito... Ya no se puede más. Hemos fracasado, Remedios. Convéncete de ello, y no seas terca: Rosarito no puede ser la mujer de nuestro idolatrado
Jacintillo. Tu sueño dorado, tu ideal dichoso, que
un tiempo nos pareció realizable, y al cual consa-
gré yo las fuerzas todas de mi entendimiento,
como buen tío, se ha trocado ya en una quimera,
se ha disipado como el humo. Entorpecimientos
graves, la maldad de un hombre, la pasión indudable de la niña y otras cosas que callo, han
vuelto las cosas del revés. Ibamos venciendo, y de
pronto somos vencidos. ¡Ay, sobrina mía! Convéncete de una cosa. Hoy por hoy, Jacinto merece
mucho más que esa niña loca.

—Caprichos y terquedades —repuso María
con displicencia bastante irrespetuosa—. ¡Vaya
con lo que sale usted ahora, tío! Pues las grandes
cabezas se están luciendo... Doña Perfecta con
sus sublimidades y usted con sus cavilaciones, sir-

ven para cualquier cosa. Es lástima que Dios me haya hecho a mí tonta y dándome este entendimiento de ladrillo y argamasa, como dice la señora, porque, si así no fuera, yo resolvería la cuestión.

—¿Tú?

—Si ella y usted me hubieran dejado, resuelta estaría ya.

—¿Con los palos?

—No asustarse ni abrir tanto los ojos, porque no se trata de matar a nadie..., ¡vaya!

—Eso de los palos —dijo el canónigo, sonriendo— es como el rascar..., ya sabes.

—¡Bah!..., diga usted también que soy cruel y sanguinaria... Me falta valor para matar un gusanito, bien lo sabe usted... Ya se comprende que no había yo de querer la muerte de un hombre.

—En resumen, hija mía, por más vueltas que le des, el señor don Pepe Rey se lleva la niña. Ya no es posible evitarlo. El está dispuesto a emplear todos los medios, incluso la deshonra. Si la Rosarito... ¡Cómo nos engañaba con aquella carita circunspecta y aquellos ojos celestiales!, ¿eh?... Si la Rosarito, digo, no le quisiera..., vamos..., todo podría arreglarse; pero, ¡ay!, le ama como ama el pecador al demonio, está abrasada en criminal fuego; cayó, sobrina mía, cayó en la infernal trampa libidinosa. Seamos honrados y justos. Apartemos la vista de la innoble pareja y no pensemos más en el uno ni en la otra.

—Usted no entiende de mujeres, tío —dijo Remedios con lisonjera hipocresía—; usted es un santo varón; usted no comprende que lo de Rosarito no es más que un caprichillo de esos que pasan, de esos que se curan con un par de refregones en los morros o media docena de azotes.

—Sobrina —dijo don Inocencio grave y sentenciosamente—, cuando han pasado cosas mayores, los caprichillos no se llaman caprichillos, sino de otra manera.

—Tío, usted no sabe lo que dice —repuso la sobrina, cuyo rostro se inflamó súbitamente—. Pues qué, ¿será usted capaz de suponer en Rosarito...? ¡Qué atrocidad! Yo la defiendo, sí, la defiendo... Es pura como un ángel... Vamos, tío, con esas cosas se me suben los colores a la cara y me pone usted soberbia.

Al decir esto, el semblante del buen clérigo se cubría de una sombra de tristeza, que en apariencia le envejecía diez años.

—Querida Remedios —añadió—, hemos hecho todo lo humanamente posible y todo lo que en conciencia podía y debía hacerse. Nada más natural que nuestro deseo de ver a Jacintillo emparentado con esa gran familia, la primera de Orbajosa; nada más natural que nuestro deseo de verle dueño de las siete casas del pueblo, de la dehesa de Mundogrande, de las tres huertas del cortijo de Arriba, de la Encomienda y demás predios urbanos y rústicos que posee esa niña. Tu hijo vale mucho, bien lo saben todos. Rosarito gustaba de él y él de Rosarito. Parecía cosa hecha: la misma señora, sin entusiasmarse mucho, a causa, sin duda, de nuestro origen, parecía bien dispuesta a ello, por lo mucho que me estima y venera, como a confesor y amigo... Pero de repente se presenta ese malhadado joven. La señora me dice que tiene un compromiso con su hermano y que no se atreve a rechazar la proposición por éste hecha. ¡Conflicto grave! Pero ¿qué hago yo en vista de esto? ¡Ay!, no lo sabes tú bien. Yo te soy franco: si hubiera visto en el señor de Rey un hombre de buenos principios, capaz de hacer feliz a Rosario, no habría intervenido en el asunto; pero el tal joven me pareció una calamidad, y como director espiritual de la casa, debí tomar cartas en el asunto y las tomé. Ya sabes que le puse la proa, como vulgarmente se dice. Desenmascaré sus vicios; descubrí su ateísmo; puse a la vista de todo el mundo la podredumbre de aquel corazón materializado, y la señora se convenció de que entregaba a su hija al vicio... ¡Ay!, qué afanes pasé. La señora vacilaba; yo fortalecía su ánimo indeciso; aconsejábale los medios lícitos que debía emplear contra el sobrinejo para alejarle sin escándalo; sugeríale ideas ingeniosas, y como ella me mostraba a menudo su pura conciencia llena de alarmas, yo la tranquilizaba, demarcando hasta qué punto eran lícitas las batallas que librábamos contra aquel fiero enemigo. Jamás aconsejé medios violentos ni sanguinarios, ni atrocidades de mal género, sino sutiles trazas que no contenían pecado. Estoy tranquilo, querida sobrina. Pero bien sabes tú que he luchado, que he trabajado como un negro. ¡Ay!, cuando volvía a casa por las noches y decía: «Mariquilla, vamos bien, vamos muy bien», tú te volvías loca de contento, y me besabas las manos cien veces, y decías que era yo el hombre mejor del mundo. ¿Por qué te enfureces ahora, desfigurando tu noble cáractes y pacífica condición? ¿Por qué me riñes? ¿Por qué dices que estás soberbia y me llamas en buenas palabras Juan Lanas?

—Porque usted —dijo la mujer, sin cesar en su irritación— se ha acobardado de repente.

—Es que todo se nos vuelve en contra, mujer. El maldito ingeniero, favorecido por la tropa, está resuelto a todo. La chiquilla le ama; la chiquilla..., no quiero decir más. No puede ser; te digo que no puede ser.

—¡La tropa! Pero usted cree, como doña Perfecta, que va a haber una guerra y que para echar de aquí a don Pepe se necesita que media nación se levante contra la otra media... La señora se ha vuelto loca, y usted allá se le va.

—Creo lo mismo que ella. Dada la intimidad de Rey con los militares, la cuestión personal se agranda... Pero, ¡ay!, sobrina mía, si hace dos días tuve esperanza de que nuestros valientes echaran de aquí a puntapiés a la tropa, desde que he visto el giro que han tomado las cosas; desde que he visto que la mayor parte son sorprendidos antes de pelear, y que Caballuco se esconde y que esto se lo lleva la trampa, desconfío de todo. Los buenos principios no tienen aún bastante fuerza material para hacer pedazos a los ministros y emisarios del error... ¡Ay!, sobrina mía, resignación, resignación.

Apropiándose entonces don Inocencio el medio de expresión que caracterizaba a su sobrina, suspiró dos o tres veces ruidosamente. María, contra todo lo que podía esperarse, guardó profundo silencio. No había en ella, al menos aparentemente, ni cólera, ni tampoco el sentimentalismo superficial de su ordinaria vida; no había sino una aflicción profunda y modesta. Poco después de que el buen tío concluyera su perorata, dos lágrimas rodaron por las sonrosadas mejillas de su sobrina; no tardaron en oírse algunos sollozos mal comprimidos, y poco a poco, así como van creciendo en ruido y forma la hinchazón y tumulto de un mar que empieza a alborotarse, así fue encrespándose aquel oleaje del dolor de María Remedios, hasta que rompió en deshecho llanto.

27. El tormento de un canónigo

Resignación, resignación! —volvió a decir don Inocencio.

—¡Resignación, resignación! —repitió ella, enjugando sus lágrimas—. Puesto que mi querido hijo ha de ser siempre un pelagatos, séalo en buen hora. Los pleitos escasean; bien pronto llegará el día en que lo mismo será la abogacía que nada. ¿De qué vale el talento? ¿De qué valen tanto estudio y romperse la cabeza? ¡Ay!, somos pobres. Llegará un día, señor don Inocencio, en que mi pobre hijo no tendrá una almohada sobre que reclinar la cabeza.

—¡Mujer!

—¡Hombre!... Y si no, dígame; ¿qué herencia piensa usted dejarle cuando cierre el ojo? Cuatro cuartos, seis libruchos, miseria y nada más... Van a venir unos tiempos..., ¡qué tiempos, señor tío!... Mi pobre hijo, que se está poniendo muy delicado de salud, no podrá trabajar... Y se le ma-

rea la cabeza desde que lee un libro, ya le dan
bascas y jaqueca siempre que estudia de noche...
Tendré que mendigar un destinejo; tendré yo que
ponerme a la costura, y quién sabe, quién sabe...,
como no tengamos que pedir limosna.

—¡Mujer!

—Bien sé lo que digo... Buenos tiempos van
a venir —añadió la excelente mujer, forzando más
el sonsonete llorón con que hablaba—. ¡Dios mío!
¿Qué va a ser de nosotros? ¡Ah! Sólo el corazón
de una madre siente estas cosas... Sólo las ma-
dres son capaces de sufrir tantas penas por el
bienestar de un hijo. Usted ¿cómo lo ha de comprender? No; una cosa es tener hijos y pasar
amarguras por ellos, y otra cosa es cantar el *gori
gori* en la Catedral y enseñar latín en el Instituto...
Vea usted de qué le vale a mi hijo el ser sobrino
de usted y el haber sacado tantas notas de sobre-
saliente y ser el primor y la gala de Orbajosa... Se
morirá de hambre, porque ya sabemos lo que da
la abogacía, o tendrá que pedir a los diputados un
destino en La Habana, donde le matará la fiebre
amarilla...

—¡Pero mujer!...

—No, si no me apuro; si ya callo, si no le
molesto a usted más. Soy muy impertinente, muy
llorona, muy suspirona, y no se me puede aguan-
tar, porque soy madre cariñosa y miro por el bien
de mi amado hijo. Yo me moriré, sí, señor; me
moriré en silencio y ahogaré mi dolor; me beberé
mis lágrimas para no mortificar al señor canónigo... Pero mi idolatrado hijo me comprenderá y
no se tapará los oídos, como usted hace en este
momento..., ¡ay de mí! El pobre Jacinto sabe que

me dejaría matar por él y que le proporcionaría
la felicidad a costa de mi vida. ¡Pobrecito niño
de mis entrañas! Tener tanto mérito y vivir condenado a un pasar mediano, a una condición humilde; porque no, señor tío, no se ensoberbezca
usted... Por más que echemos humos, siempre
será usted el hijo del tío Tinieblas, el sacristán de
San Bernardo..., y yo no seré nunca más que la
hija de Ildefonso Tinieblas, su hermano de usted,
el que vendía pucheros, y mi hijo será el nieto de
los Tinieblas..., que tenemos un tenebrario en
nuestra casta, y nunca saldremos de la oscuridad,
ni poseeremos un pedazo de terruño donde decir:
«Esto es mío», ni trasquilaremos una oveja propia, ni ordeñaremos jamás una cabra propia, ni
meteré mis manos hasta el codo en un saco de
trigo trillado y aventado en nuestras eras..., todo
esto a causa de su poco ánimo de usted, de su bo-
bería y corazón amerengado...

—¡Pero..., pero, mujer!...

Subía más de tono el canónigo cada vez que
repetía esta frase, y puestas las manos en los oídos,
sacudía a un lado y a otro la cabeza con doloroso
ademán de desesperación. La chillona cantinela de
María Remedios era cada vez más aguda y pe-
netraba en el cerebro del infeliz y ya aturdido
clérigo como una saeta. Pero de repente transfor-
móse el rostro de aquella mujer; mudáronse los
plañideros sollozos en una voz bronca y dura; palideció su rostro; temblaron sus labios; cerráronse
sus puños; cayéronle sobre la frente algunas gue-
dejas del desordenado cabello; secáronse por com-
pleto sus ojos al calor de la ira que bramaba en

su pecho; levantóse del asiento, y no como una mujer, sino como una arpía, gritó de este modo:

—¡Yo me voy de aquí; yo me voy con mi hijo!... Nos iremos a Madrid; no quiero que mi hijo se pudra en este poblachón. Estoy cansada de ver que mi Jacinto, al amparo de la sotana, no es ni será nunca nada. ¿Lo oye usted, señor tío? ¡Mi hijo y yo nos vamos! Usted no nos verá nunca más, pero nunca más.

Don Inocencio había cruzado las manos y recibía los furibundos rayos de su sobrina con la consternación de un reo a quien la presencia del verdugo quita ya toda esperanza.

—Por Dios, Remedios —murmuró con voz dolorida—, por la Virgen Santísima...

Aquellas crisis y horribles erupciones del manso carácter de la sobrina eran tan fuertes como raras, y se pasaban a veces cinco o seis años sin que don Inocencio viera a Remedios convertirse en una furia.

—¡Soy madre!... ¡Soy madre!..., y puesto que nadie mira por mi hijo, miraré yo, yo misma —rugió la improvisada leona.

—Por María Santísima, no te arrebates... Mira que estás pecando... Recemos un padrenuestro y un avemaría, y verás como se te pasa eso.

Diciendo esto, el penitenciario temblaba y sudaba. ¡Pobre pollo en las garras del buitre! La mujer transformada acabó de estrujarle con estas palabras:

—Usted no sirve para nada; usted es un mandria... Mi hijo y yo nos marchamos de aquí para siempre, para siempre. Yo le conseguiré una

posición a mi hijo, yo le buscaré una buena con-
veniencia, ¿entiende usted? Así como estoy dispuesta a barrer la calle con la lengua, si de este
modo fuera preciso ganarle la comida, así también revolveré la tierra para buscar una posición
a mi hijo para que suba y sea rico, y personaje, y
caballero, y propietario, y señor, y grande, y todo
cuanto hay que ser, todo, todo.

—¡Dios me favorezca! —exclamó don Inocencio, dejándose caer en el sillón e inclinando la
cabeza sobre el pecho.

Hubo una pausa, durante la cual se oía el
agitado resuello de la mujer furiosa.

—Mujer —dijo al fin don Inocencio—, me
has quitado diez años de vida, me has abrasado la
sangre, me has vuelto loco... ¡Dios me dé la serenidad que para aguantarte necesito! Señor, paciencia, paciencia es lo que quiero, y tú, sobrina,
hazme el favor de llorar y lagrimear y estar suspi-
rando a moco y baba diez años, pues tu maldita
maña de los pucheros, que tanto me enfada, es
preferible a esas locas iras. ¡Si no supiera que en
el fondo eres buena...! Vaya, que para haber confesado y recibido a Dios esta mañana, te estás
portando.

—Sí; pero es por usted, por usted.

—¿Porque en el asunto de Rosario y de Jacinto te digo «resignación»?

—Porque cuando todo marcha bien, usted
se vuelve atrás y permite que el señor Rey se apo-
dere de Rosarito.

—¿Y cómo lo voy a evitar? Bien dice la señora que tienes entendimiento de ladrillo. ¿Quieres que salga por ahí con una espada, y en un quí-

tame allá esas pajas, haga picadillo a toda la tropa, y después me encare con Rey y le diga: «O usted me deja en paz a la niña, o le corto el pescuezo»?

—No; pero cuando aconsejé a la señora que diera un susto a su sobrino, usted se ha opuesto, en vez de aconsejarle lo mismo que yo.

—Tú estás loca con eso del susto.

—Porque, «muerto el perro, se acabó la rabia».

—Yo no puedo aconsejar eso que llamas susto, y que puede ser una cosa tremenda.

—Sí, porque soy una matona, ¿no es verdad, tío?

—Ya sabes que los juegos de manos son juegos de villanos. Además, ¿crees que ese hombre se dejará asustar? ¿Y sus amigos?

—De noche sale solo.

—¿Tú qué sabes?

—Lo sé todo, y no da un paso sin que yo me entere, ¿estamos? La viuda de Cuzco me tiene muy al corriente.

—Vamos, no me vuelvas loco. ¿Y quién le va a dar ese susto?... Sepámoslo.

—Caballuco.

—¿De modo que él está dispuesto...?

—No; pero lo estará si usted se lo manda.

—Vamos, mujer, déjame en paz. Yo no puedo mandar tal atrocidad. ¡Un susto! ¿Y qué es eso? ¿Tú le has hablado ya?

—Sí, señor; pero no me ha hecho caso, mejor dicho, se niega a ello. En Orbajosa no hay más que dos personas que puedan decirle con una simple orden: usted o doña Perfecta.

—Pues que se lo mande la señora, si quiere. Jamás consejaré que se empleen medios violentos y brutales. ¿Querrás creer que cuando Caballuco y algunos de los suyos estaban tratando de levantarse en armas, no pudieron sacarme una sola palabra incitándoles a derramar sangre? No, eso, no... Si doña Perfecta quiere hacerlo...

—Tampoco quiere. Esta tarde he estado hablando con ella dos horas, y dice que predicará la guerra, favoreciéndola por todos los medios; pero que no mandará a un hombre que hiera por la espalda a otro. Tendría razón en oponerse si se tratara de cosa mayor...; pero yo no quiero que haya heridas; yo no quiero más que un susto.

—Pues si doña Perfecta no se atreve a ordenar que se den sustos al ingeniero, yo tampoco, ¿entiendes? Antes que nada es mi conciencia.

—Bueno —repuso la sobrina—. Dígale usted a Caballuco que me acompañe esta noche... No le diga usted más que eso.

—¿Vas a salir tarde?

—Voy a salir, sí, señor. Pues qué, ¿no salí también anoche?

—¿Anoche? No lo supe; si lo hubiera sabido, me hubiera enfadado, sí, señora.

—No le diga usted a Caballuco sino lo siguiente: «Querido Ramos, le estimaré mucho que acompañe a mi sobrina a cierta diligencia que tiene que hacer esta noche y que la defienda si acaso se ve en algún peligro.»

—Eso sí lo puedo hacer. Que te acompañe..., que te defienda. ¡Ah, picarona!, tú quieres engañarme, haciéndome cómplice de alguna majadería.

—Ya…, ¿qué cree usted? —dijo irónicamente María Remedios—. Entre Ramos y yo vamos a degollar mucha gente esta noche.

—No bromees. Te repito que no le aconsejaré a Ramos nada que tenga visos de maldad.
Me parece que está ahí…

Oyóse ruido en la puerta de la calle. Luego
sonó la voz de Caballuco, que hablaba con el criado, y poco después el héroe de Orbajosa penetró
en la estancia.

—Noticias, vengan noticias, señor Ramos
—dijo el clérigo—. Vaya, que si no nos da usted
alguna esperanza en cambio de la cena y de la
hospitalidad… ¿Qué hay en Villahorrenda?

—Alguna cosa —repuso el valentón, sentándose con muestras de cansancio—. Pronto se
verá si servimos para algo.

Como todas las personas que tienen importancia o quieren dársela, Caballuco mostraba
gran reserva.

—Esta noche, amigo mío, se llevará usted,
si quiere, el dinero que me han dado para…

—Buena falta hace… Como lo huelan los
de la tropa, no me dejarán pasar —dijo Ramos,
riendo brutalmente.

—Calle usted, hombre… Ya sabemos que
usted pasa siempre que se le antoja. Pues no
faltaba más. Los militares son gente de manga
ancha…, y si se pusieran pesados, con un par
de duros, ¿eh? Vamos, veo que no viene usted
mal armado… No le falta más que un cañón de
a ocho. Pistolitas, ¿eh?… También navaja.

—Por lo que pueda suceder —dijo Caballuco, sacando el arma del cinto y mostrando su horrible hoja.

—¡Por Dios y la Virgen! —exclamó María Remedios, cerrando los ojos y apartando con miedo el rostro—. Guarde usted ese chisme. Me horrorizo sólo de verlo.

—Si ustedes no lo llevan a mal —dijo Ramos cerrando el arma—, cenaremos.

María Remedios dispuso todo con precipitación para que el héroe no se impacientase.

—Oiga usted una cosa, señor Ramos —dijo don Inocencio a su huésped cuando se pusieron a cenar—, ¿tiene usted muchas ocupaciones esta noche?

—Algo hay que hacer —repuso el bravo—. Esta es la última noche que vengo a Orbajosa, la última. Tengo que recoger algunos muchachos que quedan por aquí, y vamos a ver cómo sacamos el salitre y el azufre que está en casa de Cirujeda.

—Lo decía —añadió bondadosamente el cura, llenando el plato de su amigo—, porque mi sobrina quiere que le acompañe usted un momento. Tiene que hacer no sé qué diligencia, y es algo tarde para ir sola.

—¿Va a casa de doña Perfecta? —preguntó Ramos—. Allí he estado hace un momento: no quise detenerme.

—¿Cómo está la señora?

—Miedosilla. Esta noche he sacado los seis mozos que tenía en la casa.

—Hombre, ¿crees que no hacen falta allí? —dijo Remedios con zozobra.

—Más falta hacen en Villahorrenda. Entre cuatro paredes se pudre la gente valerosa, ¿no es verdad, señor canónigo?

—Señor Ramos, aquella vivienda no debe estar nunca sola —dijo el penitenciario.

—Con los criados basta y sobra. ¿Pero usted cree, señor don Inocencio, que el brigadier se ocupa de asaltar casas ajenas?

—Sí; pero bien sabe usted que ese ingeniero de tres mil docenas de demonios...

—Para eso... en la casa no faltan escobas —manifestó Cristóbal jovialmente—. ¡Si al fin y al cabo no tendrán más remedio que casarlos...! Después de lo que ha pasado...

—Cristóbal —añadió Remedios, súbitamente enojada—, se me figura que no entiendes gran cosa en esto de casar a la gente.

—Dígolo porque esta noche, hace un momento, vi que la señora y la niña estaban haciendo al modo de una reconciliación. Doña Perfecta besuqueaba a Rosarito, y todo era echarse palabrillas tiernas y mimos.

—¡Reconciliación! Con eso de los armamentos has perdido la chaveta... Pero, en fin, ¿me acompañas o no?

—No es a la casa de la señora donde quiere ir —dijo el clérigo—, sino a la posada de la viuda de Cuzco. Estaba diciendo que no se atreve a ir sola, porque teme ser insultada...

—¿Por quién?

—Bien se comprende. Por ese ingeniero de tres mil o cuatro mil docenas de demonios. Anoche mi sobrina le vio allí y le dijo cuatro frescas, por cuya razón no las tiene todas consigo esta noche. El mocito es vengativo y procaz.

—No sé si podré ir... —indicó Caballuco—; como ando ahora escondido, no puedo desafiar al don José Poquita Cosa. Si yo no estuviera como estoy, con media cara tapada y la otra media descubierta, ya le habría roto treinta veces el espinazo. ¿Pero qué sucede si caigo sobre él? Que me descubro; caen sobre mí los soldados, y adiós Caballuco. En cuanto a darle un golpe a traición, es cosa que no sé hacer, ni está en mi natural, ni la señora lo consiente tampoco. Para solfas con alevosía no sirve Cristóbal Ramos.

—Pero, hombre, ¿estamos locos?... ¿Qué está usted hablando? —dijo el penitenciario con innegables muestras de asombro—. Ni por pienso le aconsejo yo a usted que maltrate a ese caballero. Antes me dejaré cortar la lengua que aconsejar una bellaquería. Los malos caerán, es verdad; pero Dios es quien debe fijar el momento, no yo. No se trata tampoco de dar palos. Antes recibiré yo diez docenas de ellos que recomendar a un cristiano la administración de tales medicinas. Sólo digo a usted una cosa —añadió mirando al bravo por encima de los espejuelos—, y es que como mi sobrina va allá, como es probable, muy probable, ¿no es eso Remedios?..., que tenga que decir algunas palabritas a ese hombre, recomiendo a usted que no la desampare en caso de que se vea insultada...

—Esta noche tengo que hacer —repuso lacónica y secamente Caballuco.

—Ya lo oyes, Remedios. Deja tu diligencia para mañana.

—Eso sí que no puede ser. Iré sola.

—No, no irás, sobrina mía. Tengamos la fiesta en paz. El señor Ramos no puede acompañarte. Figúrate que eres injuriada por ese hombre grosero...

—¡Insultada..., insultada una señora por ese...! —exclamó Caballuco—. Vamos, no puede ser.

—Si usted no tuviera ocupaciones..., ¡bah, bah!, ya estaría yo tranquilo.

—Ocupaciones, tengo —dijo el Centauro levantándose de la mesa—; pero si es empeño de usted...

Hubo una pausa. El penitenciario había cerrado los ojos y meditaba.

—Empeño mío es, señor Ramos —dijo al fin.

—Pues no hay más que hablar. Iremos, señora doña María.

—Ahora, querida sobrina —dijo don Inocencio entre serio y jovial—, puesto que hemos concluido de cenar, tráeme la jofaina.

Dirigió a su sobrina una mirada penetrante, y acompañándolas de la acción correspondiente, profirió estas palabras:

—Yo me lavo las manos.

28. De Pepe Rey a Juan Rey

Orbajosa, 12 de abril.

Q UERIDO padre: Perdóneme usted si por primera vez le desobedezco no saliendo de aquí ni renunciando a mi propósito. El consejo y ruego de usted son propios de un padre bondadoso y honrado: mi terquedad es propia de un hijo insensato; pero en mí pasa una cosa singular; terquedad y honor se han juntado y confundido de tal modo, que la idea de disuadirme y ceder me causa vergüenza. He cambiado mucho. Yo no conocía estos furores que me abrasan. Antes me reía de toda obra violenta, de las exageraciones de los hombres impetuosos, como de las brutalidades de los malvados. Ya nada de esto me asombra, porque en mí mismo encuentro a todas horas cierta capacidad terrible para la perversidad. A usted puedo hablarle como se habla a solas con Dios y con la conciencia; a usted puedo decirle que soy un miserable, porque es un miserable quien carece de aquella poderosa fuerza moral contra sí mismo, que castiga las pasiones y somete la vida al duro régimen de la conciencia. He carecido de la entereza cristiana que contiene el espíritu del hombre ofendido en un hermoso estado de elevación sobre las ofensas que recibe y los enemigos que se las hacen; he tenido la debilidad de abandonarme a una ira loca, poniéndome al bajo nivel de mis detractores, devolviéndoles golpes iguales a los suyos y tratando de confundirles por medios aprendidos en su propia indigna escuela. ¡Cuánto siento que no estuviera usted a mi lado para apartarme de este camino! Ya es tarde. Las pasiones no tienen espera. Son impacientes y piden su presa a gritos y con la convulsión de una espantosa sed moral. He sucumbido. No puedo olvidar lo que tantas veces me ha dicho usted, y es que la ira puede llamarse la peor de las pasiones, porque, transformando de improviso nuestro carácter, engendra todas las demás maldades y a todas les presta su infernal llamarada.

»Pero no ha sido sólo la ira, sino un fuerte sentimiento expansivo, lo que me ha traído a tal estado: el amor profundo y entrañable que profeso a mi prima, única circunstancia que me absuelve. Y si el amor no, la compasión me habría impulsado a desafiar el furor y las intrigas de su terrible hermana de usted, porque la pobre Rosario, colocada entre un afecto irresistible y su madre, es hoy uno de los seres más desgraciados que existen sobre la tierra. El amor que me tiene y que corresponde al mío, ¿no me da derecho a abrir como pueda las puertas de su casa, y sacarla de

allí, empleando la ley hasta donde la ley alcance,
y usando la fuerza desde el punto en que la ley
me desampare? Creo que los rigurosos escrúpulos
morales de usted no darán una respuesta afirma-
tiva a esta proposición; pero yo he dejado de ser
aquel carácter metódico y puro, conformado en
su conciencia con la exactitud de un tratado científico. Ya no soy aquel a quien una educación casi
perfecta dio pasmosa regularidad en sus sentimientos; ahora soy un hombre como otro cualquiera; de un solo paso he entrado en el terreno
común de lo injusto y de lo malo. Prepárese usted
a oír cualquier barbaridad, que será obra mía.
Yo cuidaré de notificar a usted las que vaya co-
metiendo.

»Pero ni la confesión de mis culpas me
quitará la responsabilidad de los sucesos graves
que han ocurrido y ocurrirán, ni ésta, por mucho
que argumente, recaerá toda entera sobre su hermana de usted. La responsabilidad de doña Perfecta es inmensa, seguramente. ¿Cuál será la extensión de la mía? ¡Ah, querido padre! No crea
usted nada de lo que oiga respecto a mí, y atén-
gase tan sólo a lo que yo le revele. Si le dicen
que he cometido una villanía deliberada, responda
que es mentira. Difícil, muy difícil me es juzgar-
me a mí mismo en el estado de turbación en que
me hallo; pero me atrevo a asegurar que no he
producido el escándalo deliberadamente. Bien sabe usted adónde puede llegar la pasión, favorecida
en su horrible crecimiento invasor por las circunstancias.

»Lo que más amarga mi vida es haber
empleado la ficción, el engaño y bajos disimulos.

¡Yo que era la verdad misma! He perdido mi propia hechura... ¿Pero es esto la perversidad mayor en que puede incurrir el alma? ¿Empiezo ahora o acabo? Nada sé. Si Rosario, con su mano celeste, no me saca de este infierno de mi conciencia, deseo que venga usted a sacarme. Mi prima es un ángel, y padeciendo por mí, me ha enseñado muchas cosas que antes no sabía.

»No extrañe usted la incoherencia de lo que escribo. Diversos sentimientos me inflaman. Me asaltan a ratos ideas dignas verdaderamente de mi alma inmortal; pero a ratos caigo también en desfallecimiento lamentable, y pienso en los hombres débiles y menguados, cuya bajeza me ha pintado usted con vivos colores para que les aborrezca. Tal como hoy me hallo, estoy dispuesto al mal y al bien. Dios tenga piedad de mí. Ya sé lo que es la oración: una súplica grave y reflexiva, tan personal, que no se aviene con fórmulas aprendidas de memoria; una expansión del alma, que se atreve a extenderse hasta buscar su origen; lo contrario del remordimiento, que es una contracción de la misma alma, envolviéndose y ocultándose, con el ridículo empeño de que nadie la vea. Usted me ha enseñado muy buenas cosas; pero ahora estoy en prácticas, como decimos los ingenieros; hago estudios sobre el terreno, y con esto mis conocimientos se ensanchan y fijan... Se me está figurando ahora que no soy tan malo como yo mismo creo. ¿Será así?

»Concluyo esta carta a toda prisa. Tengo que enviarla con unos soldados que van hacia la estación de Villahorrenda, porque no hay que fiarse del correo de esta gente.»

… … … … … … … … … … … … … … … …

14 de abril.

«Le divertiría a usted, querido padre, si pudiera hacerle comprender cómo piensa la gente de este poblachón. Ya sabrá usted que casi todo este país se ha levantado en armas. Era cosa prevista, y los políticos se equivocan si creen que todo concluirá en un par de días. La hostilidad contra nosotros y contra el Gobierno la tienen los orbajosenses en su espíritu, formando parte de él como la fe religiosa. Concretándome a la cuestión particular con mi tía, diré a usted una cosa singular: la pobre señora, que tiene el feudalismo en la medula de los huesos, ha imaginado que voy a atacar su casa para robarle su hija, como los señores de la Edad Media embestían un castillo enemigo para consumar cualquier desafuero. No se ría, usted, que es verdad: tales son las ideas de esta gente. Excuso decir a usted que me tiene por un monstruo, por una especie de rey moro herejote, y los militares con quienes hice amistad aquí no le merecen mejor concepto. En la sociedad de doña Perfecta es cosa corriente que la tropa y yo formamos una coalición diabólica y antirreligiosa para quitarle a Orbajosa sus tesoros, su fe y sus muchachas. Me consta que su hermana de usted cree a pie juntillas que yo voy a tomar por asalto su vivienda, y no es dudoso que detrás de la puerta habrá alguna barricada.

»Pero no puede ser de otra manera. Aquí privan las ideas más anticuadas acerca de la sociedad, de la religión, del Estado, de la propiedad. La exaltación religiosa, que les impulsa a emplear la fuerza contra el Gobierno, por defender una fe que nadie ha atacado y que ellos no tienen tampoco, despierta en su ánimo resabios feudales; y como resolverían sus cuestiones por la fuerza bruta y a sangre y fuego, degollando a todo el mundo que no piense como ellos, creen que no hay en el mundo quien emplee otros medios.

»Lejos de intentar yo quijotadas en la casa de esa señora, he procurado evitarle algunas molestias, de que no se libraron los demás vecinos. Por mi amistad con el brigadier no les han obligado a presentar, como se mandó, una lista de todos los hombres de su servidumbre que se han marchado con la facción; y si se le registró la casa, me consta que fue por fórmula, y si le desarmaron los seis hombres que allí tenía, después ha puesto otros tantos, y nada se le ha hecho. Vea usted a lo que está reducida mi hostilidad a la señora.

»Verdad es que yo tengo el apoyo de los jefes militares; pero lo utilizo tan sólo para no ser insultado o maltratado por esta gente implacable. Mis probabilidades de éxito consisten en que las autoridades recientemente puestas por el jefe militar son todas amigas. Tomo de ellas mi fuerza moral, e intimido a los contrarios. No sé si me veré en el caso de cometer alguna acción violenta; pero no se asuste usted, que el asalto y toma de la casa es una ridícula preocupación

feudal de su hermana de usted. La casualidad me
ha puesto en situación ventajosa. La ira, la pasión
que arde en mí, me impulsarán a aprovecharla.
No sé hasta dónde iré.»

... ...

17 de abril.

«La carta de usted me ha dado un gran
consuelo. Sí; puedo conseguir mi objeto usando
tan sólo los recursos de la ley, de indudable efi-
cacia. He consultado a las autoridades de aquí,
y todas me confirman en lo que usted me indica.
Estoy contento. Ya que he inculcado en el ánimo
de mi prima la idea de la desobediencia, que sea
al menos al amparo de las leyes sociales. Haré
lo que usted me manda, es decir, renunciaré a la
colaboración un tanto incorrecta de Pinzón; des-
truiré la solidaridad aterradora que establecí con
los militares; dejaré de envanecerme con el poder
de ellos; pondré fin a las aventuras, y en el momento oportuno procederé con calma, prudencia
y toda la benignidad posible. Mejor es así. Mi
coalición, mitad seria, mitad burlesca, con el Ejército ha tenido por objeto ponerme al amparo de
las brutalidades de los orbajosenses y de los criados y deudos de mi tía. Por lo demás, siempre he
rechazado la idea de lo que llamamos *intervención
armada*.

»El amigo que me favorecía ha tenido que
salir de la casa; pero no estoy en completa inco-
municación con mi prima. La pobrecita demues-

tra un valor heroico en medio de sus penas, y me obedecerá ciegamente.

»Viva usted sin cuidado con respecto a mi seguridad personal. Por mi parte, nada temo y estoy muy tranquilo.

... ...

20 de abril.

«Hoy no puedo escribir más que dos líneas. Tengo mucho que hacer. Todo concluirá dentro de unos días. No me escriba usted más a este lugarón. Pronto tendrá el gusto de abrazarle su hijo,

Pepe.»

29. De Pepe Rey a Rosario Polentinos

DALE a Estebanillo la llave de la huerta, y encárgale que cuide del perro. El muchacho está vendido a mí en cuerpo y alma. No temas nada. Sentiré mucho que no puedas bajar, como la otra noche. Haz todo lo posible por conseguirlo. Yo estaré allí después de medianoche. Te diré lo que he resuelto y lo que debes hacer. Tranquilízate, niña mía, porque he abandonado todo recurso imprudente y brutal. Ya te contaré. Esto es largo y debe ser hablado. Me parece que veo tu susto y congoja al considerarme tan cerca de ti. Pero hace ocho días que no nos hemos visto. He jurado que esta ausencia de ti concluirá pronto, y concluirá. El corazón me dice que te veré. Maldito sea yo si no te veo.»

Una mujer y un hombre penetraron después de las diez en la posada de la viuda de Cuzco, y salieron de ella dadas las once y media.

—Ahora, señora doña María —dijo el hombre—, la llevaré a usted a su casa, porque tengo que hacer.

—Aguárdate, Ramos, por amor de Dios —repuso ella—. ¿Por qué no nos llegamos al Casino a ver si sale? Ya has oído... Esta tarde estuvo hablando con él Estebanillo, el chico de la huerta.

—¿Pero usted busca a don José? —preguntó el Centauro de muy mal humor—. ¿Qué nos importa? El noviazgo con doña Rosario paró donde debía parar, y ahora no tiene la señora más remedio que casarlos. Esa es mi opinión.

—Eres un animal —dijo Remedios con enfado.

—Señora, yo me voy.

—Pues qué, hombre grosero, ¿me vas a dejar sola en medio de la calle?

—Si usted no se va pronto a su casa, sí, señora.

—Esto es..., me dejas sola, expuesta a ser insultada... Oye, Ramos: don José saldrá ahora del Casino, como de costumbre. Quiero saber si entra en su casa o sigue adelante. Es un capricho, nada más que un capricho.

—Yo lo que sé es que tengo que hacer, y van a dar las doce.

—Silencio —dijo Remedios—: ocultémonos detrás de la esquina... Un hombre viene por la calle de la Tripería Alta. Es él.

—Don José... Le conozco en el modo de andar.

Se ocultaron, y el hombre pasó.

—Sigámosle —dijo María Remedios con zozobra—, sigámosle a corta distancia, Ramos.

—Señora...

—Nada más sino hasta ver si entra en su casa.

—Un minutillo nada más, doña Remedios. Después me marcharé.

Anduvieron como treinta pasos a regular distancia del hombre que observaban. La sobrina del penitenciario se detuvo al fin, y pronunció estas palabras:

—No entra en su casa.

—Irá a casa del brigadier.

—El brigadier vive hacia arriba, y don Pepe va hacia abajo, hacia la casa de la señora.

—¡De la señora! —exclamó Caballuco, andando a prisa.

Pero se engañaban: el espiado pasó por delante de la casa de Polentinos, y siguió adelante.

—¿Ve usted como no?

—Cristóbal, sigámosle —dijo Remedios, oprimiendo convulsivamente la mano del Centauro—. Tengo una corazonada.

—Pronto hemos de saberlo, porque el pueblo se acaba.

—No vayamos tan de prisa... Puede vernos. Lo que yo pensé: va a entrar por la puerta condenada de la huerta.

—¡Señora, usted se ha vuelto loca!

—Adelante, y lo veremos.

La noche era oscura, y no pudieron los observadores precisar dónde había entrado el señor de Rey; pero cierto ruido de bisagras mohosas que oyeron, y la circunstancia de no encontrar al joven en todo lo largo de la tapia, les convencieron de que se había metido dentro de la huerta. Caballuco miró a su interlocutora con estupor. Parecía lelo.

—¿En qué piensa usted?... ¿Todavía duda?

—¿Qué debo hacer?... —preguntó el bravo, lleno de confusión—. ¿Le daremos un susto...? No sé lo que pensará la señora. Dígolo porque esta noche estuve a verla, y me pareció que la madre y la hija se reconciliaban.

—No seas bruto... ¿Por qué no entras?

—Ahora me acuerdo de que los mozos armados ya no están ahí, porque yo les mandé salir esta noche.

—Y aún duda este marmolejo lo que ha de hacer. Ramos, no seas cobarde y entra en la huerta.

—¿Por dónde, si han cerrado la puertecilla?

—Salta por encima de la tapia …¡Qué pelmazo! Si yo fuera hombre…

—Pues arriba… Aquí hay unos ladrillos gastados por donde suben los chicos a robar fruta.

—Arriba pronto. Yo voy a llamar a la puerta principal para que despierte la señora, si es que duerme.

El Centauro subió, no sin dificultad. Montó a caballo breve instante sobre el muro, y a poco desapareció entre la negra espesura de los árboles. María Remedios corrió desolada hacia la calle del Condestable, y cogiendo el aldabón de la puerta principal, llamó…, llamó tres veces con toda el alma y la vida.

V ER con cuánta tranquilidad se consagra a la escritura la señora doña Perfecta. Penetrad en su cuarto, sin reparar en lo avanzado de la hora, y la sorprenderéis en grave tarea, compartido su espíritu entre la meditación y unas largas y concienzudas cartas que traza a ratos con segura pluma y correctos perfiles. Dale de lleno en el rostro, busto y manos la luz del quinqué, cuya pantalla deja en dulce penumbra el rostro de la persona y la pieza casi toda. Parece una figura luminosa evocada por la imaginación en medio de las vagas sombras del miedo.

Es extraño que hasta ahora no hayamos hecho una afirmación muy importante; allá va: doña Perfecta era hermosa, mejor dicho, era todavía hermosa, conservando en su semblante rasgos de acabada belleza. La vida del campo, la falta absoluta de presunción, el no vestirse, el no acicalarse, el odio a las modas, el desprecio a las vanidades cortesanas, eran causa de que su nativa hermosura no brillase, o brillase muy poco. También la desmejoraba la intensa amarillez de su rostro, indicando una fuerte constitución biliosa.

Negros y rasgados ojos, fina y delicada la nariz, ancha y despejada la frente, todo observador la consideraba como acabado tipo de la humana figura; pero había en aquellas facciones cierta expresión de dureza y soberbia que era causa de antipatía. Así como otras personas, aun siendo feas, llaman, doña Perfecta despedía. Su mirar, aun acompañado de bondadosas palabras, ponía entre ella y las personas extrañas la infranqueable distancia de un respeto receloso; mas para los de casa, es decir, para sus deudos, parciales y allegados, tenía una singular atracción. Era maestra en dominar, y nadie la igualó en el arte de hablar el lenguaje que mejor cuadraba a cada oreja.

Su hechura biliosa y el comercio excesivo con personas y cosas devotas, que exaltaban sin fruto ni objeto su imaginación, habíanla envejecido prematuramente, y siendo joven no lo parecía. Podría decirse de ella que con sus hábitos y su sistema de vida se había labrado una corteza, un forro pétreo insensible, encerrándose dentro, como el caracol en su casa portátil. Doña Perfecta salía pocas veces de su concha.

Sus costumbres intachables y la bondad pública que hemos observado en ella desde el momento de su aparición en nuestro relato, eran causa de su gran prestigio en Orbajosa. Sostenía además relaciones con excelentes damas de Madrid, y por este medio consiguió la destitución

de su sobrino. Ahora, como se ha dicho, hallá-
mosla sentada junto al pupitre, que es el confi-
dente único de sus planes y el depositario de sus
cuentas numéricas con los aldeanos, y de sus cuentas morales con Dios y la sociedad. Allí escribió
las cartas que trimestralmente recibía su hermano; allí redactaba las esquelitas para incitar al
juez y al escribano a que embrollaran los pleitos
de Pepe Rey; allí armó el lazo en que éste per-
diera la confianza del Gobierno; allí conferenciaba
largamente con don Inocencio. Para conocer el
escenario de otras acciones cuyos efectos hemos
visto, sería preciso seguirla al palacio episcopal y
a varias casas de familias amigas.

No sabemos cómo hubiera sido doña Perfecta amando. Aborreciendo, tenía la inflamada
vehemencia de un ángel tutelar de la discordia
entre los hombres. Tal es el resultado producido
en un carácter duro y sin bondad nativa por la
exaltación religiosa, cuando ésta, en vez de nutrir-
se de la conciencia y de la verdad revelada en
principios tan sencillos como hermosos, busca su
savia en fórmulas estrechas que sólo obedecen a
intereses eclesiásticos. Para que la mojigatería
sea inofensiva, es preciso que exista en corazones
muy puros. Es verdad que aun en este caso es
infecunda para el bien. Pero los corazones que
han nacido sin la seráfica limpieza que establece
en la tierra un Limbo prematuro, cuidan bien de
no inflamarse mucho con lo que ven en los reta-
blos, en los coros, en los locutorios y en las sa-
cristías, si antes no han elevado en su propia
conciencia un altar, un púlpito y un confesionario.

La señora, dejando a ratos la escritura, pasaba a la pieza inmediata donde estaba su hija. A Rosarito se le había mandado que durmiera; pero ella, precipitada ya por el despeñadero de la desobediencia, velaba.

—¿Por qué no duermes? —le preguntó su madre—. Yo no pienso acostarme en toda la noche. Ya sabes que Caballuco se ha llevado los hombres que teníamos aquí. Puede suceder cualquier cosa, y yo vigilo... Si yo no vigilara, ¿qué sería de ti y de mí?...

—¿Qué hora es? —preguntó la niña.

—Pronto será medianoche... Tú no tendrás miedo..., yo lo tengo.

Rosarito temblaba; todo indicaba en ella la más negra congoja. Sus ojos se dirigían al cielo como cuando se quiere orar; miraban luego a su madre, expresando un vivo terror.

—Pero ¿qué tienes?

—¿Ha dicho usted que era medianoche?

—Sí.

—Pues... Pero ¿es ya medianoche?

Quería Rosarito hablar; sacudía la cabeza, encima de la cual se le había puesto un mundo.

—Tú tienes algo... A tí te pasa algo —dijo la madre clavando en ella los sagaces ojos.

—Sí..., quería decirle a usted —balbució la muchacha—, quería decir... Nada, nada: me dormiré.

—Rosario, Rosario. Tu madre lee en tu corazón como en un libro —dijo doña Perfecta con severidad—. Tú estás agitada. Ya te he dicho que estoy dispuesta a perdonarte si te arrepientes, si eres niña buena y formal...

—Pues qué, ¿no soy buena yo? ¡Ay, mamá, mamá mía, yo me muero!

Rosario prorrumpió en llanto congojoso y dolorido.

—¿A qué vienen esos lloros? —dijo su madre abrazándola—. Si son lágrimas de arrepentimiento, benditas sean.

—Yo no me arrepiento, yo no puedo arrepentirme —gritó la joven con arrebato de desesperación que la puso sublime.

Irguió la cabeza, y en su semblante se pintó, súbita, inspirada energía. Los cabellos le caían sobre la espalda. No se ha visto imagen más hermosa de un ángel dispuesto a rebelarse.

—¿Pero te vuelves loca, o qué es esto? —dijo doña Perfecta, poniéndole ambas manos sobre los hombros.

—¡Me voy, me voy! —exclamó la joven con la exaltación del delirio.

Y se lanzó fuera del lecho.

—Rosario, Rosario... Hija mía... ¡Por Dios! ¿Qué es esto?

—¡Ay, mamá! Señora —prosiguió la joven, abrazándose a su madre—. Ateme usted.

—En verdad, lo merecías... ¿Qué locura es ésta?

—Ateme usted... Yo me marcho, me marcho con él.

Doña Perfecta sintió borbotones de fuego que subían de su corazón a sus labios. Se contuvo, y sólo con sus ojos negros, más negros que la noche, contestó a su hija.

—¡Mamá, mamá mía, yo aborrezco todo lo que no sea él! —exclamó Rosario—. Oigame usted en confesión, porque quiero confesarlo a todos, y a usted la primera.

—Me vas a matar, me estás matando.

—Yo quiero confesarlo, para que usted me perdone... Este peso, este peso que tengo encima no me deja vivir...

—¡El peso de un pecado!... Añádele encima la maldición de Dios, y prueba a andar con ese fardo, desgraciada... Sólo yo puedo quitártelo.

—No, usted no, usted no —gritó Rosario con desesperación—. Pero óigame usted: quiero confesarlo todo, todo... Después arrójeme usted de esta casa, donde he nacido.

—¡Arrojarte yo!...

—Pues me marcharé.

—Menos. Yo te enseñaré los deberes de hija, que has olvidado.

—Pues huiré; él me llevará consigo.

—¿Te lo ha dicho, te lo ha aconsejado, te lo ha mandado? —preguntó la madre, lanzando estas palabras como rayos sobre su hija.

—Me lo aconseja... Hemos concertado casarnos. Es preciso, mamá, mamá mía querida. Yo amaré a usted... Conozco que debo amarla... Me condenaré si no la amo.

Se retorcía los brazos, y cayendo de rodillas, besó los pies a su madre.

—¡Rosario, Rosario! —exclamó doña Perfecta con terrible acento—. Levántate.

Hubo una pequeña pausa.

—¿Ese hombre te ha escrito?

—Sí.

—¿Has vuelto a verle después de aquella noche?

—Sí.

—¡Y tú...!

—Yo también le escribí. ¡Oh!, señora. ¿Por qué me mira usted así? Usted no es mi madre.

—Ojalá no. Gózate en el daño que me haces. Me matas, me matas sin remedio —gritó la señora con indecible agitación—. Dices que ese hombre...

—Es mi esposo... Yo seré suya, protegida por la ley... Usted no es mujer... ¿Por qué me mira usted de ese modo que me hace temblar? Madre, madre mía, no me condene usted.

—Ya tú te has condenado: basta. Obedéceme y te perdonaré... Responde: ¿cuándo recibiste carta de ese hombre?

—Hoy.

—¡Qué traición! ¡Qué infamia! —exclamó la madre, antes bien rugiendo que hablando—. ¿Esperábais veros?

—Sí.

—¿Cuándo?

—Esta noche.

—¿Dónde?

—Aquí, aquí. Todo lo confieso, todo. Sé que es un delito... Soy una infame; pero usted, que es mi madre, me sacará de este infierno. Consienta usted... Dígame usted una palabra, una sola.

—¡Ese hombre aquí, en mi casa! —gritó doña Perfecta, dando algunos pasos que parecían saltos hacia el centro de la habitación.

Rosario la siguió de rodillas. En el mismo instante oyéronse tres golpes, tres estampidos, tres cañonazos. Era el corazón de María Remedios, que tocaba a la puerta, agitando la aldaba. La casa se estremecía con temblor pavoroso. Hija y madre se quedaron como estatuas.

Bajó a abrir un criado y, poco después, en la habitación de doña Perfecta entró María Remedios, que no era mujer, sino un basilisco envuelto en un mantón. Su rostro, encendido por la ansiedad, despedía fuego.

—¡Ahí está, ahí está! —dijo al entrar—. Se ha metido en la huerta por la puertecilla condenada...

Tomaba aliento a cada sílaba.

—Ya entiendo —repitió doña Perfecta con una especie de bramido.

Rosario cayó exámine al suelo y perdió el conocimiento.

—Bajemos —dijo doña Perfecta, sin hacer caso del desmayo de su hija.

Las dos mujeres se deslizaron por la escalera como dos culebras. Las criadas y el criado estaban en la galería sin saber qué hacer. Doña Perfecta pasó por el comedor a la huerta, seguida de María Remedios.

—Afortunadamente, tenemos ahí a Ca... Ca... Caballuco —dijo la sobrina del canónigo.

—¿Dónde?

—En la huerta también... Sal... sal... saltó la tapia.

Exploró doña Perfecta la oscuridad con sus ojos llenos de ira. El rencor les daba la singular videncia de la raza felina.

—Allí veo un bulto —dijo—. Va hacia las adelfas.

—Es él —gritó Remedios—. Pero allá aparece Ramos... ¡Ramos!

Distinguieron perfectamente la colosal figura del Centauro.

—¡Hacia las adelfas! ¡Ramos, hacia las adelfas!...

Doña Perfecta adelantó algunos pasos. Su voz ronca, que vibraba con acento terrible, disparó estas palabras:

—Cristóbal, Cristóbal..., ¡mátale!

Oyóse un tiro. Después, otro.

32. FINAL.—De don Cayetano Polentinos
a un su amigo de Madrid

Orbajosa, 21 de abril.

Q UERIDO amigo: Enviéme sin tardanza la edición de 1562 que dice ha encontrado entre los libros de la testamentaría de Corchuelo. Pago ese ejemplar a cualquier precio. Hace tiempo que lo busco inútilmente, y me tendré por mortal dichosísimo poseyéndolo. Ha de hallar usted en el colofón un casco con emblema sobre la palabra *Tractado*, y la X de la fecha MDLXII ha de tener el rabillo torcido. Si, en efecto, concuerdan estas señas con el ejemplar, póngame usted un parte telegráfico, porque estoy muy inquieto..., aunque ahora me acuerdo de que el telégrafo, con motivo de estas importunas y fastidiosas guerras, no funciona. A correo vuelto espero la contestación.

»Pronto, amigo mío, pasaré a Madrid con objeto de imprimir este tan esperado trabajo de los *Linajes de Orbajosa*. Agradezco a usted su benevolencia; pero no puedo admitirla en lo que tiene de lisonja. No merece mi trabajo, en verdad, los pomposos calificativos con que usted lo encarece; es obra de paciencia y estudio, monumento tosco, pero sólido y grande, que elevo a las grandezas de mi amada patria. Pobre y feo en su hechura, tiene de noble la idea que lo ha engendrado, la cual no es otra que convertir los ojos de esta generación descreída y soberbia hacia los maravillosos hechos y acrisoladas virtudes de nuestros antepasados. ¡Ojalá que la juventud estudiosa de nuestro país diera este paso a que con todas mis fuerzas la incito! ¡Ojalá fueran puestos en perpetuo olvido los abominables estudios y hábitos intelectuales introducidos por el desenfreno filosófico y las erradas doctrinas! ¡Ojalá se emplearan exclusivamente nuestros sabios en la contemplación de aquellas gloriosas edades para que, penetrados de la sustancia y benéfica savia de ellas los modernos tiempos, desapareciera este loco afán de mudanzas y esta ridícula manía de apropiarnos ideas extrañas, que pugnan con nuestro primoroso organismo nacional. Temo mucho que mis deseos no se vean cumplidos, y que la contemplación de las perfecciones pasadas quede circunscrita al estrecho círculo en que hoy se halla, entre el torbellino de la demente juventud que corre detrás de vanas utopías y bárbaras novedades. ¡Como ha de ser, amigo mío! Creo que dentro de algún tiempo ha de estar nuestra pobre España tan desfigurada, que no se conocerá ella misma ni aun mirándose en el clarísimo espejo de su limpia historia.

»No quiero levantar mano de esta carta sin participar a usted un suceso desagradable: la desastrosa muerte de un estimable joven, muy conocido en Madrid, el ingeniero de caminos don José de Rey, sobrino de mi cuñada. Acaeció este triste suceso anoche, en la huerta de nuestra casa, y aún no he formado juicio exacto sobre las causas que pudieron arrastrar al desgraciado Rey a esta horrible y criminal determinación. Según me ha referido Perfecta esta mañana, cuando volví de Mundogrande, Pepe Rey, a eso de las doce de la noche, penetró en la huerta de esta casa y se pegó un tiro en la sien derecha, quedando muerto en el acto. Figúrese usted la consternación y alarma que se producirían en esta pacífica y honrada mansión. La pobre Perfecta se impresionó tan vivamente que nos dio un susto; pero ya está mejor, y esta tarde hemos logrado que tome un sopicaldo. Empleamos todos los medios de consolarla, y como es buena cristiana, sabe soportar con edificante resignación las mayores desgracias.

»Acá para entre los dos, amigo mío, diré a usted que en el terrible atentado del joven Rey contra su propia existencia debió de influir grandemente una pasión contrariada, tal vez los remordimientos por su conducta y el estado de hipocondria amarguísima en que se encontraba su espíritu. Yo le apreciaba mucho; creo que no carecía de excelentes cualidades; pero aquí estaba tan mal estimado que ni una sola vez oí hablar bien de él. Según dicen, hacía alarde de ideas y opiniones extravagantísimas; burlábase de la religión; entraba en la iglesia fumando y con el sombrero puesto; no respetaba nada, y para él no

había en el mundo pudor, ni virtudes, ni alma, ni
ideal, ni fe, sino tan sólo teodolitos, escuadras,
reglas, máquinas, niveles, picos y azadas. ¿Qué
tal? En honor de la verdad debo decir que en sus
conversaciones conmigo siempre disimuló tales
ideas, sin duda por miedo a ser destrozado por
la metralla de mis argumentos; pero de público
se refieren de él mil cuentos de herejías y estu-
pendos desafueros.

»No puedo seguir, querido amigo, porque
en este momento siento tiros de fusilería. Como
no me entusiasman los combates ni soy guerrero,
el pulso me flaquea un tantico. Ya le impondrá
a usted de ciertos pormenores de esta guerra su
afectísimo, etc. etc.»

22 de abril.

«Mi inolvidable amigo: Hoy hemos tenido
una sangrienta refriega en las inmediaciones de
Orbajosa. La gran partida levantada en Villahorrenda ha sido atacada por las tropas con gran
coraje. Ha habido muchas bajas por una y otra
parte. Después se dispersaron los bravos guerrilleros; pero van muy envalentonados, y quizá oiga
usted maravillas. Mándalos, a pesar de estar herido en un brazo, no se sabe cómo ni cuándo,
Cristóbal Caballuco, hijo de aquel egregio Caballuco que usted conoció en la pasada guerra. Es
el caudillo actual hombre de grandes condiciones
para el mando y, además, honrado y sencillo. Como al fin hemos de presenciar un arreglo amistoso, presumo que Caballuco será general del

Ejército español, con lo cual uno y otro ganarán mucho.

»Yo deploro esta guerra, que va tomando proporciones alarmantes; pero reconozco que nuestros bravos campesinos no son responsables de ella, pues han sido provocados al cruento batallar por la audacia del Gobierno, por la desmoralización de sus sacrílegos delegados, por la saña sistemática con que los representantes del Estado atacan lo más venerando que existe en la conciencia de los pueblos: la fe religiosa y el acrisolado españolismo, que por fortuna, se conservan en lugares no infectados aún por la asoladora pestilencia. Cuando a un pueblo se le quiere quitar su alma para infundirle otra; cuando se le quiere descastar, digámoslo así, mudando sus sentimientos, sus costumbres, sus ideas, es natural que ese pueblo se defienda, como el que en mitad de solitario camino se ve asaltado de infames ladrones. Lleven a las esferas del Gobierno el espíritu y la salutífera sustancia de mi obra de los *Linajes* (perdóneme usted la inmodestia), y entonces no habrá guerras.

»Hoy hemos tenido aquí una cuestión muy desagradable. El clero, amigo mío, se ha negado a enterrar en sepultura sagrada al infeliz Rey. Yo he intervenido en este asunto, impetrando del señor obispo que levantara anatema de tanto peso; pero nada se ha podido conseguir. Por fin hemos empaquetado el cuerpo del joven en un hoyo que se hizo en el campo de Mundogrande, donde mis pacienzudas exploraciones han descubierto la riqueza arqueológica que usted conoce. He pasado un rato muy triste, y aún me dura la penosísima impresión que recibí. Don Juan Tafetán y yo fuimos los únicos que acompañamos el fúnebre cortejo. Poco después fueron allá (cosa rara) esas que llaman aquí las Troyas, y rezaron largo rato sobre la rústica tumba del matemático. Aunque esto parecía una oficiosidad ridícula, me conmovió.

»Respecto de la muerte de Rey, corre por el pueblo el rumor de que fue asesinado. No se sabe por quién. Aseguran que él lo declaró así, pues vivió como hora y media. Guardó secreto, según dicen, respecto a quién fue su matador. Repito esta versión sin desmentirla ni apoyarla. Perfecta no quiere que se hable de este asunto, y se aflige mucho siempre que lo tomo en boca.

»La pobrecita, apenas ocurrida una desgracia, experimenta otra que a todos nos contrista mucho. Amigo mío, ya tenemos una nueva víctima la funestísima y rancia enfermedad connaturalizada en nuestra familia. La pobre Rosario, que iba saliendo adelante gracias a nuestros cuidados, está ya perdida de la cabeza. Sus palabras incoherentes, su atroz delirio, su palidez mortal, recuérdanme a mi madre y hermano. Este caso es el más grave que he presenciado en mi familia, pues no se trata de manía, sino de verdadera locura. Es triste, tristísimo, que entre tantos yo sea el único que ha logrado escapar, conservando mi juicio sano y entero y totalmente libre de este funesto mal.

»No he podido dar sus expresiones de usted a don Inocencio, porque el pobrecito se nos ha puesto malo de repente y no recibe a nadie, ni permite que le vean sus más íntimos amigos. Pero estoy seguro de que le devuelve a usted sus recuerdos, y no dude que pondrá mano al instante en la traducción de varios epigramas latinos que usted le recomienda... Suenan tiros otra vez. Dicen que tendremos gresca esta tarde. La tropa acaba de salir.»

Barcelona, 1.º de junio.

«Acabo de llegar aquí, después de dejar a mi sobrina Rosario en San Baudilio de Llobregat. El director del establecimiento me ha asegurado que es un caso incurable. Tendrá, sí, una asistencia esmeradísima en aquel alegre y grandioso manicomio. Mi querido amigo, si alguna vez caigo yo también, llévenme a San Baudilio. Espero encontrar a mi vuelta pruebas de los *Linajes*. Pienso añadir seis pliegos, porque sería gran falta no publicar las razones que tengo para sostener que Mateo Díez Coronel, autor del *Métrico encomio*, desciende por la línea materna de los Guevaras y no de los Burguillos, como ha sostenido erradamente el autor de la *Floresta amena*.

»Escribo esta carta principalmente para hacer a usted una advertencia. He oído aquí a varias personas hablar de la muerte de Pepe Rey, refiriéndola tal como sucedió, efectivamente. Yo revelé a usted este secreto cuando nos vimos en Madrid, contándole lo que supe algún tiempo después del suceso. Extraño mucho que no habiéndolo dicho yo a nadie más que a usted, lo cuenten aquí con todos sus pelos y señales, explicando cómo entró en la huerta, cómo descargó su revolver sobre Caballuco cuando vio que éste le acometía con la navaja, cómo Ramos le disparó después, con tanto acierto que le dejó en el sitio... En fin, mi querido amigo, por si inadvertidamente ha hablado de esto con alguien, le recuerdo que es un secreto de familia, y con esto basta para una persona tan prudente y discreta como usted.

»¡Albricias; albricias! En un periodiquillo he leído que Caballuco ha derrotado al brigadier Batalla».

Orbajosa, 12 de octubre.

»Una sensible noticia tengo que dar a usted. Ya no tenemos penitenciario, no precisamente porque haya pasado a mejor vida, sino porque el pobrecito está desde el mes de abril tan acongojado, tan melancólico, tan taciturno, que no se le conoce. Ya no hay en él ni siquiera dejos de aquel humor ático, de aquella jovialidad correcta y clásica que le hacía tan amable. Huye de la gente, se encierra en su casa, no recibe a nadie, apenas toma alimento, y ha roto toda clase de relaciones con el mundo. Si le viera usted no le conocería, porque se ha quedado en los puros huesos. Lo más particular es que ha reñido con su sobrina y vive solo, enteramente solo en una casucha del arrabal de Baidejos. Ahora dicen que renuncia a su silla en el coro de la catedral y se marcha a Roma. ¡Ay! Orbajosa pierde mucho, perdiendo a su gran latino. Me parece que pasarán años tras años y no tendremos otro. Nuestra gloriosa España se acaba, se aniquila, se muere.»

Orbajosa, 23 de diciembre.

»El joven que recomendé a usted en carta llevada por él mismo, es sobrino de nuestro querido penitenciario, abogado con puntas de escritor. Esmeradamente educado por su tío, tiene ideas juiciosas. ¡Cuán sensible sería que se corrompiera en ese lodazal de filosofismo e incredulidad! Es honrado, trabajador y buen católico, por lo cual creo que hará carrera en un bufete como el de usted... Quizá le llevará su ambioncilla (pues también la tiene) a las lides políticas, y creo que no sería mala ganancia para la causa del orden y la tradición, hoy que la juventud está pervertida por los *de la cáscara amarga*. Acompáñale su madre, una mujer ordinaria y sin barniz social, pero de corazón excelente y acendrada piedad. El amor materno toma en ella la forma algo extravagante de la ambición mundana, y dice que su hijo ha de ser ministro. Bien puede serlo.

»Perfecta me da expresiones para usted. No sé a punto fijo qué tiene; pero ello es que nos inspira cuidado. Ha perdido el apetito de una manera alarmante, y o yo no entiendo de males, o allí hay un principio de icteria. Esta casa está muy triste desde que falta Rosarito, que la alegraba con su sonrisa y su bondad angelical. Ahora parece que hay una nube negra encima de nosotros. La pobre Perfecta habla frecuentemente de esta nube, que cada vez se pone más negra, mientras ella se vuelve cada día más amarilla. La pobre madre halla consuelo a su dolor en la religión y en los ejercicios del culto, que practica cada vez con más ejemplaridad y edificación. Pasa casi todo el día en la iglesia y gasta su gran fortuna en espléndidas funciones, en novenas y manifiestos brillantísimos. Gracias a ella, el culto ha recobrado en Orbajosa su esplendor de otros días. Esto no deja de ser un consuelo en medio de la decadencia y acabamiento de nuestra nacionalidad...

»Mañana irán las pruebas... Añadiré otros dos pliegos, porque he descubierto un nuevo orbajosense ilustre, Benardo Amador de Soto, que fue espolique del duque de Osuna, le sirvió durante la época del virreinato de Nápoles, y aun hay indicios de que no hizo nada, absolutamente nada, en el complot contra Venecia.»

33.

Esto se acabó. Es cuanto por ahora podemos decir de las personas que parecen buenas y no lo son.

FIN DE «DOÑA PERFECTA»

Madrid.—Abril de 1876.

Indice

1. ¡Villahorrenda!... ¡Cinco minutos! 7
2. Un viaje por el corazón de España 11
3. Pepe Rey 27
4. La llegada del primo 36
5. ¿Habrá desavenencia? 42
6. Donde se ve que puede surgir la desavenencia donde menos se espera 49
7. La desavenencia crece 57
8. A toda prisa 64
9. La desavenencia sigue creciendo y amenaza convertirse en discordia 74
10. La existencia de la discordia es evidente 89
11. La discordia crece 101
12. Aquí fue Troya 114
13. Un «casus belli» 126
14. La discordia sigue creciendo 132
15. Sigue creciendo, hasta que se declara la guerra 141
16. Noche 145
17. Luz a oscuras 112
18. Tropa 164

19.   Combate terrible. Estrategia   175
20.   Rumores. Temores   189
21.   ¡Desperta, ferro!   197
22.   ¡Desperta!   211
23.   Misterio   221
24.   La confesión   226
25.   Sucesos imprevistos. Pasajero desconcierto   231
26.   María Remedios   245
27.   El tormento de un canónigo   256
28.   De Pepe Rey a Juan Rey   268
29.   De Pepe Rey a Rosario Polentinos   276
30.   El ojeo   277
31.   Doña Perfecta   281
32.   Final: De don Cayetano Polentinos a un su
       amigo de Madrid   290